Yearn for Deacon

Band 3 – Deacon

Allie Kinsley

SW Korrekturen e.U., www.swkorrekturen.eu

Cover Design: nawillart-coverdesign.de
Motiv © Depositphotos.com - len_pri

1 Die Neue

DEACON

Seit genau einer Woche drückte er sich davor, ins Training zu gehen. Genau genommen seit dem Tag, an dem Slade Hazel eingestellt hatte.

Ihr Anblick hatte ihm vollkommen den Boden unter den Füßen weggerissen. Die großen, braunen Augen, die so voller Schmerz waren, sahen exakt aus, wie Melias es damals getan hatten.

Sie hatten die gleiche Farbe, die gleiche Form und waren genauso von dichten, dunklen Wimpern umgeben.

Es war aber vor allem der Ausdruck darin, der Deacon so verstörte. Es waren die dunklen Schatten, die er bei Melia übersehen hatte, die ihm schließlich alles genommen hatten.

Ansonsten hatte Hazel nicht allzu viel mit Melia gemein. Melia war eine kurvige, junge Frau gewesen. Lange, braune Haare und einen Körper, mit dem sie fast jedem Mann den Kopf verdreht hatte.

Hazel war anders. Klein und zierlich, ohne nennenswerte Rundungen. Die Haare waren kinnlang, glatt und braun. Sie war nicht geschminkt, aber das war bei den ausdrucksstarken Augenbrauen und den hohen Wangenknochen auch gar nicht nötig. Sogar die eher schmalen Lippen hatten einen perfekten natürlichen Rosaton.

Ihr Gesicht wirkte durch den schüchternen Ausdruck meist irgendwie mädchenhaft. Dennoch schaffte sie es problemlos, die Jungs in Slades Boxclub in Schach zu halten. Zumindest nach allem, was er von Adam, Liam und Nick gehört hatte.

Deacon hatte da seine eigene Theorie. Ihr mädchenhaftes Aussehen kam ihr im Club durchaus zu Hilfe. Wahrscheinlich hatte sie diesen Haufen Männer genau deshalb im Griff, weil keiner von ihnen auf die Idee kommen würde, das Wort gegen Hazel zu erheben. Dafür war sie irgendwie zu zerbrechlich und zart.

Dieses kleine Wesen schaffte es ebenso mühelos, ihn von seinem zweiten Zuhause fernzuhalten.

Seit er vor über zehn Jahren in das Anti-Aggressionsprogramm von Noel aufgenommen worden war, war er jeden Tag im Central gewesen. Hier hatte er seine besten Freunde kennengelernt, hatte in Noel einen wirklichen Vater gefunden und einen Ort, an dem er immer willkommen war.

Jetzt war er dreißig verdammte Jahre alt und ließ sich von dieser kleinen Frau von allem fernhalten, was ihm wichtig war.

Er schämte sich für sich selbst, als er hinab auf die Krankmeldung sah, die er sich von Aiden, Adams Bruder, hatte ausstellen lassen. Die Schmerzen in seiner Schulter waren zwar real, das Training im Club hatte sich aber in den letzten drei Jahren nie negativ darauf ausgewirkt. Im Gegenteil, Sport machte es meist besser, da die Entzündung von der falschen Haltung am PC kam.

Er packte die Krankmeldung und warf sie in den Müll. Sobald er Hazel ein wenig besser kennengelernt hatte, würde das alles kein Problem mehr sein. Dann war sie nur noch eines von vielen Mädchen, das eben zufällig die gleichen Augen hatte wie Melia. Alles kein Problem.

Wäre ja noch schöner, wenn er sich nach all den Jahren selbst beschränken würde.

Fest entschlossen griff er nach seiner Sporttasche und warf sie sich über die Schulter. Dann verließ er das Haus und joggte die wenigen Meter bis zu seinem Wagen.

Der alte, schwarze Ford hatte seine besten Tage definitiv schon hinter sich, aber Deacon konnte sich einfach nicht überwinden, ihn wegzugeben.

Die vielen Beulen, die Melia hineingefahren hatte, waren ihm genauso wichtig wie die einhundert verschiedenen Nagellackfarben, die sie und ihre Freundinnen auf dem Armaturenbrett ausprobiert hatten.

Der Gedanke an sie schmerzte. An diesem Morgen ganz besonders. Eigentlich sogar die ganze Woche. Seit er Hazel in die Augen gesehen hatte, war Melia so präsent wie schon seit Monaten nicht mehr. Vielleicht war es sogar Jahre her, dass die Erinnerung an sie so starke Schmerzen in seinem Herzen ausgelöst hatte.

Während er den Wagen zu Slades Club steuerte, fischte er sich seine Notfallzigaretten aus dem Handschuhfach. Slade und auch Faith würden ihm dafür in den Arsch treten, aber an manchen Tagen war es einfach besser so. Er brauchte etwas, an dem er sich festhalten konnte, wenn seine Nerven völlig blanklagen. Zu neunzig Prozent also dann, wenn er an Melia dachte.

Er zündete sich die Zigarette an und zog den Rauch tief in seine Lungen, während seine Hand fast schon automatisch die Melia-Tracklist auf seinem iPod wählte.

Der satte Bass von *I'll be missing you* dröhnte aus den Kopfhörern, die er schon beim Verlassen des Hauses routinemäßig in seine Ohren gesteckt hatte.

Die Anlage des Fords spielte schon seit Ewigkeiten keine Musik mehr, genau genommen seit Melia versucht hatte, mit Nagelfeilen und anderem Werkzeug das CD-Deck zu öffnen, weil sie fest davon überzeugt gewesen war, dass ihre Lieblings-CD noch immer darin sein musste.

Wütend schlug er auf das Lenkrad, weil er nicht in der Lage war, einen einzigen Moment lang nicht an sie zu denken.

Im Versuch, ruhig zu bleiben, atmete er mehrmals tief durch und konzentrierte sich auf den Verkehr. Sobald die Begegnung mit Hazel normal geworden war, würden diese Trips in die Vergangenheit auch endlich ein Ende nehmen.

Es wurde also Zeit, dass er sich Hazel stellte und all dem ein Ende setzte.

Entschlossen stoppte er den Song, bog auf den Parkplatz des Boxclubs ein und hielt mit quietschenden Reifen vor dem Eingang. Er sprang aus dem Wagen und schnippte seine Zigarette weg.

Als er sich in den Wagen bückte, um seine Tasche zu holen, hörte er ein gezischtes: "Arschloch!"

Er richtete sich wieder auf und sah sich um. Nur wenige Meter weiter reckte sich ihm ein wirklich entzückender, kleiner Arsch entgegen. Mit schräg gelegtem Kopf musterte er die schmalen Beine in den dunklen Stoffhosen.

Heiß! Definitiv so, wie er seine Frauen mochte.

Dann richtete sich Miss süßer Hintern auf und wirbelte zu ihm herum.

"Noch mal Glück gehabt. Die Hose ist neu, da brauche ich kein Brandloch!", zischte Hazel in einem giftigen Ton, von dem Deacon niemals erwartet hätte, dass er aus ihrem Mund kommen könnte.

Dann drehte sie sich um und stapfte mit diesem süßen Arsch schwingend in den Club.

Deacon lächelte. Immerhin hatte sie nicht diesen weidwunden Blick gehabt, der ihm durch Mark und Bein ging. Mit wütend blitzenden Augen gefiel sie ihm. Und ihr Hintern sowieso. Vielleicht sollte er also einfach nur dafür sorgen, dass sie sauer auf ihn war, dann konnte er wieder gefahrlos in den Club gehen.

Er warf die Tür des Fords zu und sperrte ab, dann schulterte er seine Tasche und ging pfeifend in den Club.

Läuft nicht schlecht. Jetzt nur noch trainieren, ohne sie wiederzusehen.

HAZEL

Rücksichtsloser, arroganter Mistkerl!, schimpfte sie in sich hinein.

Ein Brandloch in ihrer neuen Hose wäre genau das, was zu diesem absolut verkorksten Tag passen würde.

Sie arbeitete gerade einmal eine Woche hier und hatte schon verschlafen. Ihre einzige Rettung war Nick gewesen. Er war einer von Slades Freunden und hatte ebenso wie ihr Boss einen Schlüssel zum Club.

Nachdem sie sich Hunderte Male entschuldigt hatte, war durch die Leitung nur noch ein lautes Lachen zu hören.

Sie hatte eben Glück gehabt, dass es Nick gewesen war und nicht Liam. Liam hätte ihr mit ziemlicher Sicherheit die Hölle heißgemacht. Der war vor zwei Tagen schon wegen einfachen fehlenden Handtüchern ausgeflippt.

"Guten Morgen", sagte sie ein wenig abgehetzt, als sie bei Nick ankam.

"Hey, Kleine", antwortete er gut gelaunt und gab ihr ein Küsschen auf die Wange. Obwohl sie solche Gesten von eigentlich fremden Menschen nicht mochte, hatte sich diese Begrüßung bei Nick schon etabliert.

"Es tut mir so leid! Ich weiß nicht, wie das passieren konnte!" Doch, wusste sie schon. Sie hatte bis spät in die Nacht ihre Unterlagen gewälzt, um eine Lösung für ihr Problem zu finden. Die vielen Schulden nahmen ihr die Luft zum Atmen.

"Kein Problem. Mach dir nicht immer so viele Gedanken."

"Danke", sagte sie noch einmal und deutete hinter sich zum Büro. "Ich sollte …"

Nick grinste. "Hau schon ab." Dann wandte er sich wieder dem Speedball zu und bearbeitete diesen.

Auf dem Weg zu den Büroräumen kam ihr der Typ vom Parkplatz entgegen.

Er sah aus, als wäre er genau wie sie gerade erst aus dem Bett gekrochen. Seine braunen, kurzen Haare standen ihm wirr vom Kopf ab und sein Gesicht zierte ein Dreitagebart.

Er war kein klassischer Schönling so wie Nick oder Liam. Er war eher eine Mischung aus Adam und einem sexy Nerd. Breit gebaut und muskulös, vielleicht 1,85 Meter groß und nur eine wirre Folge aus Nullen und Einsen auf seinen linken Arm tätowiert.

Der Blick aus seinen dunkelbraunen, von dichten Wimpern umgebenen Augen war nachdenklich und die Lippen hatte er zu einem schmalen Strich zusammengepresst.

Er passte nicht wirklich in diesen Club. In Slades Trainingszentrum gab es zwei Typen. Die, die stinkreich waren und den hohen Clubbeitrag bezahlen konnten, und jene, die eine Art Stipendium vom Boss selbst bekamen. Nach welchen Kriterien diese ausgewählt wurden, hatte Hazel noch nicht herausgefunden.

Sie waren allesamt jung, maximal Anfang zwanzig. Also fiel auch solch eine Förderung für diesen Typen aus.

Zu den Reichen konnte er kaum zählen. Seine graue Jogginghose hatte ihre besten Tage definitiv hinter sich und auch das schwarze Tanktop war schon eher anthrazit vom vielen Waschen. Von dem klappernden Ford einmal ganz abgesehen, den er mit quietschenden Reifen auf dem Parkplatz gehalten hatte.

Vielleicht war er ein Schichtarbeiter oder arbeitslos, dass er um kurz nach zehn Uhr morgens bereits im Boxclub sein konnte.

Sie schüttelte den Gedanken ab und straffte sich ein wenig. Dann ging sie, ohne einen weiteren Blick auf ihn zu werfen, an ihm vorbei zum Büro, sie hatte Besseres zu tun, als über einen Typen nachzudenken.

Wenn sie nicht alles täuschte, hörte sie ihn leise lachen. Reichlich unverschämt dafür, dass er ihr gerade noch seine Zigarette ans Bein gespickt hatte.

Sie presste die Zähne aufeinander und ging ins Büro. Bevor sie ihn anschnauzte, sollte sie wissen, warum er hier war. Dann konnte sie ihn leichter wieder hinauswerfen.

DEACON

"Was hast du denn mit Bambi gemacht?", fragte Nick lächelnd und deutete in Richtung Hazel, als Deacon zu ihm ging.

"Kann ich dir gar nicht so genau sagen. Sie hat auf einmal gefaucht wie ein Mini-Tiger und ist dann verschwunden", gab er lachend zurück.

Nick lachte auf und ging zusammen mit Deacon zu den Laufbändern. "Wo warst du überhaupt die ganze Zeit? Hab dich ja nur noch bei Adam gesehen, seit Slade weg ist."

"Krank. Probleme mit der Schulter", wiegelte Deacon schnell ab.

Nick schnaubte. "Deine Füße funktionieren, hättest mit mir laufen gehen können."

"Ich wollte einfach mal die Zeit genießen, jetzt, wo der Sklaventreiber für zwei Wochen im Urlaub ist."

Nick lachte und erzählte Deacon, was er in der letzten Woche so alles verpasst hatte. Von Liams verkorkstem Fotoshooting, bis hin zu Hazel, die ein paar von den Jungsters, wie sie die Männer nannten, die Slade in sein Förderprogramm aufnahm, in ihre Schranken verwies.

Deacon konnte dabei die ganze Zeit nur an Hazel denken. Hazel, deren Blick einmal so verletzlich war und beim nächsten Mal wild und kämpferisch. Vielleicht hatte er sich bei ihrem ersten Aufeinandertreffen getäuscht. Vielleicht war sie gar nicht das kleine, zerbrechliche Wesen.

Zwar war Liam genau Deacons Meinung gewesen, aber Liam konnte wirklich Furcht einflößend sein, wenn er wollte. Auf seine Meinung sollte er sich also lieber nicht verlassen.

Und Nick? Nick schien geradezu besessen von Hazel zu sein, also auch nicht der optimale Ansprechpartner.

Deacon nahm sich vor, bei Gelegenheit mit Adam über sie zu sprechen. Und bis dahin würde er sich einfach selbst ein Bild von ihr machen.

2 Kennenlernen

DEACON

Auch wenn er die Nacht mehr oder weniger durchgearbeitet hatte, quälte sich Deacon am nächsten Morgen aus dem Bett und in seinen Ford. Er hatte sich lange genug gedrückt und würde auf Dauer sowieso nicht drum herumkommen, sich mit Hazel auseinanderzusetzen.

Hazel. Die Frau, dessen kleiner, verführerischer Hintern sich einfach in seine Träume geschlichen hatte. Wie zum Teufel das passieren konnte, wusste er selbst nicht.

Sicher war nur, dass er dringend wieder auf die Piste musste, wenn ihm Bambi nicht zu Kopf steigen sollte. Es konnte nicht angehen, dass Slades neue Bürokraft der Mittelpunkt seiner Sexfantasien wurde. An diesem Abend würde er in Adams Bar gehen und jemanden aufreißen, der Hazel in seinen Träumen ablösen konnte.

Als er im Boxclub ankam, diskutierte Hazel gerade heftig mit einem der Nachwuchssportler. Die pulsierende Ader auf dessen Stirn machte ziemlich deutlich, dass seine Geduld mit ihren Ansprachen bald zu Ende sein würde.

Das war das Problem mit Slades Sozialprojekten. Die Jungs waren zwar sehr talentiert, aber leider auch sehr schnell reizbar und mit einem wirklich kurzen Geduldsfaden ausgestattet. An ihrer Impulskontrolle mussten sie allesamt noch arbeiten.

Sicherheitshalber stellte Deacon sich hinter Hazel. Der Junge sollte wissen, dass er lieber seine Klappe halten sollte, wenn er es nicht mit Deacon statt Hazel zu tun bekommen wollte.

Dass hier irgendetwas aus dem Ruder lief, nur weil Slade einmal für zwei Wochen nicht da war, kam überhaupt nicht infrage.

"Also würdest du bitte jetzt die Hanteln wegräumen!" Es war keine Frage, sondern definitiv eine Aufforderung von Hazel.

Deacon entdeckte die Hanteln am Boden vor dem Spiegel, das übliche Problem. Die Jungs benutzten Geräte oder Hanteln und hinterließen ihren Trainingsplatz nicht so, wie sie ihn vorgefunden hatten.

"Das reicht später doch auch noch!", knurrte Brad, einer der Nachwuchstalente, der sichtlich nicht vorhatte, sich Hazels Willen zu beugen.

Bevor die Sache aus dem Ruder laufen konnte, griff Deacon ein.

"Du musst doch einfach nur sagen, wenn sie dir zu schwer sind, Brad. Die Jungs helfen dir sicher gern. Wir verstehen das", sagte Deacon ruhig und lächelte Brad herablassend an. Zwischendurch brauchten diese Riesenegos auch mal einen Dämpfer.

Einen Moment zu spät erkannte Deacon, dass es zu viel Spott für das erhitzte Gemüt war. Brad stürzte sich ohne Rücksicht auf Verluste auf Deacon. Dieser konnte gerade noch Hazel aus der Schusslinie ziehen, dann landete Brads Faust bereits auf seinem Wangenknochen.

Gott sei Dank war es eher ein Streifschuss und würde nicht allzu sehr anschwellen. Aber die Wut über den kassierten Treffer rauschte heiß durch Deacons Adern. Er wollte es diesem Mistkerl heimzahlen, der nicht wusste, wie man mit einer Frau sprach, und der nicht erkannte, wann es genug war.

Deacon holte aus und platzierte einen Haken auf Brads Kinn, ehe seine Freunde bei ihm waren und ein Coach den Jungspund ins Büro zerrte. Sein Glück, denn Deacon hätte ihm Manieren beigebracht. Es dauerte eine Weile, bis Deacon der Geduldsfaden riss, aber dann gab es kein Zurück mehr.

Mit zu Schlitzen verengten Augen beobachtete er, wie Brad durch die Tür verschwand, immer noch sichtlich geladen, aber er ließ sich von dem Coach handeln.

Wie durch Watte hörte er, dass Liam auf ihn einredete. Auch, dass Nick an seinem Arm zerrte, bekam er nur verzögert mit. Genau genommen in dem Augenblick, in dem die Tür des Büros hinter dem Coach und Brad ins Schloss fiel.

"… lass endlich los, Mann!", fluchte Nick, und Deacon fiel auf, dass er noch immer Hazels Handgelenk umklammert hielt.

"Sorry", murmelte er und löste seine Finger.

Nur langsam drang auch Hazels Tirade zu ihm durch.

"… wir vertreten hier eine Null-Toleranz gegenüber körperlicher Gewalt. Und um ganz ehrlich zu sein, ich habe noch nicht einmal einen Aufnahmebogen von dir zu Gesicht bekommen."

Verdutzt blinzelte Deacon. Aus irgendeinem Grund schien sie mächtig sauer auf ihn zu sein. Ihre

Augen funkelten genauso wütend wie am Tag zuvor, als er sie versehentlich mit seiner Zigarette getroffen hatte.

Sie hatte die Hände in die schmalen Hüften gestemmt und starrte ihn mit hervorgerecktem Kinn an. Dass sie dabei höllisch sexy aussah, schien sie nicht zu wissen.

Völlig automatisch schlich sich ein Grinsen auf sein Gesicht. "Ich kann mich auch nicht daran erinnern, so einen Bogen jemals ausgefüllt zu haben", antwortete er wahrheitsgemäß. Hazel war nicht so hilfsbedürftig, wie sie manchmal wirkte, und er fand sie zum Anbeißen, wenn sie ihn wie in diesem Moment mordlüstern anstarrte.

Nick sah ihn mit gerunzelter Stirn an, während Liam langsam in sich hineinkicherte. Doch Deacon wollte keinem von beiden erklären, was genau ihn an Hazel faszinierte … ganz davon abgesehen, dass er es selbst nicht so genau sagen konnte.

Hazel schnaubte. "Dann muss ich dich bitten, den Club sofort zu verlassen. Ab sofort hast du hier Hausverbot."

Im Augenwinkel bemerkte er, wie Liams Schultern bebten. Verständlich, er selbst tat sich schwer, sich ein Lachen zu verkneifen.

"Kleines …", sagte Nick.

Doch Hazel schüttelte den Kopf.

"In diesem Club wird derartiges Verhalten nicht geduldet. Da er noch nicht einmal Mitglied ist, gibt es überhaupt keinen Grund zu diskutieren."

Sie deutete auffordernd in Richtung Ausgang und sah dabei herrlich zornig und ein klein wenig triumphierend aus.

Deacon überlegte gerade, ob er sie aufklären sollte, oder einfach gehen und dieses Schlamassel Slade überlassen sollte, als Andy, ein Jugendcoach, nach ihm rief. "Deac, kommst du? Ich brauche deine Hilfe!"

Andy und Deacon arbeiteten zweimal die Woche zusammen. Deacon half Andy beim Sparring für die besonders talentierten Jungs. Brad stand auch auf der Liste; nach der Aktion eben würde er aber bestimmt noch einige Monate warten müssen.

Deacon zuckte die Schultern. "Sorry, Hazel, aber der Coach braucht Hilfe." Er grinste entschuldigend und genoss ihre verwirrte Miene.

Gerne wäre er noch länger geblieben und hätte sich ihr Gestammel oder Nicks Erklärungen angehört, aber er wollte die Jungs nicht warten lassen. Er schnappte sich seine Tasche und schlenderte dann zum Central, in dem die Sparrings stattfanden.

Vielleicht würde er Liam heute Abend bestechen können, damit er ihm haargenau erzählte, was Hazel nun sagte.

HAZEL

Verwirrt starrte sie Deacon nach. Was zum Teufel ging hier vor sich?

Sie war sich zu einhundert Prozent sicher, dass es keinen Kundenvertrag für ihn gab, und auch unter den Mitarbeiter-Abrechnungen hatte sie ihn nirgends gesehen. Was war ihr also entgangen?

Das Kichern neben ihr nervte. Wütend wandte sie sich um und wäre beinahe zusammengezuckt, als sie erkannte, dass es von Liam kam. Liam, der Furchteinflößende. Liam, der, wenn sie richtiglag, selten lachte und eigentlich eher der Typ strenger Boss war.

"Was?", fauchte sie, als sie sah, dass auch Nicks Schultern bebten.

"Das war Deacon", sagte Nick schließlich mühsam beherrscht.

"Und was genau soll mir das sagen?", fragte sie unwillig. Eigentlich war sie nur so kratzbürstig, weil sie genau wusste, dass sie einen Fehler begangen hatte, der ihr schon sehr bald peinlich sein würde. Sie konnte es eindeutig an den Reaktionen der anderen erkennen. Abwehrend verschränkte sie die Arme vor der Brust. Auch wenn sie gefragt hatte, sie wollte die Antwort eigentlich nicht wissen.

"Er ist einer von Slades besten Freunden. Er braucht keinen Vertrag", sagte Nick.

Hazel schloss gequält die Augen. Warum musste das ausgerechnet ihr passieren? In ihrer ersten Woche. Warum hatte er nicht einfach etwas gesagt oder einer von den anderen? Nein, sie hatten alle gewartet, bis sie sich vor dem halben Club zum Affen gemacht hatte.

Jetzt musste sie da durch. Ob sie nun wollte oder nicht. Also straffte sie die Schultern, setzte eine möglichst gleichgültige Miene auf und öffnete die Augen.

"Okay, das erklärt, warum ich ihn nirgendwo finden konnte."

Liams Lachen kam unerwartet. "Süße, wenn du seine Nummer willst, musst du doch nur fragen."

Sie biss die Zähne fest zusammen, aber als Nick daraufhin in schallendes Gelächter ausbrach, konnte sie nicht anders, als auf dem Absatz kehrtzumachen und sich in ihr Büro zu verziehen.

In diesem Moment hasste sie alle drei. Nick, Liam und vor allem Deacon. Sie würde es ihm heimzahlen. Bei ihr kam er mit diesem unverschämt sexy Lächeln nicht durch. Aber vorerst musste sie sich auf ihren Job konzentrieren, denn den hatte sie mehr als nur nötig, sie konnte es sich nicht leisten, ihn zu verlieren.

DEACON

"Und, erzähl mal ... wie war es noch mit Slades neuer Bürotussi?", fragte Deacon, als sie am Abend zusammen in Adams Bar saßen.

Liams hochgezogene Augenbraue sagte Deacon deutlich, dass der Themawechsel nicht halb so gelungen und unauffällig war, wie Deacon gehofft hatte.

Adam rettete ihm Gott sei Dank den Arsch, indem er fragte: "Was ist mit Hazel?"

Nick, der Deacons Neugier wohl nicht mitbekommen hatte, antwortete: "Sie wollte Deacon heute vor die Tür setzen, weil es Ärger mit Brad gab."

Aiden lachte. "Habe ich gehört. Hast du ihm echt die Fresse poliert?"

Deacon zuckte mit den Schultern und deutete auf seinen leicht geröteten Wangenknochen. "Hab nicht damit angefangen."

"Hazels Handgelenk wird zu einhundert Prozent auch blau", sagte Liam.

Deacons Magen verkrampfte sich. Er hatte ganz vergessen, dass er Hazel so fest gehalten hatte.

"Was zum Teufel war los? Kann mich mal einer aufklären? Da kommt man einen Tag nicht zum Training und dann das!"

Nick übernahm diese Aufgabe gern und schilderte bis ins Detail, was an diesem Vormittag passiert war.

"Und dann wollte sie Deacon Hausverbot erteilen." Nick grinste und verstellte seine Stimme so, dass er beinahe wie eine Frau klang. "*Wir vertreten hier eine Null-Toleranz gegenüber körperlicher Gewalt!*"

Liam lachte und machte es Nick nach, wenn auch weniger gekonnt. "*Dann muss ich dich bitten, den Club sofort zu verlassen. Ab sofort hast du hier Hausverbot.*"

Aidens Blick wanderte zu Deacon. "Sie hat dir Hausverbot erteilt?"

Als Deacon antwortete: "Zu Recht. Immerhin habe ich keinen Aufnahmebogen ausgefüllt", brachen alle Anwesenden in Gelächter aus.

Auch Deacon musste grinsen. Hazel so bissig zu sehen, hatte ihm verdammt viel Spaß gemacht.

Vom Sparringsring aus hatte er beobachtet, wie sie mit vor Zorn energisch schwingenden Hüften ins Büro geflüchtet war. Ihr Hüftschwung hatte ihn dabei so fasziniert, dass er sogar einen weiteren Treffer in die Nierengegend kassiert hatte.

Es gefiel ihm, Hazel so auf die Palme zu bringen. So hatte sie überhaupt nichts mit Melia gemein. Alles war in Ordnung, solange sie nicht diesen verdammt traurigen und zu Tode verletzten Ausdruck in ihren wunderschönen braunen Augen hatte.

"Milo? Scotch, ohne Eis, doppelt", rief er dem Barkeeper zu, während er weiter dem Gespräch seiner Freunde lauschte.

"… und dann hat sie angefangen, wie eine Raubkatze zu fauchen", sagte Nick, dessen Körper vor Lachen bebte. "Wollte wissen, wer zum Teufel du bist, und als wir es ihr gesagt haben, hat sie auf dem Absatz kehrtgemacht und ist verschwunden."

Deacon nahm einen Schluck von seinem Drink. Schade eigentlich, dass diese Story hier endete. Er hätte gern noch mehr über Hazel erfahren … ganz egal, was es gewesen wäre.

Faith trat zu ihnen und nahm sein Gesicht in beide Hände und begutachtete die leichte Schwellung. "Willst du das nicht lieber kühlen?"

Deacon lächelte sie dankbar an. Faith war eine von den Guten, eine besondere Frau, von der er sehr froh war, sie im Leben seines Freundes zu wissen.

"Das ist nichts", sagte Aiden. "Er braucht nur etwas, um von euch Frauen bemitleidet zu werden."

Faith verdrehte die Augen. "Ich hätte dir beinahe auch einen Kuchen zum Geburtstag gebacken, Aiden."

Dieser zuckte mit den Schultern. "Ich nehme mir etwas von Adams und stelle mir vor, du hättest ihn nur für mich gemacht", gab Aiden breit grinsend zurück.

"Kommt überhaupt nicht infrage!", konterte Adam.

Deacon nahm noch einen Schluck von seinem Scotch. Diese Unterhaltung … diese kleinen Neckereien kamen ihm viel zu vertraut vor. Wie viele Tausende Male hatte er sich mit seinem Bruder um ein Geschenk oder einen Kuchen gestritten? Es war wohl das Los von Zwillingen, die ihr Leben lang alles mit ihren Geschwistern teilen müssen.

Nun ja … fast alles, denn Devon hatte diese Clique, die für Deacon mittlerweile fast schon eine Familie war, nie kennengelernt.

Deacon exte das Glas und bedeutete Milo, ihm einen weiteren Scotch zu bringen.

Während er hier saß und sich über Kleinigkeiten wie eine Schwellung an seiner Wange oder die neue Bürotante in Slades Club ärgerte, hatte seine Familie ganz andere Probleme.

Melia war tot, Devon im Gefängnis, seine Mutter in einer Psychiatrie und sein Vater untergetaucht. Viel schlimmer hätte es wohl nicht kommen können, nur er hatte Glück im Unglück gehabt.

Angeekelt von seinem Selbstmitleid trank er das nächste Glas leer und ignorierte dabei die besorgten Blicke seiner Freunde.

Um ihnen nicht noch mehr Sorgen zu bereiten, schüttelte er den Kopf, als Milo ihn fragte, ob er einen neuen Drink möchte.

"Ich muss gleich arbeiten und brauche einen klaren Kopf."

Ganz so stimmte es nicht. Er musste heute Nacht ein paar Fehler aus seinem letzten Programm entfernen, aber damit würde er vor drei Uhr bestimmt nicht beginnen. Vorher musste er den Kopf frei bekommen, was er hier, unter den wachsamen Blicken seiner Freunde, nicht würde schaffen können.

Deshalb verabschiedete er sich und ging heimlich ins Infinity. Der Club von Andrew Drake lag ganz in der Nähe und sorgte für jede Art von Ablenkung, die er brauchen konnte.

3 Heimkehr

DEACON

"Hey! Slade, wie schön, dich wieder hier zu haben!", sagte Deacon, als er beim Betreten des Boxclubs sah, dass sein Freund aus den Flitterwochen zurück war.

Slade drehte sich grinsend um und breitete die Arme aus. Das Angebot nahm Deacon gerne an, er hatte seinen Freund vermisst.

"Ja, so gerne ich Lilly auch für mich allein habe, ich konnte es nicht erwarten, euch endlich wiederzusehen. Geht es dir wieder besser? Der Coach meinte, du hast oft gefehlt."

Deacon tat sich schwer, sein Lächeln aufrechtzuerhalten. Vor seinem ältesten Freund wollte er bestimmt nicht zugeben, dass er sich wegen Hazel gedrückt hatte, in den Club zu kommen.

Der Gedanke an sie zauberte ein Lächeln auf sein Gesicht. Seit über einer Woche schaffte er es, dass sie quasi durchgängig sauer auf ihn war.

Ständig funkelte sie ihn aus zusammengekniffenen Augen an, auch wenn sie ihm nicht mehr mit einem Rauswurf gedroht hatte.

Dabei hatte er nichts unversucht gelassen. Von liegen gelassenen Hanteln, über Trainieren auf den Geräten ohne Handtuch, all die üblichen Anfängerfehler eben.

Gestern hatte er sogar in der Umkleide geraucht, nur um sie noch mehr zu provozieren. Leider hatte sie es lediglich Liam gesteckt, der ihn daraufhin in die Mangel nahm.

"Ja, ja, waren nur Probleme mit der Schulter", antwortete er und winkte ab.

Slade runzelte die Stirn.

"Nicht eher Probleme mit Hazel?", fragte er dann. "Ein paar der Jungs meinten, die Situation zwischen euch sei ziemlich angespannt, seit sie versucht hat, dich rauszuwerfen."

Deacon konnte gerade noch verhindern, nicht zusammenzuzucken.

Er wollte wirklich nicht, dass Hazel seinetwegen Probleme bekam oder – worst case – sogar ihren Job verlor. Das war es nicht wert, das alles war nicht ihr Fehler.

Deacon winkte ab. "Nein, nein, alles in Ordnung, mach dir keine Sorgen."

Slades Stirnrunzeln vertiefte sich. "Sicher? Ich rede auf jeden Fall mit ihr. Ich hätte sie nie so früh mit alldem alleine lassen dürfen, klar, dass das nicht funktionieren kann."

HAZEL

Mit geschlossenen Augen versuchte sie gegen die Panik anzukämpfen, die sie zu überwältigen drohte. Ihr war eiskalt, obwohl sie in der Sonne auf einer Bank hinter dem Club saß. Sie war überraschend warm und kräftig für diese Jahreszeit, dennoch drang die Wärme nicht zu ihr durch.

Die Kälte kam aus ihrem Inneren, es war die Angst, dass ihr dummes, kindisches Verhalten in der letzten Woche Deacon gegenüber ihr schlussendlich den Job kosten würde.

Slade hatte zwar nichts dergleichen gesagt, aber die Art, wie er nach den Streitigkeiten zwischen ihr und Deacon gefragt hatte, hatte deutlich gemacht, dass er sich um seinen Freund sorgte.

Natürlich konnte sie verstehen, dass für Slade das Wohlbefinden seines Freundes an erster Stelle stand, aber sie konnte es sich einfach nicht leisten, ihren Job zu verlieren. Wie sonst sollte sie den Schuldenberg jemals abtragen?

Sie dachte an das Haus und das Auto, das sie verkaufen sollte, um ihre Situation zu verbessern, doch allein der Gedanke daran schnürte ihr die Kehle zu. Es war vollkommen irrational, schließlich waren es doch nur leblose Dinge, keine Freunde oder Familie, die sie verlieren würde. Und dennoch konnte und wollte sie diese Erinnerungsstücke nicht aufgeben.

Sie spürte, wie eine Träne über ihre Wange rollte, und wischte sie mit dem Ärmel ihrer Jacke weg, noch bevor sie ihr Kiefer erreichte. Sie wollte nicht weinen, wollte stark sein und weiterkämpfen, wie sie es seit zwei Jahren bereits tat. Aufgeben war keine Option, nicht für sie, niemals.

"Hey … alles okay bei dir?" Nicks Stimme ließ sie erstarren, sie wollte nicht, dass er sie so sah.

Sie schluckte und straffte ihre Schultern, dann schaffte sie es mit viel Anstrengung, ein Lächeln auf ihr Gesicht zu zaubern.

"Klar, alles bestens", sagte sie, ohne ihn anzusehen, damit er die verräterischen Tränen in ihren Augen nicht sehen konnte.

"Wenn alles bestens ist, weint man für gewöhnlich nicht", antwortete Nick und setzte sich neben sie.

Ihr Lächeln verrutschte, und als sie zu ihm aufsah, bemerkte sie die Sorge und das Mitleid in seinem Blick.

Dieser Ausdruck sorgte dafür, dass ihr Lächeln erlosch und sie heftig blinzeln musste, um die neuen Tränen zu vertreiben.

Nick seufzte und legte ihr einen Arm um die Schultern, dann zog er sie an sich und bettete sein Kinn auf ihrem Scheitel.

Es fühlte sich so verdammt gut an, endlich mal wieder gehalten zu werden. Sie konnte sich schon fast nicht mehr daran erinnern, wie es war, sich an jemandem anlehnen zu können, zu wissen, dass da jemand war, der einen auffing, wenn einem alles zu viel wurde.

Diese einfache Geste sorgte dafür, dass sie ihre Tränen nicht länger unter Kontrolle halten konnte, dass sie sich nicht gegen seinen Griff wehren konnte, sondern sich fast schon verzweifelt an ihm festklammerte.

Sie wollte das hier nur für einen Moment genießen, nur einen Moment lang glauben, dass da jemand war, dem sie etwas bedeutete, der für sie einstand und ihr half. Auch wenn sie sich selbst betrog, fühlte es sich doch gut an, zu wissen, dass sie nicht allein auf der Welt war und auch einmal, wenn auch nur für wenige Minuten, nicht kämpfen musste und schwach sein durfte.

"Welchem dieser Idioten muss ich den Kopf abreißen?", fragte er nach einiger Zeit.

Hazels Lippen zuckten, als sie sich wieder aufrichtete und ihn dankbar anlächelte. Sie wollte nicht, dass es vorbei war, auch wenn sie wusste, dass dieser Moment nur gestohlen war. Es war nicht echt, Nick empfand nichts für sie, war einfach nur empathisch genug, um ihr in diesem Moment zu helfen.

"Niemandem", sagte sie ehrlich. Es war nicht Slades Schuld, dass sie sich von Deacon immer wieder provozieren ließ.

"Hmm … wenn ich jetzt da reingehe und frage, mit wem du als Letztes gesprochen hast, ist die Antwort dann auch niemand? … oder vielleicht Deacon?"

Sie legte den Kopf in den Nacken und atmete tief durch.

"Nein, tatsächlich nicht. Ich habe nur mit Slade gesprochen, dem die Situation wohl aufgefallen ist, und irgendwie ist mir dann kurz alles über den Kopf gewachsen. Es geht schon wieder."

Nick schwieg eine Weile und sah nachdenklich den Personen zu, die auf dem Parkplatz hielten, den Club betraten oder verließen.

Dabei hatte er die Arme auf der Rückenlehne der Bank ausgebreitet und strahlte eine Ruhe aus, um die Hazel ihn beneidete.

Sie selbst fühlte sich ständig getrieben, ihr Kopf ruhte nie, ihre Gedanken drehten sich im Kreis auf der Suche nach Antworten.

Auch Deacon kam nach einiger Zeit nach draußen auf den Parkplatz. Die schwarze Trainingstasche hatte er wie so oft über die Schulter geworfen, und er steuerte ohne nach links oder rechts zu laufen auf seinen alten Ford zu.

Das Teil schien fast schon auseinanderzufallen und wäre eher das Modell, das sie sich leisten konnte. Ihr teurer Minivan lag jenseits von dem, was ihr Budget eigentlich zuließ.

"Weißt du … ich kenne Deacon so gar nicht", sagte Nick, der seinen Freund beim Ausparken beobachtete.

"Wie?", fragte Hazel völlig automatisch.

Nick musterte sie. "So provozierend. Deacon ist eigentlich jemand, mit dem sich jeder versteht."

Hazel schnaubte. Deacon war vom ersten Moment an aggressiv und unverschämt gewesen. Also alles andere als umgänglich.

Aber Nick schüttelte nur den Kopf. "Nein, im Ernst. Er ist nicht so … Langsam habe ich das Gefühl, dass er das mit Absicht macht."

"Mich auf die Palme zu bringen? Einfach so?", fragte sie ungläubig.

Wieder nickte er. "Ich glaube, er versucht dich auf Abstand zu halten, weil du ihn an seine kleine Schwester erinnerst."

Hazel runzelte die Stirn. "Das ergibt überhaupt keinen Sinn."

Nicks Lächeln wurde traurig. "Doch … sie ist tot und er ist nicht darüber hinweg."

Nicks Worte trafen sie wie ein Faustschlag in ihren Magen.

Konnte das wirklich sein? Versuchte Deacon nur sich selbst zu beschützen?

Wenn es so war, konnte sie ihn nur allzu gut verstehen. Sie würde alles tun, um ein bisschen Frieden zu finden, auch wenn sie damit jemand anderen verletzen würde.

Nick drückte ihre Schulter und stand auf. "Ich muss jetzt leider los. Nimm dir das alles nicht so zu Herzen, Kleines. Deacon ist wirklich kein schlechter Kerl, und mach dir um Slade keine Sorgen, der ist viel mehr von den Jungs gewohnt als nur ein paar Sticheleien."

Sie nickte, auch wenn sie sich nach dem Gespräch mit Slade nicht so sicher war.

Er hatte sich wirklich besorgt angehört. Wenn Deacon sonst mit niemandem Probleme hatte, machte es auch durchaus Sinn, dass gerade in dieser Situation Fragen aufkamen.

"Bye … und danke", sagte sie.

Lächelnd nickte er ihr zu und wandte sich dann zum Gehen.

Hazel beobachtete Nick dabei, wie auch er zu seinem Wagen schlenderte und vom Parkplatz fuhr. Seine Worte geisterten noch lange durch ihren Kopf und sorgten dafür, dass sie immer mehr Mitgefühl für Deacons Situation empfand.

Sie nahm sich fest vor, nicht mehr auf seine Provokationen einzusteigen und einfach nur höflich zu ihm zu sein.

Professionalität würde ihm am meisten dabei helfen, mit dieser für ihn schwierigen Situation umzugehen, da war sie sich sicher. Immerhin hatte sie ein ähnliches Problem.

Es war schwer, über den Verlust eines geliebten Menschen hinwegzukommen, und jeder machte es eben auf seine Weise. Es gab einfach kein Trauer-Patentrezept.

Ob es nun lautes Weinen, stilles Trauern oder wütendes Um-sich-Schlagen war, musste jedem selbst überlassen werden.

Sie würde sich ihm nicht aufzwängen. Weder als Freundin noch als Streitpartner noch in irgendeiner anderen Art und Weise.

Sie würde ihm so gut es ging aus dem Weg gehen, damit er seinen Frieden mit ihr finden konnte.

Es war für sie beide das Beste, wenn sie so wenige Berührungspunkte wie möglich hatten. Sie würde ihn nicht an seine verstorbene Schwester erinnern und Deacon würde sie mit seinen Sticheleien nicht ihren Job kosten.

Einen Job, den sie auf gar keinen Fall verlieren durfte.

4 Veränderungen

DEACON

"Guten Morgen, Deacon", sagte Hazel so freundlich, wie er es noch nie von ihr gehört hatte.

Okay, das mochte nicht zu einem geringen Teil daran liegen, dass er alles versuchte, um sie wütend auf ihn zu machen. Aber woher diese neue Stimmungsschwankung zu zuckersüß kam, konnte er sich nicht erklären.

Mit zu Schlitzen verengten Augen antwortete er: "Morgen." Dann folgt er ihr den Gang entlang zu der Trainingshalle.

Dabei konnte er nicht anders, als ihren kleinen, straffen Hintern in der schwarzen Hose zu beobachten. Er mochte zarte Frauen, Frauen wie Hazel, sie war irgendwie … handlich.

Sofort schüttelte er den Gedanken ab. Er wollte Hazel nicht anziehend finden, sie war ein Ärgernis, das seine mühsam erarbeitete innere Ruhe ins Wanken brachte.

Hazel bog nach links zu den Büros ab, zu seinem Glück, und Deacon entschied, sich erst mal auf dem Laufband aufzuwärmen. Dafür brauchte er keine volle Konzentration und Hazels unnormale Freundlichkeit schwirrte noch zu offensichtlich durch seinen sowieso schon überstrapazierten Kopf.

Fünfzehn Minuten später kam Hazel mit einem Klemmbrett zurück in die Halle und sprach mit einigen der jüngeren Boxer. Sie sah gut aus … also das tat sie eigentlich immer, aber an diesem Tag wirkte sie entspannt und irgendwie beschwingt. Ihr obligatorischer Hosenanzug verriet nicht viel über ihre Figur, außer dass sie sehr schlank, wohl eher schon dünn sein musste.

Deacon ertappte sich bei dem Gedanken, dass er sich genauer vorstellte, wie ihr Körper wohl nackt aussehen würde. Schlanke, trainierte Beine, ein flacher Bauch, kleine, straffe Brüste.

Als hätte sie seinen Blick gespürt, drehte sie den Kopf in seine Richtung. Ihre Blicke begegneten sich und sie … ja, tatsächlich, sie lächelte!

Deacon kam für einen Moment aus dem Tritt und wäre beinahe der Länge nach auf dem Laufband gelegen. Er konnte sich gerade noch mit den Händen an den Haltegriffen abfangen und fand nur schwer zurück in seinen Laufrhythmus.

Nicks Lachen schallte von den Geräten zu ihm herüber, aber Deacon hütete sich, auch nur ansatzweise in Nicks Richtung zu sehen. Auf dessen Spott konnte er gut verzichten.

Deacon konnte schließlich nichts dafür, dass Hazel eine 180-Grad-Wendung hinlegte, und das alles ohne ersichtlichen Grund!

Wenn Hazel lächelte, sah sie aus wie ein anderer Mensch. Bei diesem Lächeln konnte er durchaus verstehen, dass all seine Freunde einen Narren an ihr gefressen hatten und die Jungs im Club nach ihrer Pfeife tanzten. Warum war ihm das bisher noch nicht aufgefallen?

Weil sie dich immer nur wütend angefunkelt hat, Idiot!, schalt er sich selbst.

Er konzentrierte sich eingehend auf das Display des Laufbandes, tat so, als würde er irgendetwas einstellen, nur um Hazel nicht noch einmal ansehen zu müssen.

Er verstand nicht, was hier vor sich ging, aber er hatte kein Interesse daran, es näher zu erforschen. Es hatte doch alles super funktioniert, wie es in der letzten Woche gelaufen war. Niemand musste irgendetwas daran ändern.

HAZEL

Für den ersten Versuch, freundlich zueinander zu sein, lief es doch gar nicht schlecht.

Er hatte zwar weder zurückgelächelt noch war er sonst irgendwie nett zu ihr gewesen, aber immerhin hatte er sie auch nicht weiter provoziert. Ein Anfang, den sie definitiv ausbauen würde.

Sie straffte die Schulter und fasste all ihren Mut zusammen, dann ging sie zu ihm hinüber. Direkt vor dem Laufband blieb sie stehen, holte noch einmal tief Luft und sagte: "Hey!"

Deacon kam erneut ins Stolpern, ehe er seinen Kopf nach oben riss und sie anstarrte, als wäre sie nicht von dieser Welt. Seine dunkelbraunen Augen waren von dichten, schwarzen Wimpern umrahmt. Hazel war definitiv neidisch darauf, ihre waren nicht einmal so lang, wenn sie Wimperntusche auftrug.

Er räusperte sich und wandte den Blick ab, was die Spannung, die sich zwischen ihnen aufgebaut hatte, unterbrach.

Dann brummte er: "Brauchst du was?"

Seine schroffe Art verunsicherte sie, vor allem, weil ihr in den letzten Wochen sehr wohl aufgefallen war, dass Deacon zu jedem anderen außer ihr superfreundlich sein konnte.

Nicht sicher, ob sie wirklich das Richtige tat, ließ sie ihren Blick durch den Raum wandern.

Sie traf auf den von Nick, der ihr aufmunternd zulächelte. Sofort erinnerte sie sich wieder an das Gespräch vom Vortag und richtete sich zu ihrer vollen Größe auf.

Zugegeben, ihre 1,57 Meter waren nicht gerade viel, aber sie versuchte, so souverän wie möglich zu wirken.

"Hör mal ... wir beide hatten keinen guten Start. Ich mag diesen Job und kann es mir wirklich nicht leisten, ihn zu verlieren."

Deacons Blick schnellte nach oben und er musterte sie mit zu Schlitzen verengten Augen. Sein Blick war zu forschend, zu intensiv, und sie schaffte es nicht länger, ihn zu erwidern.

Sie wich ihm aus und landete dabei unweigerlich bei seiner Brust.

Sie hob und senkte sich von dem schnellen Dauerlauf auf dem Band, das graue, ärmellose Shirt klebte an seiner verschwitzten Brust. Einer sehr breiten, sehr trainierten Brust.

Seine Schultern waren definiert und ihr Blick folgte wie von selbst den dicken Adern hinab zu seinem Bizeps.

Hazel schluckte schwer, als sie sah, wie er sich an den Stützen festklammerte, während er unermüdlich weiterjoggte.

"Slade wird dich wegen diesen Kleinigkeiten nicht hinauswerfen", brummte er schließlich und riss Hazel damit aus ihrer Betrachtung.

Sie zuckte die Schultern und presste sich das Klemmbrett an die Brust.

"Ich bin mir da leider nicht so sicher. Und ehrlich gesagt schaffen wir dadurch eine ungute Atmosphäre, die niemanden weiterbringt."

Sie räusperte sich und nahm noch einmal all ihren Mut zusammen.

"Ich würde gern noch mal von vorn anfangen, Deacon. Gib mir eine Chance, dir zu beweisen, dass ich eigentlich gar nicht so eine Zicke bin."

Wenn sie nicht alles täuschte, stöhnte er, als hätte sie ihm gerade ins Bein geschossen, dann schlug er mit der Faust so heftig auf den Ausknopf des Laufbandes, dass Hazel zusammenzuckte.

Schwer atmend stützte er die Hände in die Hüften und musterte sie, dann streckte er ihr eine Hand entgegen.

"Also gut. Hi, ich bin Deacon."

Vorsichtig lächelnd nahm sie seine Hand in ihre. Nur mit Mühe konnte sie das Kribbeln ihrer Haut ignorieren, als sie sich berührten.

"Hi, mein Name ist Hazel."

DEACON

Nachdem klein Hazel sich wieder in ihr Büro verzogen hatte, nahm Deacon die Beine in die Hand und verließ den Boxclub.

Komme, was wolle, an diesem Tag wollte er Hazel und ihrem atemberaubenden Lächeln nicht noch einmal ausgesetzt werden.

"Hey! Deac! Ich dachte, du hilfst beim Sparring mit Jordan?", rief ihm einer der Trainer nach.

Verdammt, das hatte er völlig vergessen. Aber ein Blick auf die Bürotür und das Wissen, welches Monster dahinter wartete, genügte, um sich zu entscheiden.

"Sorry, ich habe gerade eine Idee, die der Durchbruch bei meinem neuesten Programm sein könnte. Ich muss das sofort ausprobieren." Und weil Nick so beschissen vor sich hin lachte, fügte er hinzu: "Aber Nick hat Zeit, wie es aussieht, der springt sicher für mich ein."

Nicks Lachen verstummte sofort und er funkelte Deacon finster an.

Wirklich gern machte niemand ein Sparring mit Jordan, dieser Junge verteilte rechte Haken, die einschlugen wie Güterzüge.

Deacon hob noch einmal grüßend die Hand und verschwand dann nach draußen.

Weg von dieser neuen Hazel, die ihn fast noch mehr verwirrte als die alte, die mit ihren traurigen Augen sein Leben so völlig unvermittelt auf den Kopf gestellt hatte.

Vielleicht hatte der traurige Ausdruck in ihren Augen etwas mit ihrer finanziellen Situation zu tun? Zumindest hatte sich das gerade eben so angehört, als sie davon sprach, dass sie ihren Job nicht verlieren durfte.

Aber egal, was es war, es machte Hazel unglücklich, und Deacon verspürte tief in sich das Bedürfnis, dieses Problem für Hazel zu lösen, sie glücklich zu machen.

Diese Gedanken und die Tatsache, dass er sich zu ihr hingezogen fühlte, brachten sein Herz zum Rasen. Es versetzte ihn sogar fast schon in Panik, denn er wusste ganz genau, dass es Dämonen gab, denen er nicht gewachsen war, die er nicht bekämpfen konnte und die dafür sorgten, dass er Menschen, die er liebte, verlor.

Und genau deshalb musste er Abstand zwischen sich und Hazel bringen.

Jetzt, bevor sie wieder aus dem Büro kam, um sein Leben durcheinanderzubringen.

Ebenso im Allgemeinen, bevor sie es schaffte, sich noch tiefer in seine Gedanken zu graben. Langsam, aber sicher kam es ihm so vor, als würde sie sein Leben kontrollieren.

Seufzend ließ er sich auf den Fahrersitz des Ford fallen und warf die Tür hinter sich zu. Die relative Sicherheit seines Autos beruhigte ihn. Nur sein Kopf wollte nicht stillhalten, überlegte ständig, was zum Teufel in Hazel gefahren ist, dass sie ihre Meinung so abrupt geändert hatte. Gestern hatten sie noch herrlich gestritten, heute lächelte sie ihn an und wollte einen Neuanfang. Nur er wollte das nicht, es war perfekt so gewesen.

Aber wie zum Teufel hätte er ihr diese Bitte abschlagen sollen? Vor allem, da sie ihm ihre Sorge gestanden hatte?

Stöhnend startete er den Motor. Er musste seine Gedanken ausschalten!

Hazel mit ihren unzähligen Persönlichkeiten schaffte es spielend leicht, seine Gedanken zu übernehmen. Ganz egal, was sie tat und wie sie drauf war, er konnte nicht anders, als über sie nachzudenken.

War Hazel traurig, erinnerte sie ihn an seine Schwester Melia.

War Hazel wütend, konnte er nur darüber nachdenken, wie höllisch sexy sie dabei war und wie er es schaffte, dass sie erneut wütend auf ihn wurde.

War Hazel freundlich, grübelte er darüber nach, woher ihr Stimmungswandel kam.

Lächelte Hazel … tja, das war wohl der schlimmste Teil, denn wenn sie lächelte, zog sie ihm den Boden unter den Füßen weg.

Hazel, Hazel, Hazel. Es war zum Verrücktwerden!

5 Festgesteckt

DEACON

Wieder sah Hazel ihn mit diesem traurigen Ausdruck in den Augen an. Diesem Schmerz, den niemand zu verstehen schien, den sie tief in sich trug und gegen den es keine Waffe gab.

Sein Magen verkrampfte sich und er spürte den Schweiß seinen Rücken hinablaufen. Angstschweiß, weil er wusste, was passieren würde und dass er verdammt noch mal keine Chance hatte, es zu verhindern. Es war, als würde sich alles vor seinen Augen wiederholen.

"Hilf mir!" Hazels Stimme klang flehend, voller Schmerz und Verzweiflung.

Deacon schluckte schwer und ging einige Schritte auf sie zu. Doch mit jedem Meter, den er ihr näher kam, entfernte sie sich von ihm.

"Ich werde dir helfen", versprach er ihr und streckte ihr eine Hand entgegen. Er wollte es, wollte das wiedergutmachen, was er bei Melia nicht geschafft hatte.

Hazel schüttelte den Kopf, und da erst sah er die Tränen, die über Hazels Wangen liefen.

Panik breitete sich in seinem Körper aus, verkrampfte seine Muskeln und machte es ihm schwer, noch gleichmäßig zu atmen.

"Bitte, lass mich dir helfen", flüsterte er, doch seine Worte schienen sie nicht mehr zu erreichen.

Die Sonne reflektierte sich in etwas, blendete ihn für einen Augenblick; als er Hazel wiedererkennen konnte, sah er, wie sie ein langes, silbernes Messer gegen ihren Unterarm drückte.

"Nein!", schrie er und rannte auf sie zu, doch er war viel zu langsam, konnte sehen, wie die scharfe Klinge sich durch ihr Fleisch schnitt. Beinahe augenblicklich füllte sich der Schnitt mit Blut, verharrte kurz und trat dann langsam über die Ränder, lief ihren Arm hinab und sammelte sich in ihrer Handfläche.

"Nein! Hazel, nein!", schrie er, als sie das Messer an ihrem anderen Arm ansetzte, um sich dort ebenfalls die Pulsadern aufzuschneiden.

"Ich kann nicht mehr", flüsterte sie unter Tränen.

Kurz bevor er sie erreichen konnte, verwandelte sich Hazels Gesicht in Melias.

Ihr Gesichtsausdruck änderte sich von endlos traurig zu vorwurfsvoll, ehe sie sagte: "Und wieder hast du uns im Stich gelassen." Dann hob sie das Messer an ihre Kehle und schnitt diese ebenfalls durch.

Keuchend setzte Deacon sich in seinem Bett auf. Sein Albtraum hatte ihn zitternd und schweißgebadet zurückgelassen.

Mit fahrigen Bewegungen strich er sich das schweißnasse Haar aus der Stirn und versuchte sein rasendes Herz zu beruhigen. Es war nur ein Albtraum, nicht die Realität, das alles wiederholte sich nicht noch einmal.

Er schloss die Augen und ließ sich zurück in die feuchten Laken sinken.

Diese Träume verfolgten ihn nun seit fast einer Woche. Genau genommen seit dem Tag, an dem Hazel ihn um einen Neuanfang gebeten hatte. Jeden verdammten Tag, an dem er sie im Boxclub traf, war sie freundlich zu ihm, lächelte ihn warm an und brachte ihm eine Wärme entgegen, mit der er nichts anfangen konnte … nichts anfangen können wollte, um genauer zu sein.

Denn je mehr er sich mit ihr beschäftigte, desto mehr interessierte er sich für sie.

Hazel machte ihn neugierig, und er wollte herausfinden, warum sie ihn anlächelte und nur Sekunden später, wenn sie sich unbeobachtet fühlte, ihre Maske in sich zusammenfiel und ihr Gesicht so unglaublich traurig aussah.

Das willst du eben nicht herausfinden!, zischte seine innere Stimme. *Das macht alles nur noch schlimmer!*

Und seine Stimme hatte recht. Hazel ging ihm ja sowieso schon unter die Haut, wie sollte das erst werden, wenn er sie besser kennengelernt hatte? Er war schließlich nicht dafür bekannt, Leute gut auf Distanz halten zu können, wie Liam und Nick es konnten.

Er war eigentlich der, zu dem alle als Erstes einen Draht fanden, dem sich jeder anvertraute und sein Herz ausschüttete.

Zumindest war das früher so gewesen. Die letzten Jahre hatten ihn verschlossener und kälter werden lassen.

Vielleicht hatte Devon auch recht, und Deacon hatte sich diese Eigenschaft nur eingebildet.

Schließlich hatte auch Melia, seine eigene Schwester, sich ihm nicht anvertraut. Und Devon sprach kaum noch ein Wort mit ihm.

Er musste dringend reinen Tisch in seinem Leben machen; dass ihn das alles bis in seine Träume verfolgte, konnte auf Dauer nicht gut gehen.

HAZEL

"Mit dieser Brille siehst du aus wie ein sexy Nerd", feixte sie und setzte sich neben Deacon auf die Bank vor den Umkleiden.

Sie hatte ihn schon vor fünf Minuten auf dieser Bank sitzen gesehen, den Kopf tief in ein Notizbuch vergraben, aber sie hatte sich nicht getraut, ihn anzusprechen.

Seit sie vor einer Woche einen Waffenstillstand ausgehandelt hatte, war Deacon ihr die meiste Zeit aus dem Weg gegangen. Sie hatte einen Raum betreten, er war gegangen. Sie hatte zu einer Gruppe aufgeschlossen, er hatte schnell eine andere Richtung eingeschlagen. Er mied sie eindeutig.

Deshalb hatte sie es sich lange überlegt, ob sie ihn wirklich in seiner Konzentration stören wollte. Aber es war einer der wenigen Momente gewesen, in denen er ganz allein war und nicht die Möglichkeit hatte, ihr unauffällig auszuweichen.

Warum auch immer hatte sie das Bedürfnis, mehr über diesen Kerl zu erfahren, aus dem sie einfach nicht schlau wurde.

Nur ganz langsam hob er den Kopf und sah sie dabei an, als hätte er sie noch nie gesehen. Sein Blick war entrückt, und er blinzelte mehrmals, als müsste er seine Sicht klarstellen.

"Hazel?"

Ihr Lächeln kam ganz automatisch. "Alles klar bei dir?"

Er nickte langsam und strich sich dann durch das völlig verwuschelte, braune Haar. "Ich war in Gedanken, sorry."

Sie nickte zu seinem Notizbuch. "Was machst du da?"

Er klappte das Buch zu. "Ein paar Gedanken aufschreiben." Sein Lächeln wirkte beinahe unsicher. "Brauchst du etwas?"

Langsam schüttelte sie den Kopf. "Ich sah dich hier nur allein sitzen und dachte … ich weiß auch nicht."

Verlegen zuckte sie die Schultern und verfluchte sich innerlich dafür, dass sie diese Aktion nicht besser geplant hatte.

Während er mit seinem Stift rhythmisch auf sein Notizbuch tippte, musterte er sie forschend. Sein Blick war ihr überraschenderweise nicht unangenehm, im Gegenteil, er machte sie ihrerseits neugierig darauf, was in diesem klugen Kopf vor sich ging.

Ihre Mundwinkel zuckten. "Wenn wir noch länger hier sitzen und uns nachdenklich anstarren, werden bald alle Anwesenden darüber tratschen."

Auch seine Lippen verzogen sich zu einem Lächeln.

"Ich bin ein Computerfreak und gleichzeitig ein Boxer. Ich gehe nur nachts oder in Jogginghosen auf die Straße, mein Auto ist ein Schrotthaufen und ich gebe mehr für Technik als für Nahrung aus. Glaub mir, ich kenne jedes spekulative Getuschel von Vampir bis psychopathischer Hacker. Mein besonderer Favorit ist Schläfer für die Taliban, wenn ich mich ein paar Tage nicht rasiert habe."

Hazel lachte laut auf, konnte sich die kleinkarierten Nachbarn bildlich vorstellen. Als ihr Blick dabei auf Deacon fiel, stellte sie fest, dass er sie fasziniert musterte.

"Was?", fragte sie noch immer breit grinsend.

Er tippte sich mit dem Stift an die Lippen. "Dein Lachen … es ist … wow."

Auch ihr Grinsen verblasste, aber nicht aus dem Grund, aus dem es verschwinden sollte. Der Gedanke, dass Deacon ihr Lachen gefiel, machte sie glücklich, und genau das durfte nicht sein.

Natürlich konnte sie Freunde haben und Spaß, aber

das, was in Deacons Blick gelegen hatte, war eindeutig mehr gewesen. Allein der Gedanke, einen Mann wieder näher an sich heranzulassen, verursachte ihr Schuldgefühle. Ihr Magen verkrampfte sich und fast schon automatisch wandte sie den Blick ab.

Nach allem, was zwischen Deacon und ihr gewesen war, hätte sie nicht damit gerechnet, dass das passieren könnte, dass er sich für sie als Frau interessieren könnte. Deacon mochte sie doch noch nicht einmal, wie konnte er sie da so ansehen?

Völlig aus dem Konzept gebracht, räusperte sie sich und stand auf.

Doch noch bevor sie sich umdrehen und gehen konnte, stand Deacon vor ihr.

Mit seiner breiten Brust versperrte er ihr den Weg, und als sie zu ihm aufsah, stand Wut in seinem Blick. Automatisch wich sie einen Schritt zurück, aber Deacon griff sanft nach ihrem Arm, hielt sie fest, hinderte sie daran, Abstand zwischen sich und ihn zu bringen.

"Was ist los?", fragte er eindringlich und musterte sie so besorgt, dass es ihr warm ums Herz wurde. Wann hatte sich zuletzt jemand wirklich um sie gesorgt?

Sam!, flüsterte eine leise Stimme in ihrem Inneren, die ihr die Kehle zuschnürte.

"Nichts", murmelte sie und versuchte, seinem

Blick auszuweichen, der ihr so unter die Haut ging wie kein anderer.

Er kam noch einen Schritt auf sie zu, gab ihr nicht die Chance, vor ihm zurückzuweichen.

"Hazel … sprich mit mir … lass mich … lass mich dir helfen."

Seine letzten Worte klangen beinahe flehend und so voller Schmerz, dass sich ihr Magen verkrampfte. Sie machte ihm Angst, sie sah es in seinen Augen, in der Art, wie er sie voller Sorge musterte.

Auch wenn es ihr schwerfiel, entspannte sie sich und legte ihm eine Hand auf die Brust, direkt über seinem Herzen. Dann lächelte sie mühevoll zu ihm auf.

"Es ist nichts, wobei mir jemand helfen kann oder muss", sagte sie mit ruhiger Stimme.

Er legte seine freie Hand auf ihre, hielt sie auf seiner Brust gefangen.

"Du musst nicht alles mit dir allein ausmachen", brummte er, und sie sah den Unmut, den Widerwillen in seinen Augen.

Und weil sie wusste, dass er – besser als jeder andere – verstehen würde, mit was für Dämonen sie zu kämpfen hatte, ließ sie ihn ein klein wenig hinter ihren Vorhang schauen, gab ihm das, was er brauchte, um die Sorgen loszulassen.

"Doch, Deacon. Trauer kann man nur mit sich

allein verarbeiten. Mit dir oder jemand anderem darüber zu sprechen, würde die Wunde nur von Neuem aufreißen."

Sie sah das Verständnis in seinem Blick, ehe er nickte und noch einmal ihre Hand fest auf seine Brust drückte.

Sie spürte die harten Muskeln und seinen gleichmäßigen Herzschlag an ihrer Handfläche, spürte seine Lebendigkeit und die Kraft, die von ihm ausging.

Er war der Inbegriff all dessen, was Sam nicht war und nie wieder sein würde. Dieser Gedanke ließ ihr die Tränen in die Augen steigen und sie schluckte schwer.

Ihr Leben mit Sam war nicht perfekt gewesen, aber sie war sich sicher, dass er ihre große Liebe gewesen war. Er hatte eine Lücke in ihrem Leben hinterlassen, von der sie sich nicht sicher war, ob sie sich jemals schließen würde … ob sie überhaupt wollte, dass diese Lücke sich jemals schloss.

"Manchmal … hilft auch ein Bier unter Freunden", sagte er und gab sie endgültig frei.

Freunde waren in ihrem Leben absolut Mangelware. Sam hatte sie davon überzeugt, mit ihr nach New York zu ziehen. All ihre Freunde oder besser Bekannten waren in Vancouver.

Hier war sie völlig allein, und doch brachte sie es

nicht übers Herz, ihre Zelte abzubrechen und zurück in ihre Heimat zu gehen.

Als hätte er ihre Gedanken gelesen, sagte Deacon: "Wenn du also mal Lust auf ein Bier mit ein paar ziemlich guten Freunden hast ... wir sind eigentlich jeden Tag im Central, Adams Bar. Du bist jederzeit willkommen."

Sie schlucke schwer und nickte. Ihr Lächeln war dankbar, und an der Art, wie Deacon es erwiderte, erkannte sie, dass er genau verstand, was sie nicht auszudrücken vermochte.

Dann wandte sie sich schnell ab, flüchtete in die relative Sicherheit ihres Büros, um das Gefühlschaos, das in ihr wütete, wieder in den Griff zu bekommen, bevor sie jemand so sah.

DEACON

Sie hatte ihn vollkommen überrumpelt. Er war so mit seinen Gedanken und der Lösung seines neuesten Programmproblems beschäftigt gewesen, dass ihm überhaupt nicht aufgefallen war, dass Hazel sich ihm genähert hatte.

In seinem noch völlig verwirrten Zustand war es ihm nicht möglich gewesen, den Abstand, den er sonst zu ihr wahrte, einzuhalten.

Nicht, dass er Hazel nicht mochte – das Gegenteil

war leider der Fall –, und auch wenn er krampfhaft versuchte, sich von ihr fernzuhalten, verfolgte sie ihn doch bis in seine beschissenen Träume!

Aber es war ihr aufrichtiges Lächeln, das es ihm unmöglich gemacht hatte, sie von sich zu stoßen und erneut Abstand zwischen sich und sie zu bringen.

Genau das war der Fehler … oder? Hazel machte doch alles nur noch schlimmer … oder?

Das Gespräch mit Hazel hatte ihn auf jeden Fall völlig aus der Spur geworfen.

Obwohl er fest davon überzeugt gewesen war, seine Gefühle in Bezug auf Melias Tod im Griff zu haben, hatte ihn die Erinnerung an den Schmerz vollkommen übermannt.

Es hatte ihn sogar so sehr überrumpelt, dass er nach dem Training in diese kleine Blumenhandlung in der Elliot Ave gefahren war.

Marlis, die alte Dame, der das Geschäft gehörte, wusste bereits, was er suchte, und reichte ihm eine dieser weiß-rosa Ranunkeln, die Melia so gern gemocht hatte.

"Ist es schon wieder so weit?", fragte Marlis und wischte ihre Hände an der grün-weiß gestreiften Schürze ab.

Deacon schüttelte den Kopf und versuchte sich an einem Lächeln.

"Ein außerplanmäßiger Besuch."

Eigentlich ging er immer nur am Anfang eines Monats auf den *All Faiths Cementary*, den Friedhof, auf dem Melia beerdigt wurde.

Marlis drückte seinen Arm und reichte ihm dann eine zweite Blume.

"Sie sind ein guter Junge, Deacon. Bringen Sie ihr eine von mir mit."

Er lächelte dankbar und reichte ihr eine Fünf-Dollar-Note wie jedes Mal. Dann drehte er sich wortlos um und verließ den Laden.

Es war still auf dem Friedhof, wie immer eigentlich. Alles, was er hörte, war das leise Knirschen des gefrorenen Grases unter seinen Turnschuhen.

Er ging vor ihrem Grab in die Hocke, entfernte ein paar herabgefallene Blätter und legte die Blumen dicht vor ihrem Grabstein ab.

"Hey, Sweetheart", murmelte er und legte für einen Moment seine Finger an den kalten Stein ihres Grabmals.

Sofort begannen seine Augen zu brennen und die Kehle wurde ihm eng. Wann immer er die Kälte des Steins spürte, wurde ihm von Neuem bewusst, dass er seine Schwester nie wiedersehen würde.

Er räusperte sich und fegte mit seiner Hand den Schnee vom Stein.

"Ich hätte nie gedacht, dass ich mal einer von

diesen verrückten Menschen werden würde, die immer wieder auf den Friedhof laufen, um mit einer Toten zu sprechen."

Sein Herz schmerzte, wie immer, wenn er an Melia dachte.

"Tja … aber ich habe keine Ahnung, wie ich dich sonst erreichen kann, und der Gedanke, nie wieder mit dir sprechen zu können, frisst mich auf", flüsterte er. "Manchmal höre ich deine Stimme in meinem Kopf, ich kann hören, wie du mit mir schimpfst oder mich antreibst."

Er presste die Lippen aufeinander, versuchte den altbekannten Schmerz zu verdrängen.

"Und falls du dich jetzt fragst, warum ich schon wieder hier rumlungere, anstatt endlich das Licht im Flur zu reparieren … ich hab dich vermisst und ich muss dich doch auf dem Laufenden halten."

Er presste die Lider zusammen, um die aufkommenden Tränen zurückzuhalten.

"Slade ist aus den Flitterwochen zurück … also zumindest körperlich, ganz ankommen wird er womöglich nie mehr. Liam hat immer noch ein Riesendrama mit seiner Fotografin – oder nicht seiner, wenn man ihm glauben darf. Und ich glaube, Nick reitet sich gerade ziemlich in die Scheiße bei dem doppelten Spiel, dass er mit seinen Kollegen treibt. Adams neue Bar läuft besser als die alte. Er behauptet, es liegt am neuen Standort, aber ich glaube, er hat es Faith zu verdanken. Sie macht ihn zu einem Menschen, dessen Gesellschaft jeder schätzt, wenn du weißt, was ich meine. Also du warscheinlich noch am besten … schließlich war es bei dir immer genauso."

Er räusperte sich und fuhr sich durchs Haar, um seine Gefühle zu sortieren. "Also eigentlich nichts Neues, wie du siehst."

Er atmete tief durch. Wenn er es nicht vor seiner toten Schwester aussprechen konnte, wie sollte er jemals damit klarkommen?

"Und dann … Tja, dann gibt es da diese Frau, Hazel, sie arbeitet im Boxclub."

Deacon bemerkte, wie sich ein Lächeln auf seine Lippen schlich.

"Am Anfang habe ich Slade dafür verflucht, dass er sie eingestellt hat, aber sie ist anders als du, Melia. Sie ist ernster, aber wenn sie lacht … ich kann es nicht beschreiben."

Auf einmal kam er sich dämlich vor. Noch dümmer als sonst, wenn er hierherkam, um der Stimme in seinem Kopf zu antworten.

"Na ja, was soll ich sagen. Ich mag sie … irgendwie, und das liegt nicht nur daran, dass ich ihr helfen möchte."

Er lachte hart auf.

"Wie auch? In Sachen Trauer und

Verlustbewältigung bin ich wohl nicht gerade das Vorzeigeexemplar."

Er räusperte sich erneut und stand auf, musste hier weg, wie immer, wenn er das Gefühl hatte, sich zu weit aus dem Fenster zu lehnen.

"Wie dem auch sei, ich hab dich lieb, Kleines. Bis bald."

Er steckte die Hände in die Hosentaschen und wandte sich mit gesenktem Kopf ab. Manche Wunden heilten einfach nie.

6 Freundschaften

HAZEL

Drei Tage hatte sie benötigt, um den Mut zu finden, in Adams Bar zu gehen. Nun ja, wirklich drin war sie noch nicht, genau genommen stand sie davor und sammelte all die kleinen Mutstückchen zusammen, um diesen ersten Schritt zu tun.

In der Zeit mit Sam war sie nie ausgegangen. Mit wem auch, sie kannte ja niemanden, und auch Sam war nicht gerade der gesellige Typ. Er hatte hin und wieder von dem ein oder anderen Freund gesprochen, getroffen hatte sie keinen von ihnen.

Selbst zu ihrer Hochzeit war niemand von ihren Freunden oder ihrer Familie gekommen. Sie hatten nur zu zweit in Vegas geheiratet, wollten niemanden sonst dabeihaben.

"Wenn du noch lange überlegst, ist die Wahrscheinlichkeit sehr groß, dass du umdrehst und abhaust, ohne das legendäre Central jemals von innen gesehen zu haben."

Hazel musste beim Klang von Nicks Stimme automatisch lächeln.

"Vielleicht ist es ein besserer Plan, damit ich am Montag wieder fit bin und eure Handtücher wegräumen kann."

Nick trat neben sie und lächelte auf diese spitzbübische Art, die ihn ihr vom ersten Moment an sympathisch gemacht hatte.

"Und ich bin dir sehr dankbar, dass du uns nicht bei Slade verpetzt. Dafür gebe ich dir höchstpersönlich einen Drink aus."

Er hielt ihr den Arm hin. Einen Moment lang zögerte sie noch, erinnerte sich daran, dass es eine schlechte Idee war, doch dann hakte sie sich bei Nick unter.

Nick begrüßte den Türsteher, der sie schon eine ganze Weile beobachtet hatte, und sagte dann: "Und das ist Hazel, sie ist die gute Fee in Slades Schuppen, also sei nett zu ihr."

"Na, wenn das so ist." Er öffnete die Tür und verbeugte sich. "Mylady, ich wünsche einen wundervollen Abend."

Die beiden lachten, aber Hazel war die Situation ein wenig unangenehm, deshalb trat sie schnell hinein, flüchtete in die relative Sicherheit der Bar.

Links des eher schmalen Raumes war ein langer Tresen. Der Spiegel hinter den Regalen voller Schnapsflaschen, ließ die Bar breiter wirken, als sie in Wirklichkeit war.

Die Musik war laut und das Licht schummrig. Die Plätze an der Bar waren alle belegt und auch an den Stehtischen rechts hatten sich kleine Grüppchen gebildet.

Nur die winzige Tanzfläche lag noch weitestgehend verwaist da, was um diese frühe Uhrzeit aber kein Wunder war.

Dann traf ihr Blick auf Deacons und sie fühlte sich augenblicklich ein klein wenig wohler. Es war, als hätte sie ihren Anker in all dem ungewohnten Trubel gefunden.

Einer seiner Mundwinkel hob sich, und er bedeutete ihr, zu ihm zu kommen.

In ihrem Inneren fand ein stiller, aber heftiger Streit statt. Die eine Seite schrie ihr zu, dieses einmalige Angebot anzunehmen, zu ihm zu gehen und neue Freunde zu finden.

Ihr verletztes Herz betete darum, dass sie jemanden fand, der ihr helfen konnte, Ruhe zu finden, einen neuen Anfang zu wagen und aus ihrem Schneckenhaus zu kriechen. Ihr altes Ich rüttelte an den Gitterstäben ihres Gefängnisses, wollte frei sein, glücklich und ohne Schuldgefühle.

Gleichzeitig flüsterte ihre verletzte Seele, dass sie sich nur nicht zu weit aus dem Fenster lehnen sollte, dass sie lieber zurück in ihr Haus gehen sollte, wo sie in Sicherheit war. In Sicherheit vor einem erneuten Verlust, vor dem bittersüßen Wissen, dass jeder Mensch, den sie kennenlernte, ihr wichtig werden könnte und schon am Tag darauf nicht mehr da sein würde.

"Worauf wartest du?" Nick riss sie aus ihren Überlegungen und schob sie mit einer Hand in ihrem Rücken vorwärts.

Überrascht sah sie zu ihm auf und wandte ihren Blick dann erneut Deacon zu, der sie mit einer hochgezogenen Augenbraue musterte.

Der Ausdruck auf seinem Gesicht verunsicherte sie sehr. Eben noch hatte sie gedacht, sie sei willkommen in dieser Runde, so sah er jetzt eher so aus wie zu Beginn ihrer Begegnungen.

Gerne hätte sie einfach auf dem Absatz kehrtgemacht und wäre aus dieser Bar geflohen, aber Nick hinter ihr ließ ihr keine Chance dazu.

Er schob sie erbarmungslos weiter, bis sie gegen Adams Schulter stieß, der Deacon gegenüberstand.

Adam drückte sie kurz an sich, und zu ihrer Überraschung tat Liam es ihm gleich. Mit dieser Geste war sie im Kopf noch so beschäftigt, dass sie gar nicht bemerkte, dass Liam sie daraufhin kurzerhand zu Deacon weiterschob.

Deacon beugte sich zu ihr und legte seine Lippen ganz leicht auf ihre Wange. Sie spürte seinen heißen Atem und das Kratzen seiner Bartstoppeln auf ihrer Wange.

Ein wohliger Schauer lief ihr dabei über den Rücken, ein Gefühl, das sie seit gefühlten Ewigkeiten nicht mehr gespürt hatte. Seit Sam, um genau zu sein. Und das war der Grund, dass sich ihr Magen verkrampfte und sie einen Schritt zurücktrat.

Unsicher sah sie sich in der Bar um, vermied es dabei aber tunlichst, Deacons Blick zu kreuzen. Leider ging ihr Plan nicht auf, denn Deacon stand von dem Barhocker auf, auf dem er gesessen hatte, und sagte: "Setz dich."

Verwirrt sah sie zu ihm auf. Wollte er schon gehen? Hatte sie ihn so beleidigt mit ihrer winzigen Zurückweisung?

Aber er lächelte nur freundlich und schob sie sanft, aber bestimmt zum Stuhl. Als sie sich so gesetzt hatte, dass sie im Neunzig-Grad-Winkel zur Bar saß, stellte er sich schräg links neben sie und stützte sich hinter ihrem Rücken an der Bar ab.

Liam und Adam waren in ein Gespräch über einen Boxer namens Jordan vertieft. Nick hingegen musterte sie und Deacons Arm, als wäre sie ein Insekt unter einem Mikroskop.

"Weißwein?" Sie zuckte zusammen, als Deacons Stimme unvermittelt an ihr Ohr drang.

Sie sah zu ihm auf und das amüsierte Funkeln in seinen dunklen Augen, die von so unverschämt vielen Wimpern umrahmt waren, machte sie wütend. Also ein kleines bisschen zumindest. Es reichte gerade aus, um hoheitsvoll zu nicken und sich dann wieder dem Gespräch zuzuwenden, von dem sie überhaupt nichts verstand.

"Milo! Einen Weißwein", rief er dem Barkeeper zu und seine Brust berührte dabei ihre Schulter. Hätte sie ihren blöden Mantel bereits abgelegt, hätte sie die Wärme seines Körpers spüren können.

Als hätte er ihre Gedanken gehört, griff er nach dem Kragen ihres Mantels.

"Darf ich?", fragte er.

Ihr Nicken kam fast schon automatisch, während sie bereits die Hände sinken ließ, um Deacon das Ausziehen zu erleichtern. Er reichte ihn über die Bar hinweg Faith, die mit dem Mantel durch eine kleine Tür hinter der Bar verschwand.

"Ich freue mich, dass du die Einladung doch noch angenommen hast", sagte er dann, wieder so nah an ihrem Ohr, dass sie seinen Atem auf ihrer Haut spüren konnte und sich auf ihren Armen eine Gänsehaut bildete.

Gott sei Dank konnte dies dieser eingebildete Kerl nicht sehen. Hazel war sich ziemlich sicher, dass er wieder so arrogant und überheblich lächeln würde.

"Ich habe gehört, hier wären nette Leute. Mal sehen, ob ich welche finde", stichelte sie, um ihn ein wenig auf Abstand zu halten.

Er trat seitlicher zu ihr, womit sie gezwungen war, ihn anzusehen, wenn sie sich nicht lächerlich machen wollte.

"Ich fand mich bislang ziemlich charmant. Ich hab dir meinen Stuhl überlassen, dir etwas zu trinken bestellt und mich um deinen Mantel gekümmert." Er zuckte die Schultern und vergrub dann die Hände in den Hosentaschen.

Der schwarze Pullover mit V-Ausschnitt stand ihm gut, betonte seine breiten Schultern. Die Ärmel hatte er bis zu den Ellenbogen nach oben geschoben und gab damit den Blick auf die trainierten Unterarme und sein Tattoo frei.

Bevor sie darüber nachdenken konnte, streckte sie eine Hand aus und strich mit dem Zeigefinger über die Zahlenfolge.

Es waren winzig kleine Nullen und Einsen, mindestens vierzig an der Zahl. Sie prägte sich die Zahlen ein, während sie langsam mit ihrem Finger darüberfuhr.

0100110101100101011011000110100101100001

Was hatte das für eine Bedeutung? Wer kam schon darauf, sich so etwas tätowieren zu lassen, über die ganze Unterarminnenseite, bis hin zum Ellenbogen?

Er räusperte sich und entzog ihr seinen Arm unauffällig, indem er sich mit der Hand durch das wie immer wirre Haar strich.

Sein Lächeln war unsicher, dann griff er hinter sie und nahm sich seine Bierflasche, aus der er in großen Schlucken trank.

"Es ist ein Binärcode", murmelte er kaum verständlich.

"Ein Biene-was?"

Er lächelte und lehnte sich vor ihr so gegen die Bar, dass er mit dem Rücken zu den anderen stand und sie damit abschirmte. Sie war ihm ein klein wenig dankbar, denn so war sie auch nicht mehr Nicks Blicken ausgesetzt.

"Ein Binärcode. Computer-Fachchinesisch."

Er drehte den Arm so, dass sie die Zahlenfolge wieder sehen konnte.

"Es ist ein Code, bei dem jedes Codewort aus Binärzeichen besteht, also aus null oder eins. Diese

Zahlenfolge ergibt dadurch ein Wort … also vereinfacht ausgedrückt."

Vorsichtig hob sie erneut die Hand, um noch mal über die Zahlen zu streichen. Diesmal ließ er es zu, auch wenn sie die Anspannung in seinem Körper deutlich spüren konnte.

"Und was bedeutet es?"

Deacon antwortete nicht, und als sie aufsah, bemerkte sie, dass er seinen Blick abgewendet hatte und krampfhaft schluckte.

Dann schien er eine Entscheidung zu fassen und sagte: "Melia."

DEACON

Es fühlte sich komisch an, Melias Namen in den Mund zu nehmen vor jemandem, den er kaum kannte. Aber irgendetwas in ihm hatte ihn dazu gedrängt, ihr von Melia zu erzählen.

Vielleicht war es die Traurigkeit, die ihren Blick immer wieder überfiel, vielleicht war es auch die vorsichtige Art, mit der sie seinen Arm berührt hatte.

Das sanfte Streicheln hatte seinen ganzen Körper unter Strom gesetzt.

Seine Haut kribbelte noch immer, und er konnte sich gerade so beherrschen, Hazel nicht einfach an sich zu ziehen.

"Melia?", fragte sie mit neugierig schräg gelegtem Kopf.

"Meine … kleine Schwester."

Die Art, wie ihr Lächeln verschwand, sagte ihm, dass einer seiner Freunde ihr bereits von Melia erzählt hatte.

Er war sich sicher, dass niemand alle Details ausgeplaudert hatte, aber sie musste wissen, dass Melia gestorben war.

"Milo, zwei Shots bitte", rief er dem Barkeeper zu. Dann wandte er sich wieder an Hazel. "Manche Themen verdauen sich leichter mit ein wenig Schnaps im Magen."

Er nahm die Gläser mit der gelben Flüssigkeit und schob eines zu Hazel.

"Cheers", sagte sie und hob das Glas an.

"Cheers", erwiderte er, stieß gegen ihres und trank es auf ex. "Und jetzt erzähl mir was von dir. Du bist nicht von hier … Seattle?"

Hazel lachte und dieses Lachen ging ihm wie so oft unter die Haut. Es war dieser raue Klang, der seine Kopfhaut prickeln ließ. Hazel faszinierte ihn auf eine unbeschreibliche Art. Aber was auch immer es war, er hatte keine Lust mehr, dagegen anzukämpfen. Er wollte mehr über sie erfahren, und es gab überhaupt keinen Grund, sich von ihr fernzuhalten.

"Vancouver."

Er bedeutete Milo, die Gläser noch einmal zu füllen. Hazel war etwas Besonderes, und er hatte vor, sie aus ihrem Schneckenhaus zu locken. Er gab sich nicht der Illusion hin, dass er sie vor ihrem Schmerz retten konnte – wie auch, wo er seinen eigenen doch nicht im Griff hatte. Aber es gab auch keinen rationalen Grund, sich länger von ihr fernzuhalten!

"So, Canada. Was treibt dich von diesem verschneiten Örtchen mitten in die Großstadt?"

Vor allem musste er sich eingestehen, dass es ihm überhaupt nicht gefiel, dass sich Nick so verdammt gut mit ihr verstand. Er mochte nicht, wie Nick sie ansah, dass er sich um sie zu sorgen schien und sich ständig in ihrer Nähe aufhielt.

Es hatte ihm auch überhaupt nicht gepasst, dass Nick mit ihr am Arm die Bar betreten hatte. Aber er konnte ja schlecht verlangen, dass sie nur Augen für ihn hatte, wenn er ihr dauernd aus dem Weg ging.

Also hatte er wenig subtil klargestellt, dass Nick seine Flossen von Hazel lassen sollte. Nick hatte den Wink verstanden, sie dafür aber permanent beobachtet. Das ging Deacon ebenfalls auf den Sack, also hatte er den Blickkontakt kurzerhand unterbrochen.

Hazel stieß erneut mit ihm an und riss ihn aus seinen Gedanken. "Das bessere Wetter war es auf jeden Fall nicht."

HAZEL

Deacon machte es ihr überraschend leicht, sich bei ihm wohlzufühlen. Vielleicht hatte Nick tatsächlich Recht behalten.

Fakt war, dass Hazel gern mit Deacon in Adams Bar war, dass sie ihr Gespräch genoss und sie wirklich Spaß dabei hatte, sich mit Worten mit Deacon zu messen.

Er war sehr intelligent und wortgewandt, verstand die kleinsten Anspielungen und schmetterte die Bälle in ihren Wortgefechten problemlos zurück. Je besser sie ihn kennenlernte, desto mehr wurde ihr bewusst, wie falsch sie ihn in den ersten Wochen eingeschätzt hatte.

Über Stunden lachten, redeten und tranken sie miteinander und auch seine Freunde beteiligten sich an ihrem Gespräch. Sogar Liam wurde ihr an diesem Abend ein klein wenig sympathisch.

Etwas später stießen auch Slade und seine Frau Lilly dazu. Hazel mochte ihren Chef und dessen Frau, auch wenn ihr Start nicht unbedingt optimal gewesen war.

"Hättest du diese Woche nicht auf dem Cover der Men's Fitness sein sollen?", fragte Lilly an Liam gewandt.

"Oh, oh!" Nick lachte und bestellte eine weitere Runde für alle.

Liam schnaubte. "Diese Hexe von Fotografin meinte, es seien bei unserem Shooting keine geeigneten Bilder herausgekommen."

"Liegt vielleicht an deinem Waschbärbauch, Schnuppi", stichelte Nick und tätschelte Liams Bauch.

Dieser schlug die Hand grob beiseite und riss sein Shirt nach oben. "Astreines Sixpack! Adam ist der mit den Speckröllchen!"

Hazel musste ihm recht geben, auch wenn ihr Deacons Oberkörper noch besser gefiel. Es hatte eindeutig Vorteile, in einem Boxclub zu arbeiten. Einer dieser Sahneschnitten lief immer oben ohne herum.

"Adam ist perfekt so, wie er ist, lenk nicht vom Thema ab!", sagte Faith, die mit einem Tablett voll Shots zu ihnen getreten war.

Liam nahm eines der Gläser entgegen. "Ich scheiß auf das Cover der Men's Fitness! In zwei Wochen bin ich auf dem Cover der GQ. Vielleicht schicke ich dieser Hexe eine Ausgabe, damit sie sich grün und schwarz ärgern kann!"

"Auf die einzige Frau, die Liam nicht verfallen ist", sagte Deacon lachend und hob sein Glas zu einem Toast in die Runde. Alle lachten und taten es ihm gleich.

"Nicht witzig!", murmelte Liam, stieß aber mit ihnen an.

Dann gingen die Gespräche über zu einer Bar namens Infinity, die Hazel nicht kannte, aber es störte sie nicht. Sie fühlte sich einfach wohl in dieser Gemeinschaft, hörte ihnen gern beim Reden zu und genoss die Sticheleien, die sie untereinander verteilten.

Es war eine bunt zusammengewürfelte Gruppe, die so gut harmonierte, dass Hazel sich beinahe von Anfang an wohlgefühlt hatte.

Dankbar lächelte sie Deacon zu, schließlich war er es gewesen, der ihr diesen Abend angeboten hatte.

DEACON

"Ich glaube, wir haben Hazel für den ersten Abend ein bisschen zu viel zugemutet", sagte Faith mit sorgenvoll verzogenem Gesicht, als sie von der Toilette zurückkam.

Deacon sah sie mit zusammengezogenen Augenbrauen an. "Was meinst du?"

"Sie sitzt hinten in der Sitzecke vor den Toiletten und schläft immer wieder ein."

Faith schmiegte sich an Adams Seite. Eine so vertrauensvolle Geste, die Deacon dazu brachte, den Blick abzuwenden.

Niemals hätte er gedacht, dass Faith sich so für seinen Freund würde öffnen können. Die Entwicklung, die die beiden in den vergangenen zwei Jahren durchgemacht hatten, war unglaublich.

"Ich hab keinen Plan, wo sie wohnt", sagte Liam, ohne damit aufzuhören, den Arsch von einer Frau zu kneten, die er vor etwa einer Stunde aufgerissen hatte.

Slade, Lilly und Nick hatten sich bereits verabschiedet. Adam und Faith wohnten im gleichen Gebäude, in dem die Bar lag, also blieb Deacon gar nichts anderes übrig, als sich um Hazel zu kümmern. Zumindest redete er sich das ein, denn genau genommen hatte auch er keinen Plan, wo Hazel wohnte oder was genau er mit ihr anfangen sollte, aber es fühlte sich einfach richtig an, sich um sie zu kümmern.

"Ich bring sie nach Hause", sagte er, nahm ihre und seine Jacke und klopfte dann auf den Tresen. "Bis morgen!", verabschiedete er sich und ging nach hinten, um Hazel zu suchen.

Sie zu finden war nicht schwer. Automatisch schlich sich ein Lächeln auf sein Gesicht, als er sie in die Ecke des Sofas gekuschelt sah.

Er ging vor ihr in die Hocke und strich ihr eine ihrer seidigen Haarsträhnen aus dem Gesicht. Sie war wunderschön, und wenn sie schlief, sah man erst, wie zerbrechlich sie eigentlich war.

"Hazel?", sagte er und streichelte über ihre weiche Haut. "Du musst aufwachen, Süße."

Sie regte sich kaum, also begann Deacon, ihr ihre Jacke anzuziehen.

"Deacon?", murmelte sie und lehnte ihren Kopf an seine Schulter.

"Ja, ich bin's. Ich bring dich nach Hause", gab er leise zurück.

Vielleicht wäre das der richtige Zeitpunkt gewesen, um sie nach ihrer Adresse zu fragen, aber er konnte es nicht. Und das hatte nichts damit zu tun, dass ihm der Gedanke gefiel, Hazel in seine eigene Wohnung zu bringen … überhaupt gar nichts! Es ging nur um Hazel, die er schließlich nicht allein lassen konnte, wenn sie so betrunken war. Was, wenn sie in ihrer Benommenheit stolperte und sich verletzte? Oder sich übergeben musste?

Es war also nur legitim, sie aus sicherheitstechnischen Gründen mit zu ihm nach Hause zu nehmen und sich dort um sie zu kümmern, bis es ihr besser ging.

Er zog sein Handy aus der Tasche und bestellte ein Taxi. Allein wäre er vermutlich gelaufen, aber mit Hazel auf seinen Armen kam das nicht infrage.

Also nicht, dass er es nicht schaffen würde, sie eine Viertelstunde lang zu tragen, sie wog schließlich kaum etwas.

Es ging nur um Hazel, die bestimmt frieren würde oder es unbequem hatte.

Er verdrehte über sich selbst die Augen. Hazel war nicht aus Zucker, das hatte sie doch schon mehrfach bewiesen.

Er legte sich ihre Arme um die Schultern und hob sie hoch.

"Okay, Süße, schauen wir, dass wir hier wegkommen", brummte er und ging zu der Verbindungstür, die zu Adams Wohnung führte. Über diesen Weg konnte er direkt zum Hinterausgang und musste Hazel nicht durch die Bar tragen.

Mit der Hand, die Hazel unter ihren Knien hielt, tippte er den Code ein und drückte die Tür dann mit der Schulter auf.

Auf dem Hinterhof angekommen schmiegte sich Hazel fester an ihn, versuchte sich vor der Kälte zu schützen. Ihr kaltes Gesicht war ganz nah an seinem Hals, sodass er jeden ihrer tiefen Atemzüge spüren konnte.

Ihre weichen Lippen bewegten sich auf seiner Haut, sorgten dafür, dass er eine Gänsehaut bekam. Es fühlte sich verdammt gut an, Hazel so nah bei sich zu haben. Besser, als er es jemals für möglich gehalten hätte.

Hazel war so anders, als er es erwartet hatte. Sie war stark und gleichzeitig verletzlich, sie war süß und doch unglaublich sexy. Es fiel ihm schwer, seine Hände an Ort und Stelle zu lassen, obwohl sie ihm viel zu viel bedeutete, um die Situation auszunutzen.

Die Erkenntnis, dass er mehr für Hazel empfand, als er es jemals hatte zulassen wollen, traf ihn mit der Wucht eines Güterzuges. Er taumelte einen Schritt zurück und presste Hazel fester an sich, als diese sich in seinen Armen verspannte.

"Alles ist gut", murmelte er, nicht nur um sie zu beruhigen, auch ein Stück weit für sich selbst. Eigentlich waren es ja gute Nachrichten … man fand schließlich nicht jeden Tag eine Frau, die das Potenzial hatte, die EINE zu werden.

Also musste er jetzt nur noch auf sie aufpassen und dafür sorgen, dass sie keinen Grund mehr für diesen traurigen Ausdruck in ihren Augen hatte.

Kein Problem … oder?

7 Anders

DEACON

Hazel schlief noch, als er am nächsten Morgen aufwachte. Am Abend hatte er sie in seine Wohnung, in sein Bett gebracht.

Er hatte ihr nur die Schuhe und ihre Jacke ausgezogen, wollte auf keinen Fall, dass sie sich unwohl fühlte, wenn sie am nächsten Morgen in seinem Bett erwachte.

Schließlich wusste er noch immer nicht, woher die Traurigkeit in ihren Augen kam, ob es wirklich die Trauer um einen geliebten Menschen war oder ob mehr hinter der Geschichte steckte. Sollte sie den gleichen Ursprung haben wie Melias oder Faiths, wäre so ein Übergriff für Hazel der blanke Horror.

Eigentlich hätte er sich auch nicht zu ihr ins Bett legen dürfen. Ein Gentleman hätte sich aufs Sofa gelegt und Hazel ihre Privatsphäre gelassen. Aber ein Gentleman war er nun einmal nicht. Er war kein klassischer Badboy wie Slade, aber dennoch weit entfernt von einem Niceguy.

So kam es, dass er nur in einer tief sitzenden Jogginghose neben Hazel in seinem Bett lag und ihre schönen Züge musterte.

Er hatte sich schon vor einer ganzen Weile auf die Seite gedreht und sich auf einem Arm abgestützt, um sie beim Schlafen zu beobachten.

Auch am Tag sah sie so schön und zerbrechlich aus, wie er sie in der Sitzecke vorgefunden hatte. Er hatte beobachtet, wie die ersten Sonnenstrahlen ihr Gesicht berührt hatten, wie sie das Grau der Nacht vertrieben hatten und ihrer Haut einen goldenen Schimmer verliehen.

Er erinnerte sich daran, wie ausgelassen sie am Abend zuvor gelacht hatte, und wünschte sich, dieses Lachen so viel öfter auf ihrem Gesicht zu sehen.

Er wollte sie nicht mehr traurig sehen und auch die Wut auf ihn sollte ihre schönen Züge nicht mehr verzerren.

Sie sollte glücklich sein und er wollte verdammt noch mal der Grund dafür werden.

Niemals hätte er sich vorstellen können, dass er eine Frau ganz für sich allein würde haben wollen. Natürlich hatte er theoretisch verstanden, was in Adam und Slade vor sich ging, das zu fühlen, war aber eine ganz andere Hausnummer.

Es hatte ein bisschen gedauert, aber er hatte erkannt, dass seine Eifersucht auf Nicks einfache freundschaftliche Gesten genau das bedeutete. Er wollte Hazel für sich, auch wenn er nicht wusste, woher dieses Bedürfnis kam.

Ein Lächeln schlich sich auf sein Gesicht, das hier könnte wirklich seine Chance sein, Hazel konnte die Frau seines Lebens werden.

Sanft strich er ihr eine ihrer Haarsträhnen aus dem Gesicht. Ihre Lider begannen zu flattern, ihre Augen bewegten sich unruhig, während sie langsam aufwachte. Als ihr Blick dann seinen suchte, waren ihre Lider nur einen Spaltbreit geöffnet.

Die Spitze ihrer Zunge fuhr über ihre rosa Lippen, befeuchtete sie und ließ sie noch einladender aussehen.

"Deacon?", flüsterte sie und blinzelte ein paarmal.

Lächelnd streichelte er über ihre Wange, genoss das Kribbeln in seinen Fingerspitzen, als er ihre Haut berührte.

"Hey, Baby."

Er musterte ihr schönes verschlafenes Gesicht, wollte jeden Zentimeter mit seinen Fingern nachfahren, sie erkunden und sich jedes noch so kleine Detail einprägen.

"Was …?"

Wieder fuhr sie mit ihrer Zungenspitze über ihre Lippen, eine Einladung, der Deacon nicht mehr widerstehen konnte. Viel zu oft hatte er sich schon ausgemalt, wie ihre Lippen sich wohl auf seinen anfühlen würden.

Er wollte sie schmecken, ihren Mund mit seiner Zunge erforschen und herausfinden, wie sich ihre Küsse anfühlen würden. Er wollte ihren zarten Körper nah an sich drücken und erforschen, wie gut sie wirklich zusammenpassten.

Noch immer auf einem Ellenbogen abgestützt, streichelte er über ihre weiche, warme Wange, dann beugte er sich über sie und legte seine Lippen ganz zart auf ihre.

Er wollte sich Zeit lassen, ihr die Chance geben, ihn von sich zu schieben, auch wenn er sich nicht vorstellen konnte, diesen Kuss jemals wieder zu beenden.

Seine Lippen brannten, forderten mehr von dieser süßen Berührung, die er in Gedanken schon Hunderte Male durchdacht hatte.

Hazel atmete langsam aus, er spürte den Lufthauch an seinen Lippen, atmete ein und legte seine Lippen erneut auf ihre. Sein Daumen streichelte über ihren Wangenknochen, während er die federleichte Berührung ihrer Lippen genoss.

Dann zwang er sich, den Kuss zu beenden und ihr in die Augen zu sehen, um zu erkennen, ob es das war, was sie wollte.

Hazels Augen blieben noch für einen Moment geschlossen, dann öffneten sich ihre Lider flatternd, gaben den verhangenen Blick frei.

Wieder befeuchtete sie ihre Lippen, und Deacon konnte nicht anders, als erneut von ihr zu kosten, mehr von ihr zu spüren.

Sanft küsste er ihre volle Unterlippe, strich mit seiner Zunge darüber, um ihren Geschmack kennenzulernen.

Sie schmeckte süß, nach Erdbeeren und Waldfrüchten. Unwillkürlich presste er seine Lippen fester auf ihre, stöhnte leise auf, als Hazel seinen Kuss erwiderte.

Zu spüren, dass sie diesen Kuss genauso sehr brauchte wie er, brachte ihn völlig aus dem Konzept. Es fiel ihm schwer, sanft und zurückhaltend zu bleiben, wo er sich doch nichts mehr wünschte, als sich einfach auf sie zu legen und sie unter sich zu begraben.

Wie von selbst schob sich seine Hand in ihren Nacken, hielt sie fest, um seinen Kuss zu vertiefen. Leise stöhnend öffnete Hazel ihren Mund, fuhr mit ihrer Zunge über seine Lippen und ließ zu, dass er ihren Mund erkundete.

Sie ergänzten sich perfekt. Es fühlte sich an, als hätte er noch nie jemand anderen geküsst, als wäre Hazel für ihn gemacht.

Seine Brust wurde eng und Verlangen durchströmte seinen Körper, bis hinein in jede verdammte Zelle. Er wollte alles von ihr kosten, jeden Zentimeter mit seinem Mund und seinen Händen erforschen.

Erst als ihre kleinen Hände gegen seine breite Brust drückten, zwang er sich, den Kuss zu beenden. Genug hatte er noch lange nicht, aber er wollte sie nicht bedrängen, sie zu nichts zwingen, was sie nicht wollte.

Mühsam rückte er einige Zentimeter von ihr ab und öffnete die Augen.

Sie musterte ihn verwirrt. In ihrem Blick konnte er die unzähligen Fragen lesen, die Verwirrung sehen, die sie sichtlich gefangen hielt.

"Dir ging es nicht so gut, ich habe dich zu mir nach Hause gebracht", sagte er leise und konnte sich nicht davon abhalten, mit dem Daumen über ihre Unterlippe zu streicheln.

"Warum?" Ihre Stirn legte sich in nachdenkliche Falten und sogar das sah bei ihr süß aus.

"Damit ich mich um dich kümmern kann." Dann beugte er sich erneut zu ihr und küsste ihren Mundwinkel.

"Indem du mich küsst?", fragte sie und lächelte dabei verschmitzt.

"Das", sagte er und küsste flüchtig ihre Unterlippe. "Ist nur der Special Service."

Ihr Lächeln wurde breiter. "Und was veranlasst dich zu der Annahme, dass ich eine Frau bin, die sich von jedem Typen küssen lässt?"

Sein Blick wanderte über ihre gleichmäßigen Gesichtszüge.

"Ich bin nicht jeder, und ich habe nicht vor, es bei diesen wenigen Küssen zu belassen."

Deacon runzelte die Stirn, als er bemerkte, dass Hazels Lächeln in sich zusammenfiel und ihr Ausdruck ernst wurde.

"Es wird kein *mehr* geben, Deacon."

Er kannte ihre Weigerung, weil es genau dieses Abschotten vor allen Gefühlen war, das er selbst die letzten Jahre praktiziert hatte. Es war so viel leichter, gar nicht erst mehr zuzulassen, als später verletzt zu werden.

"Ich weiß, wie du dich fühlst, und ich weiß, wie verdammt schwer es sein kann, Gefühle zuzulassen, aber ich glaube wirklich, dass das zwischen uns etwas werden kann. Ich bin mir sicher, dass wir etwas Besonderes haben könnten, Babe."

Hazel schüttelte beinahe panisch den Kopf. "Nein. Nein, das stimmt ganz und gar nicht. Zwischen uns ist nichts."

Beinahe grob schob sie ihn von sich und krabbelte auf der anderen Seite aus dem Bett. Ihre Augen waren weit aufgerissen.

Die Art, wie sie ihn von sich stieß, versetzte seinem Herzen einen gewaltigen Dämpfer. Auch wenn er verstehen konnte, warum sie ihn von sich stieß, brannte die Zurückweißung wie Feuer in seinen Adern.

Er stand ebenfalls auf und strich sich mit beiden Händen durch die Haare. Dass Hazel dabei dem Spiel seiner Muskeln an seinem nackten Oberkörper folgte, beruhigte ihn ein klein wenig. Wenn er nur wüsste, was genau in ihr vorginge, könnte er lernen, damit umzugehen, und Hazel helfen, es hinter sich zu lassen.

Langsam ging er um das Bett herum, Hazel verfolgte jede seiner Bewegungen, bis er dicht vor ihr stehen blieb.

"Zwischen uns könnte aber etwas sein und das macht dir Angst, nicht wahr, Hazel?"

Wut blitzte in ihren Augen auf. Dieses nur allzu bekannte Funkeln ließ ihn lächeln.

Sie so zu sehen war ihm tausendmal lieber als der verschreckte Ausdruck, den sie gerade eben noch gehabt hatte.

"Nein, Deacon, du täuschst dich." Sie zog eine Augenbraue nach oben und verschränkte die Arme abwehrend vor der Brust. "Zwischen uns kann nichts sein."

Sie schluckte schwer, was Deacons siegessicheres Lächeln in sich zusammenfallen ließ.

"Warum?", fragte er und konnte spüren, wie nah er der Wahrheit gekommen war.

Das feuchte Glänzen in Hazels Augen ließ seinen Magen verkrampfen, aber er zwang sich, sie nicht an sich zu ziehen.

Erst musste er erfahren, warum sie sich so sehr weigerte, mehr als diesen harmlosen Kuss – der ihm den Boden unter den Füßen weggerissen hatte – zuzulassen. Er musste wissen, gegen welche Dämonen er kämpfen musste.

Nur so konnte er einen Weg finden, Hazel doch noch für sich zu gewinnen.

"Weil ich meine große Liebe bereits gefunden habe." Eine Träne rollte über ihre Wange. "Ich habe sie gefunden und wieder verloren. Nichts kann ihn jemals ersetzen."

Der Sinn ihrer Worte traf ihn mit der Wucht eines Güterzuges, ließ ihn zurücktaumeln und presste ihm die Luft aus den Lungen. Konnte es wirklich sein, dass er die Frau, der er sein Herz öffnen wollte, niemals für sich gewinnen konnte?

Er atmete tief durch und verschränkte die Arme vor der Brust, um sich selbst zu sammeln. Diese Information musste er erst einmal verdauen.

HAZEL

Zu sehen, wie sehr ihn ihre Worte trafen, sorgte für einen Kloß in Hazels Hals. Ja, sie wollte ihn mit diesen Worten abschrecken, was aber nichts daran änderte, dass es ihr einen Stich ins Herz versetzt hatte, als er sich unbewusst von ihr distanziert hatte.

Unsicher lächelte sie.

"Danke, dass du dich um mich gekümmert hast", sagte sie und zog sich erst ihre Schuhe, dann ihre Jacke an, die auf einem Stuhl neben dem Bett lagen.

Wie um sich von einer Benommenheit zu lösen, schüttelte er den Kopf.

"Du musst nicht gehen … wir können zusammen frühstücken."

"Nein … ich sollte jetzt besser gehen."

Denn egal, wie sehr sie Deacons Gesellschaft genoss, es war nicht richtig. Sie durfte ihm keine Hoffnungen machen. Sam war die Liebe ihres Lebens gewesen. Sie würde ihn niemals vergessen und durfte sich auch nicht der Illusion hingeben, dass ein anderer Mann seinen Platz einnehmen konnte.

Denn ganz egal, was für einen Berg Ärger und Sorgen Sam ihr hinterlassen hatte, sie hatte ihn mit ganzem Herzen geliebt und tat es noch immer.

Sie dankte Gott dafür, dass sie einen Mann wie Sam hatte finden dürfen, einen Mann, der sie auf Händen getragen hatte.

Auch wenn sie nur sehr wenig Zeit mit ihm hatte verbringen dürfen, war sie in diesem Jahr die glücklichste Frau der Welt gewesen.

Alles, was sie Deacon noch geben konnte, war nicht genug. Es war ein billiger Abklatsch, und Deacon hatte mehr verdient.

Ohne ein weiteres Wort verließ sie die Wohnung und machte sich auf den Weg nach Hause in ihr viel zu großes Haus, eines der wenigen Dinge, die ihr von Sam geblieben waren.

Auf dem Weg die Straße entlang strich sie mit dem Finger über ihre Lippen. Sie kribbelten noch immer genau so, wie ihr Körper brannte bei der Erinnerung an Deacons Küsse. Er hatte etwas in ihr erweckt, was sie, seit sie Sam verloren hatte, nicht mehr gespürt hatte.

Es war anders, weniger vertraut, mehr aufregend, neu. Sie weigerte sich, an Schmetterlinge in ihrem Bauch zu denken.

Allein die Vorstellung kam ihr wie Betrug vor und verkrampfte ihren Magen vor Schuldgefühlen.

Deacon war ihr Freund, ein Leidensgenosse, mehr nicht.

Schließlich hatte sie ja erst der Verlust eines geliebten Menschen überhaupt zusammengebracht. Wie sollte sie also auch nur daran denken können, dass mehr zwischen zwei zutiefst verletzten Seelen entstehen konnte?

Vehement schüttelte sie den Kopf. Zu gehen war die richtige Entscheidung gewesen. Alles, was zwischen ihnen entstehen konnte, war absolut falsch, baute sich auf einem wackeligen Fundament auf, das früher oder später über ihnen einstürzen würde.

Und das hatten sie beide nicht verdient!

8 Schmerz

DEACON

Missmutig starrte er zum Boxclub und konnte sich nicht so recht dazu überwinden, aus seinem Wagen zu steigen. Die Aussicht, den Club zu betreten und Hazel wiederzusehen, war grauenhaft und wunderbar zugleich.

Hazel hatte ihm einen ziemlich deutlichen Korb gegeben. An jedem Morgen vor zwei Tagen hatte sie mit einer überdimensionalen Bratpfanne all die Schmetterlinge totgeschlagen, die er sich in mühevoller Kleinstarbeit erlaubt hatte.

Das Schlimmste an der ganzen Sache war, dass er Hazel verstand, und vor allem, dass er realisierte, dass er keine Chance hatte, wenn ihr Herz bereits vergeben war.

Auf der anderen Seite wollte er sie unbedingt wiedersehen. Denn ganz egal, was zwischen ihnen sein konnte oder auch nicht, Hazel fühlte sich an wie eine zu ihm passende Seele.

Sie war einer der wenigen Menschen, der verstehen konnte, was in ihm vor sich ging, wie es war, wenn man einen geliebten Menschen ganz plötzlich verlor, und wie es sich anfühlte, so aus dem Leben gerissen zu werden.

Auch wenn es keine Chance für sie als Paar gab, war Hazel vielleicht die eine Freundin, mit der er all das teilen konnte, was sonst niemand verstand.

Innerlich gab er sich selbst einen Arschtritt, stieg aus und sperrte den alten Ford ab.

Er wollte gerade achtlos seine Stresszigarette wegschnipsen, als ihm Hazel in den Sinn kam, wie sie sich über ihn aufgeregt hatte, als er sie versehentlich getroffen hatte. Er konnte sich haargenau an ihren empörten Gesichtsausdruck erinnern und an ihren sexy Arsch, der sich ihm entgegengestreckt hatte.

Lächelnd ging er mit der Zigarette in der Hand zum Aschenbecher neben der Eingangstür und drückte sie aus.

Dann straffte er die Schultern und ging mit großen Schritten zum Eingang. Er würde sich der Situation stellen und nicht hier draußen herumlungern, als wäre er ein absolutes Weichei!

HAZEL

Seit sie Deacons Wohnung verlassen hatte, quälten sie Gewissensbisse. Sie war nicht fair zu ihm gewesen, hatte ihn einfach abgefertigt aus Angst, dass das Kribbeln in ihrem Bauch mehr werden könnte, als sie zulassen wollte.

"Hey." Deacons Stimme riss sie so aus ihren Gedanken und erschreckte sie so, dass sie die Papiere, die sie gerade ins Büro tragen wollte, im hohen Bogen auf dem Boden verteilte.

"O verdammt!", maulte sie, mehr erschrocken als wirklich verärgert, und ging auf die Knie, um die Verträge einzusammeln.

"Sorry!"

Deacon ging ebenfalls in die Hocke. In dem Moment, in dem sie zu ihm aufsehen wollte, krachte sein steinharter Schädel gegen ihren und verursachte einen dumpfen Schmerz über ihrem rechten Auge.

Von der Wucht seines Kopfstoßes fiel sie nach hinten, landete auf ihrem Hintern und hielt sich das Auge zu, um den Schmerz zu dämpfen.

Zumindest versuchte sie das, denn beinahe augenblicklich breitete sich ein pochender Schmerz in ihrem ganzen Kopf auf.

"Shit! Sorry!"

Sie stöhnte und hob abwehrend die Hand, als er nach ihr greifen wollte. Sie brauchte einfach nur einen Moment Ruhe.

Doch anstatt sie zufrieden zu lassen, hob er sie kurzerhand hoch und trug sie auf seinen Armen in Richtung der Büros.

"Was machst du denn da … lass mich runter", protestierte sie schwach, als der anfängliche Schmerz ganz langsam ein wenig nachließ.

"Wir müssen das kühlen, sonst bekommst du ein Veilchen", antwortete er und klang irgendwie gestresst.

"Die Verträge."

Sie versuchte sich von seinem Griff zu befreien, aber er ließ nicht locker. Er hielt sie ganz einfach an seine Brust gepresst und trug sie, als würde sie nichts wiegen.

Seine Umarmung fühlte sich überraschend gut und vertraut an, als wäre es absolut richtig, dass er sie genau so hielt.

Flashback-Bilder erschienen vor ihrem inneren Auge. Erinnerungen oder Déjà-vus, sie konnte die verschwommenen Bilder nicht richtig zuordnen.

Aber es fühlte sich an, als würde er sie nicht zum ersten Mal so tragen. Es fühlte sich vertraut an, an seiner starken Brust gebettet durch die Gegend getragen zu werden.

"Nick, kannst du den Papierkram einsammeln?", rief er und öffnete dann umständlich die Tür zu den Büros.

Selbst das fühlte sich bekannt an, als hätte er es erst vor wenigen Tagen genau so mit ihr gemacht.

"Hast du … hast du mich so nach Hause gebracht?", fragte sie, einem Impuls folgend.

Deacon setzte sie auf ihrem Schreibtisch ab und strich ihr eine Strähne hinters Ohr.

Ein leichtes Lächeln umspielte seine Mundwinkel. "So ähnlich, ja." Dann wurde sein Ausdruck wieder ernst. "Warte einen Moment."

Er verschwand aus dem Büro und kam nur Sekunden später zurück. In der Hand hielt er ein Icepack, das er in eine der dafür vorgesehenen Stoffhüllen steckte. Für die Mitglieder hatten sie diese Erste-Hilfe-Elemente immer griffbereit in der Küche des Boxclubs.

Vorsichtig legte er es auf Hazels Augenbraue, was sie schmerzerfüllt zusammenzucken ließ.

"Sorry!"

Er sah dabei so geknickt aus, dass sie lächeln musste.

"Das hast du in den letzten paar Minuten dreimal gesagt."

Sein Mundwinkel zuckte. "Gewöhn dich nicht daran, ich bin nicht gerade ein Held, wenn es ums Entschuldigen geht."

Besorgt musterte er sie.

"Es geht schon wieder", sagte sie und nahm ihm das Icepack ab, bevor er noch öfter damit auf ihre empfindliche Augenbraue drückte.

"Ist dir übel? Du könntest vielleicht eine Gehirnerschütterung haben."

"So hart ist dein Kopf nun auch wieder nicht", antwortete sie, um ihn zu beruhigen.

Seufzend atmete er aus und streichelte über ihre Wange. Dann beugte er sich unvermittelt nach vorn und presste seine Lippen auf ihre Stirn. Er wich nur ein kleines Stück zurück, war ihr viel näher, als er es sein sollte. Sie konnte seinen warmen Atem auf ihren Lippen spüren, ihre Wange brannte an der Stelle, an der seine Hand ihre Haut berührte.

"Es tut mir leid … alles", murmelte er in so erstem Ton, dass ihr sofort klar war, dass er nicht nur den heutigen Tag meinte.

Er meinte auch ihre gemeinsame Nacht, die alte Wunden aufgerissen hatte und … ja, sie war sich sicher, dass er auch den Verlust meinte, den sie hatte durchleiden müssen.

Sie wusste nicht, wie sie auf diesen Gedanken kam, aber es war eben, als hätten sie ein besonderes Verständnis füreinander, weil sie Dinge erleben mussten, die sonst kaum jemand nachvollziehen konnte.

In diesem Moment wünschte sie sich nichts mehr, als sich in seine Umarmung fallen zu lassen, noch einmal zu spüren, was er ihr an diesem Abend und dem darauffolgenden Morgen geschenkt hatte. Diese Leichtigkeit, einen Frieden für ihre Seele, der ihr seit Sams Tod verloren gegangen war.

Doch ehe sie etwas sagen oder tun konnte, flog die Bürotür auf und Nick kam hereinspaziert.

"Was ist pass…", setzte er an und bemerkt dann schnell, in was für eine intime Situation er gerade geplatzt war. Abrupt kam er zum Stehen und hielt die Papiere in die Luft.

Auch Deacon schien erst da zu bemerken, wie nah sie sich gekommen waren, und richtete sich sofort auf. Das verlegene Schweigen, das sich daraufhin einstellte, fühlte sich absolut grauenvoll an. Deshalb rutschte Hazel schnell vom Schreibtisch, um Nick die Verträge abzunehmen.

"Sei vorsichtig!", rief Deacon aus.

Als hätte sie sich am Bein und nicht am Kopf verletzt, stützte er sie, indem er einen Arm um ihre Taille legte.

Sie nahm Nick die Verträge ab. "Danke! Das sind die neuen Kaderverträge, die sollte nicht jeder zu Gesicht bekommen", sagte sie und ignorierte Deacon, der sie noch immer stützte.

"Ich … äh … geh dann mal", sagte Nick und deutete über seine Schulter, sichtlich genauso verwirrt und überfordert, wie Hazel sich fühlte.

Deacon zwang sie sofort dazu, sich wieder hinzusetzen, und begutachtete noch mal ihr Auge.

"Alles halb so wild, wirklich", sagte sie, nahm seine Hand und drückte sie beruhigend.

"Du wirst ein blaues Auge bekommen." Er wirkte zerknirscht.

Hazel zuckte mit den Schultern.

"Eine Kleinigkeit, die schnell vergeht und keine Narben hinterlässt."

Sie sagte es nicht, aber ihnen beiden war klar, dass es kein Vergleich zu den Schmerzen war, die sie bereits hatte ertragen müssen.

"Darf ich dich als Entschädigung zum Essen einladen?", fragte er, als wäre ihm die drückende Stille zwischen ihnen gar nicht aufgefallen.

Hazel lächelte vorsichtig.

"Als Freunde?" Denn für sie hatte sich nichts geändert … also fast nichts außer der Tatsache, dass sie Deacon mochte und es schön gefunden hätte, wenn er Teil ihres Lebens sein konnte.

"Als Freunde", bestätigte er und nahm ihr damit eine große Last von der Brust. Einen Freund konnte sie wirklich gut gebrauchen. Noch dazu einen, der sie verstand, war quasi ein Sechser im Lotto.

DEACON

"Was läuft da zwischen dir und Hazel?", fragte Nick, der den Sandsack stabilisierte, während Deacon darauf eindrosch.

"Nichts." Was nicht an ihm lag, aber er konnte es verstehen und musste seine eigenen Wünsche einfach zurückstecken.

"Nichts wie: Du nimmst sie aus Adams Bar mit nach Hause … oder nichts wie: Du hättest sie gerade beinahe geküsst?"

Deacon verdrehte die Augen. "Nichts wie: Wir sind nur Freunde und ich habe ihr geholfen. Beide Male, weil sie beide Mal nur wegen mir überhaupt in dieser Situation gelandet ist."

Sie tauschten die Positionen, als Deacon sein Trainingspensum erfüllt hatte.

"Aber sie gefällt dir", bohrte Nick weiter.

Daraufhin konnte Deacon nur mit den Schultern zucken. "Wem nicht? Sie ist bildhübsch und hat dieses gewisse Etwas an sich, was einen dazu bringt, sie beschützen zu wollen."

Nicks Lächeln wurde breiter. "Und du bist sowieso der geborene Beschützertyp!"

Genervt ließ Deacon den Sack los. "Und du bist eine geborene Tratschtante. Bist du sicher, dass du nicht eigentlich eine Frau gefangen im falschen Körper bist?"

"Nein, ich mag die Vorzüge weiblichen Geschlechts viel zu gern, um selbst eine Frau sein zu wollen."

Deacon verschränkte die Arme vor der Brust. "Du vögelst auch deinen Kollegen und bist trotzdem ein Mann."

Slade stieß einen leisen Pfiff aus, als er zu ihnen trat. "Wie hast du es geschafft, Deacon so zu reizen, Nick?"

Noch bevor Nick sein Lästermaul aufmachen konnte, wusste Deacon, dass das, was gleich aus ihm herauskommen würde, absoluter Bullshit sein würde. Deshalb drehte Deacon sich um und stiefelte in Richtung der Umkleidekabinen. Er musste hier raus, sofort! Bevor er Nick erwürgte.

Noch im Weggehen hörte er Nick sagen: "Deac steht auf deine Sekretärin."

Deacon musste sich anstrengen, ein genervtes Stöhnen zu unterdrücken, denn er wusste ganz genau, wie wenig begeistert Slade davon sein würde, dass er Interesse an Hazel hatte.

Verständlich, denn Slade hatte bestimmt Angst, dass er mit Hazel nur ins Bett wollte und sie dann kündigen würde, wenn Deacon sie abservierte.

"Was? Nein! Deacon!", rief Slade, doch die Tür hinter Deacon fiel bereits ins Schloss. Bis in die Dusche würde Slade ihm nicht folgen … hoffentlich.

Denn dass Deacon Hazel nicht nur vögeln wollte, davon musste er Slade erst noch überzeugen. Aber nicht heute, nicht an einem Tag, an dem sowieso schon alles schiefgelaufen war … also fast alles, denn immerhin hatte Hazel zugestimmt, mit ihm essen zu gehen. Dieser Gedanke ließ ihn lächeln wie einen kleinen Vollidioten.

9 Kein Date

HAZEL

Vom Küchenfenster aus konnte sie sehen, wie Deacon den alten Ford vor ihrem Haus parkte. Da sie auf jeden Fall vermeiden wollte, dass Deacon hereinkam und all die Erinnerungen vorfand, die Hazel in diesem Haus bewahrte, ging sie sofort zur Tür.

Sie trat gerade auf die Stufen zum Haus, als Deacon ebenfalls dort ankam.

"Hey", sagte er und lächelte so weich, dass es ihr warm ums Herz wurde. Es war so leicht, sich in seiner Nähe wohlzufühlen.

"Hey … Danke fürs Abholen." Schnell zog sie die Tür hinter sich ins Schloss.

"Ich hätte auch ganz gentlemanlike an der Tür geklopft, wenn du mich gelassen hättest."

Sie erwiderte sein Lächeln und hakte sich bei dem dargebotenen Arm unter.

Um die Fronten noch mal klarzustellen, sagte sie: "Das ist kein Date, also passt das schon so. Ich hätte auch ein Taxi nehmen können."

Sie wollte auf keinen Fall, dass Deacon sich falsche Hoffnungen machte. Er hatte in seinem Leben schon genug ertragen müssen, sie wollte bestimmt nicht die Nächste sein, derentwegen er leiden musste.

"Kein Date, nur Freunde", antwortete er und öffnete die Beifahrertür seines Wagens. "Aber du willst dir doch wohl nicht eine Fahrt in diesem Luxusschlitten entgehen lassen?"

Lächelnd stieg sie ein und sah sich in dem ziemlich ramponierten, alten Fahrzeug um.

"Ich will ihn nicht hergeben. Es stecken zu viele Erinnerungen an Melia darin", antwortete er auf ihre nicht ausgesprochene Frage und lenkte den Wagen zurück auf die Hauptstraße.

"Sie hat dir viel bedeutet." Es war eine Feststellung, keine Frage, denn in jedem seiner Worte erkannte sie den Schmerz, den ihr Verlust noch immer in ihm auslöste.

"Sie war mein Ein und Alles von dem Moment an, an dem meine Eltern sie mit aus dem Krankenhaus gebracht hatten. Ich habe meine Großer-Bruder-Rolle ziemlich ernst genommen." Deacon lächelte sie schief an, als sie an einer Ampel zum Stehen kamen.

"Ich hätte gern einen großen Bruder wie dich gehabt", gab sie ehrlich zurück.

"Einzelkind?"

"Pflegefamilie. Aber ich bin mit den anderen Kindern nie gut ausgekommen und habe auch jetzt keinen Kontakt mehr zu ihnen."

Um von dem unangenehmen Thema abzulenken, zeigte sie aufs Armaturenbrett mit den vielen bunten Farbpunkten und grinste.

"Was ist das?"

"Melia", antwortete Deacon in einem ergebenen Ton, ehe er ihr erzählte, was seine kleine Schwester alles mit diesem Wagen angestellt hatte. Jedes Wort war dabei so voller Liebe für sie, dass ihr ganz schwer ums Herz wurde.

Sie stellte sich vor, wie es gewesen wäre, wenn sie ihr Leben lang so geliebt worden wäre, wenn Sam nicht der erste Mensch gewesen wäre, der ihr das Gefühl gegeben hatte, etwas Besonderes zu sein, wertvoll und liebenswert.

Vielleicht wäre ihr Leben dann anders verlaufen, vielleicht ein wenig glücklicher.

DEACON

Die Fahrt durch die ihm vertrauten Straßen war so angenehm, dass er sich wünschte, er könnte einfach ewig weiterfahren.

Allein ihr Lachen zu hören, als sie die Geschichten über Melia hörte, machte alles irgendwie besser. Er sah nicht den endlosen New Yorker Verkehr, der ihm Tag für Tag auf die Nerven ging, sondern genoss die Zeit, die sie im Stau verbrachten.

Alles wirkte anders an diesem Tag, bunter, freundlicher.

Nach Melias Tod und Devons Verhaftung war alles irgendwie grau geworden. Seine neuen Freunde hatten ihn aufgefangen, aber die Gefühle, die Hazel in ihm auslöste, waren ihm schon beinahe fremd und ungewohnt.

Sie war der erste Mensch, mit dem er sich vorstellen konnte, eine Zukunft zu haben, die Vergangenheit ruhen zu lassen und einen Neuanfang zu wagen. Nur leider schien Hazel noch nicht so weit zu sein.

Natürlich war ihre Situation nicht zu vergleichen. Zwar hatten sie beide einen geliebten Menschen verloren, aber bei Hazel schien zusätzlich ein schlechtes Gewissen eine Rolle zu spielen.

Nach allem, was er bislang aus ihr herauskitzeln konnte, wollte sie nicht, dass jemand den Platz ihres Mannes einnahm, sie wollte ihn nicht ersetzen, was auch gar nicht funktionierte.

Er hielt den Wagen vor dem Shoreless, stieg aus und umrundete das Heck. Dann öffnete er die Beifahrertür, um Hazel herauszuhelfen.

"Ist das nicht … ein wenig …", stammelte Hazel auf der Suche nach der richtigen Beschreibung für dieses Restaurant.

"Nobel?", bot er an.

Sie nickte.

"Es gehört einem guten Bekannten von mir, mach dir keine Gedanken." Er gab den Schlüssel dem Mann vom Parkservice, der den Ford ziemlich kritisch musterte.

"Fahr ihn einfach weg, Henry", sagte Blade, der an diesem Abend die Tür bewachte. Ins Shoreless konnte nicht jeder gehen. Entweder man passte ins Raster, tja, oder man kannte eben den Besitzer. Letzteres traf auf Deacon und seine Freunde zu.

"Hey, Blade", grüßte Deacon ihn und stellte dann Hazel vor. "Ich hab heute Nachmittag mit Drake telefoniert. Er hat uns einen Tisch reserviert."

Blade nickte und öffnete ihnen die Tür, ehe er dem Maître d' Bescheid gab, der sie dann zu ihrem Platz führte.

Während sie sich setzten und bestellten, war Hazel ziemlich ruhig. Mit großen Augen betrachtete sie jedes noch so kleine Detail des Restaurants. Beinahe ehrfürchtig strich sie über die steifen Stoffservietten und die auf Hochglanz polierten Gläser.

Deacon fing ihre Hand ab, als sie zum wiederholten Mal über die Blätter der Tischdeko streichen wollte.

"Du gehst nicht sonderlich oft aus, oder?", fragte er und lächelte sie beruhigend an.

Hazel schüttelte den Kopf. "In so einem vornehmen Restaurant war ich noch nie und ich komme mir irgendwie fehl am Platz vor."

Aufmunternd drückte er ihre Hand.

"Wenn Slade und Adam ins Shoreless zum Essen kommen können, passt du erst recht rein."

Sie runzelte die Stirn. "Ich kann mir keinen von beiden hier so richtig vorstellen."

"Adam geht auch selten hierher. Er und Drake haben sich immer mal wieder in den Haaren, weil Drake eine Bar ganz in der Nähe des Centrals aufgemacht hat." Dass es sich beim Infinity nicht um eine herkömmliche Bar handelte, verschwieg Deacon lieber.

"Und Slade?"

"Der eigentlich auch nur, wenn Lilly ihn nötigt. Die Firma, für die Lilly arbeitet, bekommt von Drake immer mal wieder Aufträge. Ich glaube, er wählt Lillys Arbeitgeber extra aus, um Slade ein wenig zu ärgern, wenn er Lilly dann schöne Augen macht."

Bei den Geschichten über seine Freunde entspannte Hazel sich sichtlich. Bis zum Hauptgang schien sie wieder vollkommen gelöst. Deshalb wagte er sich weiter vor.

Als Hazel sich den ersten Bissen Zitronenlachs in den Mund schob, schloss sie genießerisch die braunen Augen.

Deacon nutzte die Gelegenheit und fragte möglichst beiläufig: "Wohin seid ihr zum Essen gegangen ... also du und dein Mann?"

Dabei sah er sie bewusst nicht an, sondern widmete sich seinen Kartoffeln. Als er wieder aufsah, bemerkte er, dass sie den Fisch auf ihrem Teller herumschob.

"Wir sind nie wirklich essen gegangen. Wenn überhaupt, einmal Burger im Diner."

Um die Stimmung wieder aufzulockern, sagte er: "Du hättest sagen können, dass dir das hier nicht gefällt, dann hätte ich dich zu einem Diner gebracht und dir die besten Burger besorgt."

Hazel lachte auf.

"Wem würde das hier nicht gefallen?", fragte sie und deutete in den Raum. "Ganz davon abgesehen ist das Essen fantastisch."

"Das freut mich wirklich sehr zu hören!", sagte Drake und trat zu ihnen an den Tisch.

"Was hast du da für ein bezauberndes Wesen in mein Restaurant gebracht, Deacon, alter Freund."

Deacon verdrehte die Augen, als Drake Hazels Hand nahm und ihren Handrücken auf altmodische Art und Weise küsste, wahrscheinlich hauptsächlich, um ihn zu ärgern.

Zu einem anderen Zeitpunkt wäre Deacon eifersüchtig geworden, aber er war sich sicher, dass Hazel überhaupt nicht auf aalglatte Typen wie Drake stand … ganz davon abgesehen, dass sie überhaupt keinen Mann in ihr Leben lassen wollte. Aber das war ein anderes Problem.

"Hazel, das ist Andrew Drake. Andrew, Hazel, sie arbeitet seit Kurzem in Slades Club."

Andrews Grinsen wurde verschmitzt. "In mein Restaurant würden Sie besser passen."

Deacon lachte auf. "Keine Chance, dass Slade sie dir überlässt. Er hat mir schon mit Hausverbot gedroht, wenn ich Hazel nicht in Ruhe lasse!"

Hazel sah ihn schockiert an. Davon hatte Deacon ihr noch nichts erzählt. Warum auch, er wusste, dass Slade das niemals ernsthaft tun würde, und Hazel ließ sich sowieso immer so schnell verunsichern.

"Wenn Sie so eine herausragende Arbeitskraft sind, dass Slade Sie vor seinen Freunden verteidigt, habe ich noch einen Grund mehr, Sie abzuwerben", schnurrte Drake.

Zufrieden lächelte Deacon, als Hazel ihm daraufhin die Hand entzog.

"Danke, aber nein, danke. Ich bin sehr glücklich mit meiner Arbeit im Club."

Seufzend trat Drake einen Schritt zurück. "Dann werde ich wohl noch weitersuchen müssen. Sollten Sie Ihre Meinung jemals ändern, stehen Ihnen meine Türen offen", sagte er zwinkernd. Er wandte sich an Deacon. "Immer wieder schön, dich zu sehen, Deacon."

"Danke für den Tisch", antwortete Deacon, dann verabschiedete sich Drake und schlenderte weiter durch das Restaurant, um Freunde, Bekannte, Stars und Sternchen zu begrüßen.

"Wenn es dir gefällt, warum wart ihr nie in so einem Restaurant?", fragte Deacon, als sie die Crème brulée aßen.

Es dauerte eine ganze Weile, und als Deacon schon nicht mehr damit rechnete, antwortete Hazel doch noch.

"Wir hatten es immer vor, aber das Geld war knapp, wir hatten einen Haufen Schulden und kamen gerade so über die Runden. Wir wollten an unserem ersten Hochzeitstag dann richtig schön essen gehen mit allem Drum und Dran."

Da er wusste, wie schwer es war, über so schmerzliche Themen zu sprechen, versuchte er so einfühlsam wie möglich vorzugehen.

"Wie lange wart ihr zusammen?"

Sie lächelte wehmütig. "Nicht ganz ein Jahr. Wir haben bereits nach drei Monaten geheiratet und uns ein Haus gekauft. Es war alles ein wenig überstürzt, aber wir wollten dieses Leben so sehr …" Sie brach ab und blinzelte heftig.

HAZEL

Sie wusste nicht, warum es ihr so leichtfiel, mit Deacon über ihre Vergangenheit zu sprechen. Vielleicht weil sie sehen konnte, dass es ihm genauso ergangen war?

Warum auch immer, es fühlte sich sehr befreiend an, ihm diese Erinnerungen anzuvertrauen, ihren Schmerz teilen zu können.

"Danke", sagte sie, als sie nach draußen zu seinem Wagen gingen.

"Ich lade dich jederzeit wieder zum Essen ein, Honey."

Er grinste sie frech an, doch sie erwiderte es nicht. Sie wollte, dass er verstand, wie ernst es ihr damit war. "Nicht nur für das Essen … ich meine deine Freundschaft, dass du mir zuhörst."

Auch sein Gesichtsausdruck wurde ernst. Dann nahm er ihre Hand und zog sie mit sich um das Gebäude herum zu dem kleinen Gartengrundstück, das zum Shoreless gehörte.

Sein Daumen streichelte dabei über ihren Handrücken, löste ein Kribbeln in ihrer Magengegend aus, das sie nicht zulassen wollte … nicht zulassen durfte!

Als sie allein und auf einer nur vom Mond beschienenen Terrasse ankamen, hielt er an und stellte sich dicht vor sie.

Er räusperte sich und leckte sich irgendwie nervös über die Lippen.

"Du weißt, dass ich mehr für dich sein könnte, dass ich immer für dich da sein könnte."

Sie wollte einen Schritt zurücktreten, doch Deacon legte ihr einen Arm um die Taille und zog sie an sich.

Seine Berührungen, seine Wärme, sein starker Griff, das alles fühlte sich so unbeschreiblich gut an, dass sie keine Worte dafür fand. Mit jedem Mal, bei dem sie seine Hände auf ihrer Haut spürte, fiel es ihr schwerer, ihm zu widerstehen.

"Ich … ich kann nicht", stammelte sie, während sie gleichzeitig seinen männlichen Duft einatmete. Wie konnte sich etwas so richtig und so falsch gleichzeitig anfühlen?

"Was genau kannst du nicht?", hakte er nach.

Sein Drängen weckte ein kleines bisschen Wut in ihr.

Warum machte er es ihr so schwer? Warum konnte er nicht einfach mit ihrer – zugegebenermaßen etwas skurrilen und einzigartigen – Freundschaft zufrieden sein?

Wütend auf ihn, weil er sie so bedrängte, und wütend auf sich selbst, weil sie ihn so weit in ihr Leben gelassen hatte, antwortete sie schroff: "Der Platz an meiner Seite ist bereits besetzt, Deacon. Ich werde Sam nicht einfach so vergessen."

Doch anders als erwartet wurde er nicht sauer, sondern lächelte nur milde.

"Ich habe nicht vor, den Platz deines Mannes einzunehmen, Hazel. Niemand kann einen geliebten Menschen ersetzen. Ich würde mir das niemals anmaßen. Aber ich bin mir sicher, dein Herz ist groß genug, um mehr als nur einem Menschen dort ein Plätzchen einzuräumen."

Sein Gesichtsausdruck war so ernst und gleichzeitig weich, dass sie nicht anders konnte, als sich ein kleines bisschen zu entspannen.

"Ich will nicht dein Mann sein, ich will nicht in deinem Haus leben oder eure Träume übernehmen. Ich will etwas Neues mit dir, Hazel. Ich habe keine Ahnung, was das zwischen uns werden kann, aber ich will es versuchen."

Ihre Augen brannten, und ihre Kehle fühlte sich zu eng an, um auch nur ein Wort zu sagen. Ihre Zunge klebte an ihrem Gaumen.

"Du bist noch nicht einmal dreißig, Hazel. Du kannst doch jetzt nicht schon aufhören zu leben", flüsterte er und streichelte über ihre Wange. "Ich bin mir sicher, er hätte nicht gewollt, dass du mit ihm stirbst."

Ein leises Schluchzen stieg in ihrer Kehle empor und der Druck auf ihrer Brust war kaum noch auszuhalten.

Deacon hatte recht und oft fühlte sie sich von der Last ihrer Schuldgefühle erdrückt. Aber es fühlte sich so falsch, so unfair an, einfach weiterzumachen, wo sein Leben doch viel zu früh geendet hatte.

Weil er sie wie immer verstand, auch ohne dass sie ein Wort sagte, zog er sie einfach an seine Brust und ließ sie weinen, wartete geduldig, bis all die Tränen, die sie sich in den letzten Monaten verboten hatte, verebbt waren.

Ihr Körper bebte unkontrolliert, sie konnte es nicht aufhalten. Alles, was sie davon abhielt, zusammenzubrechen, waren Deacons starke Arme, die sie fest umschlossen.

Er hielt sie, hüllte sie ein in dieses Versprechen von Sicherheit, Zuneigung und Verständnis, das sie bislang nur bei Sam gefunden hatte.

Doch zum ersten Mal fühlte sie sich bei diesem Gedanken nicht schuldig, denn Deacon hatte recht: Sam hätte nicht gewollt, dass sie mit ihm starb.

Doch auch als sie sich ganz langsam wieder beruhigte, ließ er sie nicht los. Er hielt sie weiter fest an seine breite Brust gepresst, hüllte sie mit seiner Stärke, seiner Wärme und seinem Duft ein.

"Auch wenn ich es mir niemals zu träumen gewagt hätte, glaube ich wirklich, das hier … wir beide, das ist genau das, was ich brauche. Ganz egal, was daraus wird, ob nun eine besondere Freundschaft, eine richtige Beziehung oder eine Affäre, die uns beiden zurück ins Leben hilft. Ich glaube, das hier könnte unser Ding werden, Hazel. Unsere zweite Chance", sagte er ganz leise.

Seine Worte klangen zu schön, um wahr zu sein, aber sie wollte ihm so gern glauben. Sie wollte darauf vertrauen, dass Deacon ihr dieses himmlische Gefühl von Leichtigkeit zurückbringen konnte, dass er ihr helfen konnte, die Trauer, die von ihrem Leben Besitz ergriffen hatte, zu bewältigen.

"Ich werde dir nicht genug zurückgeben können", flüsterte sie, weil die kleine Stimme in ihrem Inneren noch immer darauf beharrte, dass sie nicht gut genug für Deacon war.

Er nahm ihr Gesicht in beide Hände und zwang sie, ihm in die Augen zu sehen.

Seine Daumen streichelten über ihre Wangenknochen, und in seinem Blick lag eine Zuneigung, die sie seit zwei Jahren vermisste. Sie fühlte sich so unglaublich allein auf dieser Welt und Deacon konnte ihre Rettung sein.

"Wenn wir es versuchen, verspreche ich dir, dass ich dir alles gebe, was von meinem Herzen übrig ist. Wenn du es auch versuchst, reicht mir das. Ich kann kämpfen für uns beide."

Zittrig lächelte sie. "Du weißt, dass das eine ganz bescheuerte Idee ist. Es ist total unvernünftig. Wie sollen ausgerechnet wir beide das irgendwie hinbekommen?"

Statt ihr zu antworten, beugte er sich zu ihr und küsste ihren Mund. Seine Lippen waren so weich, so einladend, wie sie es in Erinnerung hatte.

Allein diese kleine, unschuldige Berührung reichte aus, um ihr Herz zum Rasen zu bringen. Deacon erweckte lang vergessene Wünsche und Sehnsüchte in ihr. Eine Reihe von Gefühlen, von denen sie nicht geglaubt hätte, dass irgendein Mann das jemals wieder schaffen könnte.

"Ich weiß nicht ob oder wie", antwortete er, nachdem er sich nur wenige Zentimeter von ihren Lippen gelöst hatte. "Aber ich weiß, dass ich es verdammt noch mal bereuen werde, wenn ich es nicht versuche."

Sie fühlte sich innerlich zerrissen, wusste nicht, ob sie diesem berauschenden Glück nachgeben durfte oder sich auf das Versprechen konzentrieren sollte, das sie Sam gegeben hatte.

Als könnte er ihre Zweifel sehen, presste er seine Lippen auf ihre Stirn. Sie spürte sein Seufzen, als er sie wieder an sich drückte.

"Lass uns einfach sehen, was passieren wird. Hör auf, nachzudenken, und fang an zu fühlen, Honey. Dein Kopf hat eine Pause verdient."

Sie lächelte an seiner Brust. Vielleicht hatte er recht, vielleicht sollte sie es einfach versuchen. Sie konnte nicht den Kopf in den Sand stecken und so tun, als hätte sich nichts verändert.

Auch wenn es sich nicht richtig anfühlte, wollte sie sehen, was die Zukunft ihr noch zu bieten hatte, und den Schmerz, den Sams Verlust hinterlassen hatte, endlich loslassen.

Also raffte sie all ihren Mut zusammen, stellte sich auf die Zehenspitzen und presste ihre Lippen auf seine.

Es war anders, als *nur* von ihm geküsst zu werden. Es war eine bewusste Entscheidung, ein Statement für ihre Zukunft. Sie wollte leben. Mit allem, was dazugehörte. Und sie wollte versuchen, Deacon so viel zurückzugeben, wie er verdiente.

DEACON

Er konnte es noch immer kaum fassen, dass sie ihm zugestimmt hatte, dass sie eingewilligt hatte, mit ihm zusammen herauszufinden, was zwischen ihnen sein konnte.

Und doch stand sie nun zum zweiten Mal in seiner Wohnung, wobei sie dieses Mal sogar freiwillig mit ihm gekommen war. Die ganze Fahrt über hatte er darauf gewartet, dass sie einen Rückzieher machte, dass sie ihn bat, sie doch nach Hause zu bringen.

Aber nun stand Hazel mitten im Raum und sah sich unsicher um. Er wusste genau, wie sie sich fühlte, weil auch er keine Ahnung hatte, wohin die Reise ging.

Dann veränderte sich ihr Gesichtsausdruck, als hätte sie eine Entscheidung gefasst.

Mit wenigen Schritten kam sie zu ihm, schlang ihm ihre Arme um den Hals und presste ihre Lippen auf seine.

Dieser süßen Versuchung konnte er nicht wiederstehen. Ihre Küsse machten süchtig. Seit er ihre Lippen zum ersten Mal berührt hatte, konnte er nicht aufhören, daran zu denken, wie weich und anschmiegsam sie waren, wie harmonisch sie sich auf seinen bewegten und wie atemberaubend Hazel schmeckte.

Süß und frisch, nach Schokolade und Minze und nach ihrer ganz eigenen Note.

Hazel presste ihren schmalen Körper an seinen. Meinte sie das wirklich ernst? Er konnte sich nicht vorstellen, dass sie schon bereit dazu war, mit ihm ins Bett zu steigen. Also nicht, dass er sich das nicht wünschte. Verdammt noch mal, er würde seinen Arm dafür geben, endlich ihren Körper erforschen zu können und sich so tief wie möglich in ihr zu versenken.

Jeden verdammten Tag bearbeitete er seinen Schwanz in der Dusche, weil er schlecht mit einer Latte vor ihr im Club stehen konnte. Sie machte ihn an, seit sie ihm ihren süßen, kleinen Arsch auf dem Parkplatz des Boxclubs entgegengestreckt hatte.

Aber er war sich sicher, dass es für Hazel zu früh war. Als ihre schmalen Finger sich an den Knöpfen seines Hemdes zu schaffen machten, zwang er sich, den Kuss zu unterbrechen.

"Hazel … wir müssen nicht …"

Sie sah zu ihm auf, und in ihren Augen lag eine Entschlossenheit, die er nicht von ihr kannte.

"Doch. Ich muss", flüsterte sie und er verstand. Wenn sie den Versuch wagen wollte, sich auf ihn einzulassen, wollte sie wissen, ob es schon von vornherein zum Scheitern verurteilt war. Oder ob sie es schaffte, ihre Gefühle und Erinnerungen auszuschalten und sich mit allem, was dazugehörte, auf ihn einzulassen. Zumindest redete er sich das ein. Sein Hirn würde wohl jede verdammte Ausrede gelten lassen, wenn das nur hieß, dass er sich endlich tief in ihr vergraben konnte.

Langsam schob er sie rückwärts in Richtung seines Bettes. Ihre Küsse wurden langsamer, bewusster, weniger gierig. Ihnen beiden war klar, was das bedeutete und wie wichtig dieser Schritt für ihre gemeinsame Zukunft war.

Deacon nahm sich Zeit, entkleidete Hazel langsam, während seine Lippen jeden Zentimeter ihrer Haut erkundeten. Er wollte sie spüren, sie schmecken, wollte wissen, was ihr gefiel und was ihnen beiden eine unvergessliche Nacht bescheren würde.

Ihre kleinen, straffen Brüste waren sensibel und die Geräusche, die er ihr entlockte, als er die harten Spitzen mit seinem Mund verwöhnte, waren Musik in seinen Ohren.

Sanft, beinahe andächtig streichelte sie über seinen Rücken, seine Schultern und die Brust. Ihr gefiel, was sie sah, das konnte er deutlich in ihren Augen ablesen. Es erregte ihn, zu wissen, dass sie ihn so sehr begehrte.

Sie war bereits feucht, als seine Finger auf ihre Mitte trafen, sie streichelten und dehnten. Fasziniert beobachtete er, wie ihr schmaler Körper sich unter ihm wand, wie sie sich ihm vor Lust entgegen bäumte und stöhnend zurück auf das Bett fiel.

Sein ganzer Körper war angespannt, fast schon verkrampft, so sehr musste er sich beherrschen, nicht einfach in sie einzudringen und sich zu nehmen, was er wollte.

Sein Schwanz war schmerzhaft steif, bettelte pulsierend um Erlösung, während Deacon nicht genug davon bekam, ihren begierigen Körper zu liebkosen.

Keuchend riss sie sich von seinen Lippen los, dann verkrampfte sich ihr ganzer Körper. Zitternd kam sie in seinen Armen, stöhnte seinen Namen, was ihm endgültig die Beherrschung raubte.

Schnell zog er sich das bereitgelegte Kondom über und ließ sich dann zwischen ihre Schenkel sinken.

Er spürte die Zuckungen ihrer inneren Muskulatur, während er langsam in sie eindrang.

Sie fühlte sich so unbeschreiblich gut an, eng und heiß umschloss sie ihn, während er ein ums andere Mal tief in sie stieß. Ihre keuchenden Atemzüge vermischten sich, trieben einander in immer höhere Sphären.

Als Hazel wenig später von ihrem zweiten Höhepunkt überrollt wurde, ließ auch er los.

Ihren Namen stöhnend ergoss er sich in ihr, während er sich fest an sie presste und jedes Zucken ihres Körpers genoss.

Keuchend stützte er sich neben ihr ab, gerade hoch genug, damit sie nicht von ihm erdrückt wurde, aber so wenig, dass sein Körper noch immer dicht an ihrem war. Er genoss ihr Zittern, ihren schnellen Atem und das Rasen ihres Herzens. Sein Körper fühlte sich herrlich befriedigt an, auch wenn er noch lange nicht genug von ihr hatte.

HAZEL

Sex mit Deacon war atemberaubend. So intensiv und belebend bis in die letzte Zelle, dass sie sich körperlich herrlich ermattet fühlte.

Körperlich wohlgemerkt, denn ihre Gedanken und Gefühle drehten in Höchstgeschwindigkeit ihre Runden.

Es handelte sich dabei um einen hochexplosiven Cocktail, der es ihr unmöglich machte, auch nur ein Auge zu schließen. Angespannt lag sie, seit sich ihr Atem wieder beruhigt hatte, in Deacons Armen.

Ihre Gedanken hatten gerade angefangen, sich im Kreis zu drehen, als Deacon im Bad verschwunden war.

Nach seiner Rückkehr hatte er sich völlig selbstverständlich neben sie gelegt, sie an seine Brust gezogen und war nach einem Kuss auf ihre Stirn eingeschlafen.

Einfach so.

Als hätten gerade nicht lebensverändernde Dinge stattgefunden.

Sein gleichmäßiger Atem verhöhnte sie. Wie konnte er schlafen?

In ihrem Kopf spielten sich sämtliche möglichen Zukunftsszenarien gleichzeitig ab, ohne dass sie irgendetwas dagegen tun konnte.

Und neben allem, was ihren Kopf vernebelte, gab es da noch die kleinen Stiche in ihr Herz. Auch wenn ihr theoretisch klar war, dass sie mit 28 noch keine Witwe war, die für den Rest ihres Lebens auf Männer verzichten konnte, so fühlte es sich doch an, als hätte sie Sam betrogen.

Sie hatte ihm ewige Liebe versprochen und schon zwei Jahre nach seinem Tod lag sie mit einem anderen im Bett?

Sie konnte nicht zulassen, dass mehr zwischen ihnen entstand, sie konnte Sam nicht noch mehr betrügen, als sie es hiermit schon getan hatte.

Ganz langsam und vorsichtig schob sie Deacons Arm von ihrer Taille. Für einen Moment dachte sie, seine Körperspannung und seine Atmung hätten sich verändert, also blieb sie ganz still liegen.

Erst als sie sich sicher war, dass sie sich das nur eingebildet hatte, schob sie sich weiter vorsichtig aus dem Bett.

Geräuschlos sammelte sie ihre Kleidungsstücke zusammen und ging auf Zehenspitzen ins Wohnzimmer, um sich anzuziehen. Ihr Herz raste, weil sie jeden Moment damit rechnete, dass Deacon aufwachen würde und ihre Flucht bemerkte. Ihr war durchaus klar, dass dieses leise Verschwinden absolut nicht in seinem Sinne war, aber sie konnte sich ihm jetzt nicht stellen, konnte sich nicht mit ihm und seinen Wünschen auseinandersetzen.

Sie brauchte etwas Zeit für sich. Zeit, um sich mit ihren absolut widerstreitenden Gefühlen auseinanderzusetzen.

Das Klicken der Wohnungstür, als sie den Ort verließ, an dem ihr Leben so restlos durcheinandergeworfen worden war, hallte viel zu laut in der stillen Nacht.

Sie blieb nicht stehen, um zu sehen, ob Deacon aufgewacht war. So schnell wie möglich verschwand sie aus dem Haus und hoffte, gleich ein Taxi zu bekommen.

Ihr Herz raste vor Aufregung. Sie wollte und konnte sich jetzt nicht mit Deacon auseinandersetzen. Er würde sie hundertprozentig zurück in seine Wohnung zerren und ihr mit lauter logischen und schlüssigen Argumenten erklären, warum es Blödsinn war, jetzt einfach davonzulaufen wie ein kleines Kind.

Aber nichts an ihren Gefühlen, die sie in diesem

Moment überkamen, war logisch oder schlüssig oder auch nur in geringster Weise rational.

Im Gegenteil, die Gefühlsachterbahn, die sie durchlief, war Schwachsinn, was sie nicht weniger überwältigend machte.

Endlich hielt eines der gelben Taxis auf ihr Winken hin. Mit einem erleichterten Seufzen, weil kein Deacon auf der Straße aufgetaucht war, um mit verstrubbelten Haaren nach ihr Ausschau zu halten, ließ sie sich in den Sitz sinken und nannte dem Fahrer ihre Adresse.

Sie musste nach Hause.

10 Warum?

DEACON

Die ersten Sonnenstrahlen auf seinem Gesicht weckten ihn. Er spürte jeden Muskel in seinem Körper, was ihn an den hervorragenden Sex mit Hazel denken ließ.

Ein Erlebnis, das er nicht so schnell vergessen würde und das er definitiv wiederholen wollte!

Mit noch immer geschlossenen Augen streckte er die Hand nach Hazel aus. Am Abend zuvor hatte sie noch in seinen Armen gelegen und er musste sich irgendwann weggedreht haben.

Er war nicht so der Kuscheltyp, machte es eher, weil die Frauen es nach dem Sex nun mal gernhatten. Zu seiner eigenen Verwunderung hatte es ihm gefallen, Hazel im Arm zu halten. Es hatte sich irgendwie richtig angefühlt, und er ärgerte sich darüber, dass er dieses Gefühl beim Aufwachen nicht erleben konnte.

Nachdem seine nach Hazel tastende Hand erfolglos blieb, zwang er sich, die Augen einen Spaltbreit zu öffnen.

Für ihn war es noch viel zu früh, um aufzustehen. Geradezu unchristlich früh. Er war eher der Typ Nachteule, arbeitete bis drei oder vier Uhr früh und schlief dann bis Mittag.

Seine müden Augen fanden keine Hazel in seinem Bett, auch sonst nirgends im Schlafzimmer. Als er bemerkte, dass ihre Kleidung ebenfalls fehlte, machte sich ein ungutes Gefühl in seinem Magen breit.

Mühsam stand er auf und lief nackt in Richtung Wohnzimmer, obwohl er sich ziemlich sicher war, dass er von Hazel keine Spur finden würde. Mit beiden Händen fuhr er sich durch die Haare und versuchte sich zu beruhigen. Es brachte überhaupt nichts, wenn er jetzt wütend wurde, weil diese kleine Hexe sich einfach so davongeschlichen hatte, als wäre er ein billiger One-Night-Stand, den sie schon wieder bereute.

Wobei es durchaus sein könnte, dass sie die Nacht nicht als so denkwürdig empfunden hatte wie er selbst. In ihrem kleinen Köpfchen fanden schließlich ständig irgendwelche skurrilen Schuldempfindungen statt, die überhaupt keinen Sinn ergaben.

Aber wie dem auch sei, er würde sie zur Rede stellen und diese wirren Dinge beiseiteräumen, damit sie endlich da weitermachen konnten, wo sie gestern aufgehört hatten.

Da er sich sicher war, dass Hazel auf keinen Fall einen Anruf von ihm entgegennehmen würde, versuchte er es gar nicht erst. Er drehte sich auf dem Absatz um und ging unter die Dusche. Im Club würde er sie sicher antreffen.

Dann würde er ihr den Kopf zurechtrücken, sie zurück in seine Wohnung zerren und noch mal diesen Körper vögeln, der ihm den Verstand raubte. Er wollte ihre Hände wieder auf seiner Haut, ihren Mund und ihre Zunge, wollte sich tief in ihrer warmen, nassen Pussy versenken, wollte … Stöhnend verbat er sich jeden weiteren Gedanken und stellte das Wasser auf kalt.

Er zischte, als der kalte Strahl seine Erektion traf, dann biss er die Zähne zusammen. Auch dafür würde sie bezahlen, diese kleine Hexe namens Hazel, die ihm seinen verdammten Verstand geraubt hatte!

HAZEL

Nervös biss Hazel sich auf die Unterlippe, als sie den Club aufsperrte und so schnell wie möglich in ihr Büro flüchtete.

Sie hatte ziemlich lange mit sich gehadert, ob sie an diesem Tag überhaupt zur Arbeit gehen sollte. Auf die Auseinandersetzung, die mit Sicherheit mit Deacon folgen würde, hatte sie keine Lust. Sie konnte sich ziemlich gut vorstellen, wie er am Morgen erwacht war, nur um festzustellen, dass sie schon weg war.

Aber ihren Job zu riskieren, nur weil sie sich lieber wie ein kleines Mädchen verstecken wollte, kam absolut nicht infrage.

Dieser Job war super. Tolle Arbeitszeiten, nette Kollegen, einen erstklassigen Boss und dazu noch ein wirklich gutes Gehalt, von dem sie nicht nur leben, sondern sogar noch ein paar ihrer Schulden abbezahlen konnte. Und hätte sie einfach auf die Arbeitsetikette gehört und nichts mit jemand an ihrem Arbeitsplatz angefangen, hätte sie dieses Problem gar nicht erst.

"Guten Morgen."

Sie zuckte zusammen, als sie unvermittelt Slades Stimme hörte. Schnell pflasterte sie sich ein Lächeln ins Gesicht und drehte sich dann zu ihm um

"Guten Morgen, Boss."

"Alles in Ordnung?", fragte dieser nach und sah sich die Post durch, die Hazel mit ins Büro gebracht hatte.

"Bestens." Selbst in ihren Ohren klang ihre Stimme piepsig. Sie hatte sie aber einfach nicht mehr besser unter Kontrolle, denn genau in diesem Moment erschien Deacon im Türrahmen und funkelte sie finster an.

Slade sah über seine Schulter. "Morgen, Deac."

Deacon nickte nur, nicht ohne seinen Blick von ihr zu nehmen. Mit gerunzelter Stirn wandte Slade sich wieder ihr zu und sah sie fragend an.

"Ich lass euch dann mal allein", murmelte Slade. Sein Blick sagte dabei: *Was zum Teufel hast du verbrochen?*

Tja, eigentlich gar nichts. Sie hatte getan, was sie wollte, und das war ja wohl immer noch ihr gutes Recht!

Wütend, dass Deacon sie vor Slade so bloßstellte, reckte sie das Kinn nach oben und verschränkte die Arme vor der Brust.

"Brauchst du nicht, ich habe noch einige Verträge, die wir durchgehen sollten."

Deacon verschränkte ebenfalls die Arme vor der Brust. Zugegeben, bei ihm sah es wesentlich eindrucksvoller aus, da die ausgeprägten Bizepse sich so enorm wölbten, dass er aussah wie ein Bodybilder in dem eng anliegenden, weißen Shirt.

"Wir reden. Jetzt!"

Dass auch er seine Emotionen nur so mühsam unter Kontrolle hatte, machte sie nervös. Und dass es sie nervös machte, machte sie nur noch wütender.

"Kein Bedarf!"

"Hazel!"

Sein warnender Tonfall veranlasste sie dazu, ihre Augen zu Schlitzen zu verengen. Wie konnte er es wagen, so mit ihr zu sprechen, wo Slade noch immer im Raum war!

Dieser sah zwischen ihnen beiden hin und her, als betrachte er einen äußerst interessanten Boxkampf, bei dem er nichts verpassen wollte.

Dann hob Slade kapitulierend die Hände. "Okay … das scheint ein größeres, privates Problem zu sein, ich gehe …"

Deacons energisches "JA!" kam gleichzeitig mit Hazels "NEIN!".

"Deshalb hau ich jetzt ab. Ich bin unten bei den Jungs, wenn einer von euch was braucht", beendete er ungerührt seinen Satz und verschwand schnellen Schrittes aus dem Büro.

Dass er dabei Deacon solidarisch auf die Schulter klopfte, brachte das Fass bei Hazel endgültig zum Überlaufen.

"Sag mal, hast du nicht mehr alle Tassen im Schrank?", blaffte sie los, kaum dass Deacon die Tür hinter sich geschlossen hatte.

Er hob so spöttisch eine Augenbraue, dass sie sich kaum noch beherrschen konnte, ihm etwas an den Kopf zu werfen.

"Das fragt ausgerechnet die Frau, die sich nachts aus meiner Wohnung schleicht?"

Er lehnte sich mit dem Rücken gegen die Tür und versperrte somit jede Fluchtmöglichkeit, was sie nur noch wütender machte.

"Ich kann mich nicht daran erinnern, dass ich irgendwo unterschrieben hätte, dass ich über Nacht bleiben muss, nur weil wir Sex hatten!"

Sie sah eine Ader auf seiner Stirn pulsieren, etwas, was sie erst ein einziges Mal entdeckt hatte, als Deacon sich ihretwegen mit Brad in den Haaren gehabt hatte.

Wie sehr wünschte sie sich diese harmlosen Zickereien zurück. Sie waren nichts im Vergleich zum aktuellen Drama.

"Und deswegen hast du das Recht, mich zu behandeln wie einen billigen Fick?", knurrte er.

Ungläubig starrte sie ihn an. "Du hast doch gesagt, ich soll leben und machen, was ich will. Dass ich mich nicht einschränken soll! Tu ja nicht so, als hätte ich dich zum Sex genötigt!"

"Was zum Teufel stimmt nicht mit dir? Du weißt genau, dass da mehr ist zwischen uns! Es hilft nichts, es einfach nur zu leugnen!"

Seine Worte trafen sie wie Peitschenschläge, zogen ihr den Boden unter den Füßen weg. Völlig verzweifelt griff sie nach dem Stiftehalter und warf ihn nach ihm.

Kugelschreiber, Lineale und Bleistifte verteilten sich im Raum, während das schwere Metallding auf Deacon zuraste. Dieser sprang gerade noch rechtzeitig zur Seite, sodass das Ding nur eine Kerbe in der Holztür hinterließ.

"Du hast sie doch nicht mehr alle!", knurrte er und kam mit großen Schritten auf sie zu.

Noch bevor sie zurückweichen konnte, packte er sie an den Handgelenken und zog sie grob an seine Brust.

"Hör auf, dich so kindisch zu benehmen und um dich zu schnappen wie ein verwundetes Tier. Ich bin nicht dein Feind, Hazel!"

Seine Nähe lullte sie ein, sein Geruch, sein starker Griff, seine Präsenz, all das verleitete sie dazu, nachzugeben.

Aber war nicht genau das das Problem? Dass sie nachgegeben hatte, obwohl sie es besser wusste? Sie konnte, sie durfte nicht einfach so weitermachen, als hätte sich nichts geändert.

Aber Deacon hatte recht, hier um sich zu schlagen wie ein bockiges Kind hatte keinen Sinn.

Sie entspannte sich in seinem Griff und bemerkte, wie auch er sofort weicher wurde; als sie ihn ansah, entdeckte sie das zufriedene Lächeln in seinem Gesicht, das sie gleich würde zerstören müssen. Aber sie konnte nicht zulassen, dass das, was auch immer sich zwischen ihnen entwickelte, weiterging.

"Du hast mir versprochen, dass du nicht versuchen würdest, Sams Platz einzunehmen."

Sein Lächeln verblasste ganz langsam, und noch bevor er antworten konnte, sprach sie weiter.

"Du hast mich gebeten, weiterzuleben, es zu versuchen, und ich habe zugestimmt."

Seine Augenbrauen zogen sich sorgenvoll zusammen.

"Du hast mir angeboten, mein Freund zu sein, mir zu helfen, mich in diesem neuen Leben ohne Sam zurechtzufinden."

Er öffnete den Mund, doch Hazel fuhr fort. Ihr Ton wurde bitterer, er sollte wissen, wie sehr er sie enttäuscht hatte, wie sehr er sie in die Ecke drängte und damit verletzte.

"Hör auf, dir mehr zu nehmen, als dir zusteht, Deacon. Ich habe dich um all das nicht gebeten. Ich war glücklich, bis du kamst", sagte sie mit eiskaltem Ton.

Sein eben noch verwunderter Gesichtsausdruck wurde zu einem wütenden. Ganz langsam ließ er die Arme sinken, blieb aber dicht vor ihr stehen.

"Ich will das alles nicht! Du drängst mir deine Wünsche auf! Ich habe das alles nie gewollt!", zischte sie, auch wenn sich ihr Magen verknotete.

"Du warst glücklich? Wen willst du hier verarschen? Mich oder dich?", knurrte er.

Schneller als sie es verhindern konnte, schnellte ihre Hand nach oben und verpasste ihm eine Ohrfeige. Die darauf eintretende Stille ließ ihr Herz rasen.

Dann atmete er tief durch, schien sich völlig darauf zu konzentrieren, ruhig zu bleiben. Ohne ein weiteres Wort zu sagen, trat er einen Schritt zurück und drehte sich auf dem Absatz um.

Hazels Blut rauschte in ihren Adern und ihre Haut kribbelte von all dem Adrenalin in den letzten Minuten. Diese Auseinandersetzung war eine der heftigsten in ihrem Leben, obwohl kaum etwas geschehen war.

Ihr Magen verkrampfte sich, als sie ihn dabei beobachtete, wie er langsam in Richtung Tür ging. Ihr Herz brach, als er das Büro verließ, ohne noch ein einziges Mal zu ihr zu sehen.

Ihr Kopf wusste, dass es genau das Richtige gewesen war. Sie musste das hier beenden, bevor es schiefgehen konnte.

Sie musste ihr Leben wieder sortieren, ohne Deacon. Denn er brachte zu viele Gefühle mit sich, die sie sich einfach nicht leisten konnte. Sie brauchte Ruhe und Frieden, keinen Mann, der ihr mehr abverlangte, als sie zu geben bereit war.

Sie betete, dass das die richtige Entscheidung war.

DEACON

"Noch einen Scotch."

Adam hob eine Augenbraue, schenkte aber kommentarlos ein weiteres Glas ein.

Seine Frau nahm sich leider kein Beispiel an ihm. "Was zum Teufel ist los, Deac?"

Insgesamt war das Central schon mal besser zum Trübsalblasen gewesen, als Adam noch nicht in seiner heilen rosa Welt untergegangen war.

Jemand setzte sich neben ihn auf den Barhocker. "Ich kann zumindest das *Wer* beantworten. Aber was zwischen dir und Hazel vorgefallen ist, würde ich auch gern wissen", sagte Slade und ließ sich von Adam einen Rum-Cola machen.

"Das *Was* ist doch immer dasselbe", motzte Liam und ließ sich auf Deacons anderer Seite nieder. "Ich brauche viel Alkohol. Bourbon am besten."

"Was hat die Fotografin heute gemacht?", fragte Adam und stellte das Glas vor Liam ab.

Liam antwortete lediglich mit: "Scheiß Weiber!"

"Ich hab mit ihr geschlafen", platzte es aus Deacon heraus, ehe er es verhindern konnte, dann exte er sein Glas Scotch.

Adam pfiff durch die Zähne und schenkte ihm kommentarlos nach.

Slades Blick machte deutlich, wie beschissen er diese Aktion von ihm fand.

"Sorry, Mann! Echt, ich hab begriffen, warum man keinen Sex mit Angestellten … oder den Angestellten seines besten Freundes haben sollte. Glaub mir, sie jetzt jeden Tag sehen zu müssen, wird für mich schlimmer als für dich."

Deacon rieb sich über die Brust. Allein der Gedanke daran schmerzte auf eine Art, die er so bislang nicht kannte.

Slade trank sein Glas aus und bedeutete Adam, nachzuschenken.

"Wenn ich mir jemand Neuen suchen muss wegen dir, reiß ich dir persönlich den Arsch auf!", brummte Slade missmutig.

Nick, der bislang allen schweigend zugehört hatte, klopfte auf den Tresen.

"Nun mal langsam. Das muss nicht schlecht ausgehen. Schau mich an, ich vögel immer mit meinen Kollegen und habe noch nie Probleme bekommen."

Lilly, die gerade aus Richtung der Toiletten gekommen war, schnaubte und lehnte sich an Slades Brust.

"Dein äußerst fragiles Kartenhaus wird bald über dir zusammenstürzen, Nick. Auch wenn du es nicht sehen willst, was du da treibst, ist ein Spiel mit dem Feuer!"

Slade zog sie auf seinen Schoß und küsste ihren Hals.

Zu sehen, wie innig die beiden miteinander umgingen, ließ Deacons Magen verkrampfen. Genau das hatte er sich mit Hazel vorstellen können. Nur mit Hazel, nicht mit irgendeiner anderen Frau. Hazel hatte es irgendwie geschafft, sich in sein Herz zu schleichen, nur um es dann von innen heraus auseinanderzunehmen.

In diesem Moment hasste er sie dafür und überlegte fieberhaft, wie er aus dieser Nummer wieder herauskommen konnte.

"Was treibt Aiden eigentlich so?", fragte er, um von diesem elenden Frauenthema abzulenken.

"Er fährt eine Woche in sein Ferienhaus in Ocean City", antwortete Adam und widmete sich dann ein paar Frauen, die neue Drinks wollten.

Sie waren die Sorte Frauen, die seine Freunde und er früher regelmäßig aus dem Central abgeschleppt hatten.

Sie hätten sie brüderlich aufgeteilt und gefickt, bis sie genug gehabt hätten, und wären dann zur Tagesordnung übergegangen.

Wie schlecht es um sie alle stand, zeigte sich ganz deutlich darin, dass bis zu ihren aufdringlichen Rufen, dass sie etwas bestellen möchten, gar niemand auch nur die Anwesenheit dieser winzigen Röcke und Tops bemerkt hatte.

Während zwischen Lilly und Faith eine Diskussion ausbrach, dass ihre Männer sich ein Beispiel an Aiden nehmen und öfter Urlaub machen sollten, zückte Deacon sein Handy und schrieb Aiden eine Nachricht. Ein Männerurlaub war genau das Richtige für ihn, um seine Gedanken zu sortieren.

11 Folgen

HAZEL

Seit zwei Tagen fand sie keinen richtigen Schlaf mehr. Ihre Gedanken kreisten unablässig um Deacon, um das, was er gesagt hatte, um ihren Streit und die Art, wie er daraufhin das Büro verlassen hatte. Selbst wenn sie einmal eingenickt war, war sie nur wenig später wieder aufgewacht, um sich erneut in ihrer Gedankenspirale zu verlieren.

Dass Deacon einfach untergetaucht war und nicht mehr im Boxclub auftauchte, machte die Sache nicht gerade besser.

Im Gegenteil, sie machte sich noch mehr Gedanken um ihn, wie es ihm wohl ging und was er trieb.

Zwischendurch dachte sie sogar darüber nach, ob er sich wohl eine andere Frau in sein Bett geholt hatte, ob er sie mit seinen kundigen Händen und seinen sündigen Lippen verwöhnte.

Sie musste ein Stöhnen unterdrücken, als sie daran dachte, wie er auf ihrem Körper gespielt hatte, wie er sie in bisher nie erlebten Höhen gevögelt hatte.

Ein weiterer Punkt, warum sie ein schlechtes Gewissen hatte. Wie konnte sie die Erinnerungen an ihre gemeinsame Zeit mit Sam so herabsetzen, nur weil Deacon ein außergewöhnlicher Liebhaber war? Allein für diesen Gedanken fühlte sie sich unglaublich schlecht.

Erschöpft schloss sie die Augen und lehnte sich im Bürostuhl zurück.

Sie spürte, wie die Tränen sich aus ihren Augenwinkeln schlichen, aber sie konnte nichts daran ändern. Sie konnte nicht mehr stark sein, konnte nicht mehr kämpfen, war am Ende ihrer Kräfte.

Erst die Trauer um Sam, dann der Kampf um das, was sie sich erträumt hatten, und nun die emotionale Achterbahnfahrt mit Deacon.

Das alles war einfach zu viel für Hazel und ihr dummes, zerbrechliches Herz.

Sie wünschte sich nichts mehr als eine Schulter zum Anlehnen, aber den Menschen, der ihr das angeboten hatte, hatte sie vertrieben. Und sie war sich nicht sicher, ob es die richtige oder falsche Entscheidung gewesen war.

DEACON

"Verrätst du mir langsam mal, warum du unbedingt mitwolltest?", fragte Aiden, der neben ihm im Wintergarten saß.

Seit vier Tagen grübelte Deacon darüber nach, was genau er jetzt tun sollte. Seit vier verdammten Tagen saß er in diesem beschissenen Sessel und starrte aufs Meer hinaus. Betrunken, wohlgemerkt.

"Dein Scotch ist gut, Aiden", antwortete Deacon seufzend.

"Da es der gleiche ist, den mein Bruder in seiner Bar ausschenkt, gehe ich nicht davon aus, dass das der Grund war, warum du unbedingt mitwolltest."

Deacon lächelte. Aiden war der gleiche penetrante Mistkerl wie sein Zwilling.

Nur ein bisschen zivilisierter oder besser gesagt angepasster. Zumindest äußerlich. Weniger Tattoos, weniger Piercings, ein Arzt statt ein Barbesitzer. Aber Deacon wusste es besser. Zumindest seit er sich mehr mit Aiden beschäftigte, verstand er, dass Aiden wie er selbst war. Unauffällig, der vermeintlich gute Zwilling.

"Weil du wie ich bist, Aiden. Wir beide sind die guten Zwillinge und werden deshalb immer verarscht!"

Aiden hob eine Augenbraue. "Ich fühle mich nicht sonderlich verarscht, vielen Dank auch."

Seufzend richtete Deacon sich auf. Die Welt drehte sich ein kleines bisschen, was ihm bewusst machte, wie viel er schon wieder getrunken hatte.

"Und wer von euch beiden hat eine Frau?"

Aiden zuckte mit den Schultern. "Ich brauche keine Frau."

Ungläubig sah Deacon ihn an. "Jeder braucht eine Frau!"

Laut auflachend prostete Aiden ihm zu. "Wofür? Damit sie mich verarschen können?"

Neugierig geworden bedeutete Deacon ihm, weiterzureden.

"Na, sieh es doch einmal so. Da draußen sind haufenweise Frauen, die froh wären, Männer wie uns zu bekommen."

Deacon schüttelte den Kopf. "Ein beliebig in deiner Bar aufgerissener One-Night-Stand ist wohl kaum damit zu vergleichen."

"Natürlich nicht", stimmte Aiden zu. "Aber es füllt die Lücken. Wenn ich richtig guten Sex will, nehme ich mir eine Professionelle, die machen alles, was ich mir wünsche. Wenn mir der Sinn danach stehen würde, könnte ich sie sogar für mich kochen lassen und einen auf schöne Familie machen", antwortete Aiden, als wäre das selbstverständlich.

"Teure Angelegenheit", murmelte Deacon.

"Na ja, je nach dem, was du für eine Freundin hast, wird diese noch teurer bei all den Geschenken, essen gehen und so weiter. Es sind nicht alle Frauen so wie Faith oder Lilly. Außerdem muss sich von uns beiden wohl keiner Gedanken um ein paar hundert Dollar machen."

Deacon wandte sich wieder dem Meer und seinen Gedanken zu.

Es würde ihm dennoch etwas fehlen. Eine Beziehung war schließlich mehr als nur Kochen und Sex. Sie war Freundschaft und Vertrautheit. Andererseits konnte er eine Freundschaft auch zu seinen Kumpels haben, zu Faith und Lilly, ja, sogar zu Hazel. Das war ja genau das, was die kleine Hexe immer von ihm gewollt hatte.

Er konnte sich all die positiven Dinge dort holen und für Sex einfach ein x-beliebiges Mädchen aufreißen.

In Adams Bar oder bei Drake im Infinity. Drake tönte schließlich immer groß, dass er ihm alles besorgen konnte, was sein Herz begehrte.

Ein klein bisschen besser gelaunt nahm er einen weiteren Schluck Scotch.

"Du bist ein weißer Mann, Aiden. Wahrscheinlich bist du auch deshalb Doc geworden, oder?"

Aiden lachte. "Ich als dein Arzt würde behaupten, du hast zu viel getrunken und redest wirres Zeug."

Deacon nickte. Wahrscheinlich hatte Aiden recht.

HAZEL

Ihr Herz schlug einige Takte schneller, als sie Deacon nach über einer Woche wieder im Boxclub sah. Alles in ihr drängte sie dazu, sofort zu ihm zu laufen. Doch er stand mit dem Coach und einem der Nachwuchskämpfer im Central und trainierte, ohne sie auch nur wahrgenommen zu haben. Sie durfte ihn jetzt nicht stören, ganz egal, wie sehr sie ihn in den vergangenen Tagen vermisst hatte.

Dass sie ihn wiederum überhaupt vermisst hatte, hatte ihr in der letzten Woche ganz schön zu schaffen gemacht.

Das Durcheinander in ihr war nur noch schlimmer geworden, hatte ihre Gefühlsachterbahn auf Hochtouren laufen lassen.

Ihr schlechtes Gewissen über die ziemlich ruppige Art, mit der sie ihn zurückgewiesen hatte, verfolgte sie schon die ganze Woche.

Dass sie ihn damit getroffen hatte, war sicher, sonst hätte er sich niemals so lang aus dem Club zurückgezogen.

Sie wollte es wiedergutmachen, wollte ihm sagen, dass es ihr leidtat, ihn so abgefertigt zu haben. Sie wollte nicht, dass Deacon aus ihrem Leben verschwand.

Gerade jetzt, da er ihr so wichtig geworden war, hatte sie ihn vertrieben, weil sie Angst vor ihren Gefühlen hatte.

Nervös wartete sie abseits des Trubels, wollte Deacon abfangen, wenn dieser das Training beendete. Als Colton sich bei Deacon bedankte und sie aus dem Ring stiegen, wischte Hazel sich die feuchten Hände an ihrer Hose ab.

Deacon unterhielt sich lachend mit Liam, als er an ihr vorbeikam.

Er beachtete sie nicht, sah nicht einmal in ihre Richtung, als wäre ihm nicht bewusst, dass sie überhaupt anwesend war. Aber das glaubte sie ihm nicht. Deacon bemerkte immer jeden im Raum. Er wusste ganz genau, wo sie stand, und ignorierte sie nur absichtlich.

Diese stille Zurückweisung schmerzte mehr, als sie es sich jemals hätte vorstellen können. Ihr Herz stolperte unregelmäßig und sie musste hart gegen den Kloß in ihrer Kehle ankämpfen.

Einmal mehr wurde ihr bewusst, wie sehr sie ihn verletzt hatte und dass sie diesen Streit dringend aus der Welt schaffen musste.

Sie straffte die Schultern und blinzelte mehrmals, um die aufkommenden Tränen zu verdrängen. Dann drehte sie sich um und folgte Deacon den Gang entlang.

"Deac!", rief sie, kurz bevor er in den Umkleiden verschwinden konnte.

Die Art, wie sich seine Schultern versteiften, ließ ihren Magen verkrampfen. Aber sie musste das jetzt durchziehen.

"Können wir reden?", fragte sie, als er einfach nur stehen blieb, ohne sich zu ihr umzudrehen.

Sie ging um ihn herum, blieb dicht vor ihm stehen. Er musterte sie forschend.

"Worüber?"

Nervös knetet sie ihre Finger. Warum musste er es ihr so verdammt schwer machen?

"Ich will mich entschuldigen." Sie atmete tief durch und zwang sich, seinem Blick nicht auszuweichen. "Es tut mir leid, Deacon. Ich hätte nicht so mit dir reden dürfen. Es ist nicht fair, dich für meine Probleme verantwortlich zu machen."

Sein Gesichtsausdruck wurde weicher, zumindest ein kleine bisschen. Deshalb schöpfte sie Mut, um weiterzureden.

"Es war … es war irgendwie alles ein bisschen zu viel für mich." Sie räusperte sich und senkte die Stimme. "Diese Nacht … es hat mich irgendwie einfach umgehauen und … und ich fühlte mich so schuldig."

Erst als Deacon ihr eine Träne von der Wange strich, bemerkte sie, dass ihre Augen brannten.

"Mir tut es auch leid, Hazel", sagte er. "Ich habe dich dazu gedrängt, obwohl ich wusste, dass du noch nicht so weit bist."

Sie schüttelte den Kopf. "Nein, das stimmt nicht. Du kannst nichts dafür."

Deacon steckte die Hände in die Hosentaschen seiner Trainingshose. Sie konnte das Spiel seiner Muskeln verfolgen, wie sich seine breiten Schultern wölbten und sich dann wieder entspannten.

"Wie dem auch sei, es war ein Fehler, wir haben ja gesehen, dass das nicht gut geht."

Verwirrt blinzelte sie, konnte sich nur schwer von dem Anblick seines heißen Körpers losreißen.

"Ich will nicht, dass es hier zwischen uns komisch wird", fuhr er fort und räusperte sich dann. "Lass uns … lass uns einfach Freunde sein, Hazel."

Nur noch verwirrter stand sie da und nickte mechanisch.

Deacon beugte sich zu ihr und küsste sie sanft auf die Wange. Seine Lippen auf ihrer Haut zu spüren, löste ein Kribbeln in ihrem ganzen Körper aus. Ein Kribbeln, das absolut nichts mit Freundschaft zu tun hatte. Dann umrundete er sie, ließ sie einfach mitten im Flur stehen.

Das Klicken, als die Tür der Umkleide hinter Deacon ins Schloss fiel, hallte laut in ihren Ohren.

Es dauerte einige Momente, bis sie verstand, was gerade passiert war. Deacon fand, dass alles zwischen ihnen ein Fehler war und sie das rückgängig machen konnten, indem sie einfach Freunde waren? In welcher Traumwelt lebte er?

Nichts würde unter gar keinen Umständen jemals wieder so sein, wie es *vor Deacon* der Fall gewesen war.

Er hatte mit seinen Worten und seinem Handeln ein Fass aufgemacht, das durch Sams Tod hermetisch versiegelt gewesen war. Es wieder zu verschließen kam überhaupt nicht infrage. Wie auch, wo eine einfache Berührung seinerseits ausreichte, um ihren Körper in Flammen stehen zu lassen.

Tief durchatmend drehte sie sich um und starrte die Tür an, durch die Deacon verschwunden war. Natürlich war nicht alles optimal zwischen ihnen verlaufen und sie hatte in ihrer Panik große Fehler begangen, aber deshalb konnte er sie doch nicht einfach so abschreiben. Er konnte nicht ignorieren, wie explosiv es zwischen ihnen war.

In ihrer Wut war die Entscheidung einfach gefasst. So leicht würde sie nicht aufgeben. Deacon wollte sie aus seinem Leben streichen? Ohne sie!

Kurz entschlossen riss sie die Tür zu den Umkleiden auf. Nur am Rande nahm sie die jungen Männer wahr, die sich umkleideten und bei ihrem Eintreten johlten. Sie vermied es, sich genauer umzusehen, wollte keine Körperteile entdecken, die sie nichts angingen.

Nur mit einem Handtuch um die Hüften geschlungen kam Liam ihr entgegen. Er musterte sie mit einer hochgezogenen Augenbraue und deutete dann hinter sich auf die Tür, durch die er gekommen war.

"Er ist da drin."

Sie lächelte dankbar und versuchte zu ignorieren, wie durchtrainiert Liam war. Wenn sie nicht alles täuschte, hatte er in den letzten Wochen noch mal deutlich definiertere Muskeln bekommen, als wäre kein Gramm Fett mehr an ihm.

"Danke", presste sie hervor und ging schnell an ihm vorbei, bevor er sie bei ihrem Gestarre noch erwischen konnte.

Sie riss die Tür auf, und erst als das Wasser der vielen Duschköpfe sie erwischte, wurde ihr klar, dass sie gerade zielstrebig in den Duschbereich gelaufen war.

Es handelte sich um Gemeinschaftsduschen, und sie dankte Gott dafür, dass nur Deacon im Moment darunter stand.

Dieser starrte sie mit einer hochgezogenen Augenbraue an. Sie konnte nicht anders, musste seinen gut gebauten, durchtrainierten Körper betrachten.

Deacon war wie einer dieser Kerle, den sie immer auf den Covern von Büchern oder Zeitungen gesehen hatte. Einer dieser Typen, die es in echt gar nicht geben durfte und wenn, dann müssten sie mit irgendwelchen Models um die Häuser zu ziehen, anstatt sich mit jemand so Kompliziertem wie ihr abzugeben.

Und dennoch hatte er es getan, er hatte sie begehrt, hatte sie gewollt, bis sie alles kaputt gemacht hatte.

"Kann ich dir helfen, Hazel?"

Sein ruhiger, fast schon geschäftsmäßiger Ton machte sie wütend. Sie wollte ihn, sie wollte es wirklich versuchen und er ließ sie so eiskalt abblitzen. Nun ja, beinahe eiskalt, denn er war erregt, das konnte sie deutlich sehen.

Da ihr bei Gott nicht die passenden Worte einfallen wollten, ging sie zielstrebig auf ihn zu, schlang ihre Arme um seinen Hals und stellte sich auf die Zehenspitzen. Dann presste sie ihre Lippen auf seine, versuchte ihm so zu zeigen, was sie nicht in

Worte fassen konnte. Dass sie ihn brauchte, dass sie ihn vermisste, dass sie ihn begehrte, dass sie ihn nicht gehen lassen wollte.

Es dauerte einige Sekunden, dann schlang er seine Arme um ihre Mitte und zog sie an sich. Er küsste sie mit der gleichen Leidenschaft, der gleichen Verzweiflung, die sie empfand.

Sein Kuss sprach eine völlig andere Sprache als die Worte, die er ihr gerade eben noch an den Kopf geknallt hatte. Sein Kuss zeigte ihr, dass er sie genauso dringend wollte, dass er ebenfalls mehr für sie empfand, dass es eben nicht nur Sex und Freundschaft war.

Das Wasser, das ihre Kleidung durchnässte, nahm sie nur am Rande wahr. Seine Lippen, seine Hände, sein Körper beherrschten ihre Sinne. Sie verlor sich völlig in seinem Kuss und dem Wissen, dass nicht alles verloren war.

Als er sie anhob, schlang sie automatisch die Beine um seine Mitte. Er presste sie mit dem Rücken gegen die kalte Duschwand, küsste sie noch viel leidenschaftlicher. Sie spürte seine Härte zwischen ihren Beinen, wollte ihn wieder in sich spüren, sich in dem berauschenden Gefühl verlieren, wenn sich ihre Körper im Einklang bewegten.

Seine Lippen wanderten über ihre Wange, und er stöhnte in ihr Ohr, als er sich an ihrer Mitte rieb.

Sie verkrallte sich in seinen Haaren und ließ den Kopf zurücksinken, um seine Liebkosungen zu genießen, um ihn zu genießen.

"Ich will ja nicht stören", sagte Liam in leicht belustigtem Ton. "Aber ich kann die Jungs nicht mehr lange hinhalten, sie wollen auch duschen."

Hazel blinzelte, versuchte ihre Gedanken zu sortieren. Deacon hob den Kopf und sah sie aus trüben Augen an.

"Ich glaube nicht, dass es jemanden stört, wenn ihr weitermacht", fuhr Liam fort. "Aber vielleicht möchtet ihr lieber keine Zuschauer." Das Grinsen war aus seiner Stimme deutlich herauszuhören.

"Danke, Bro", sagte Deacon mit vor Begehren rauer Stimme und schloss die Augen.

Als würde es ihn verdammt viel Kraft kosten, ließ er ihre Beine langsam an ihm hinabgleiten, bis sie – wenn auch wacklig – wieder darauf stand.

Unsicher sah sie zu ihm auf.

"Ganz schöner Überfall", sagte er schwer atmend und lächelte vorsichtig.

"Mir haben die Worte gefehlt", flüsterte sie, nicht sicher, ob er sie gleich wieder von sich stoßen würde.

"Wir sollten dennoch reden."

Sie nickte und streichelte dabei über seine Arme, die sich so unglaublich gut anfühlten, wenn er sie damit hielt.

Er drehte hinter ihr die Dusche ab und strich ihr dann eine Strähne hinters Ohr. Sein Lächeln ließ ihr Herz schneller schlagen und die bescheuerten Schmetterlinge in ihrem Bauch Loopings drehen.

"Warte kurz, ich besorg dir ein Handtuch und etwas Trockenes zum Anziehen."

Hazel nickte, während sie verzweifelt versuchte, ihre Gedanken zu sortieren. Schnell drückte sie sich das Wasser aus den Haaren. Dann zog sie sich die klatschnassen Klamotten aus, um auch diese auszudrücken.

Wie zum Teufel hatte ein geplantes Gespräch so enden können? Also nicht, dass es ihr nicht gefallen hätte. Die Hauptsache war doch, dass Deacon durchaus etwas für sie empfand und ihr zumindest die Chance gab, sich ihm zu erklären.

"Jesus, Baby … du machst es mir nicht gerade einfacher, wieder mit dem Kopf zu denken", sagte Deacon, als er zurück in den Duschraum kam.

Hazel stand mittlerweile nur noch in Unterwäsche da und lächelte schuldbewusst.

Deacon hielt ihr ein Handtuch hin und begann, mit einem zweiten ihre Haare zu trocknen. Sie spürte seinen warmen Atem in ihrem Nacken und konnte ein Erschauern nicht unterdrücken. Er trat um sie herum. In seinen Augen konnte sie deutlich erkennen, wie sehr er sie wollte.

Er räusperte sich und griff nach den Kleidungsstücken, die er im Regal neben dem Eingang abgelegt hatte. Sie zog sich den Hoodie über, der ihr bis zur Hälfte ihrer Oberschenkel reichte, dann schlüpfte sie in die viel zu große Trainingshose.

Deacon küsste sie auf den Mundwinkel, schnappte sich ihre nassen Klamotten und zog sie dann an der Hand hinter sich her in die Umkleide.

Sie wurden mit Pfiffen und Gejohle empfangen, was ihr die Röte in die Wangen trieb.

"Schluss damit", knurrte Deacon und deutete in Richtung der Duschen. "Rein mit euch, bevor ich euch einzeln hineinwerfe!"

Die jungen Männer lachten und schubsten sich gegenseitig, als sie in den Duschraum gingen. Hazel versuchte, keinen von ihnen anzusehen. Nicht nur, weil ihr ihr eigenes Verhalten ein wenig peinlich war, sondern vor allem, weil die meisten von ihnen vollkommen nackt waren.

Den Männern schien es nichts auszumachen, aber Männer hatten ja meistens weniger Probleme mit ihrem Körper als Frauen. Diese Prachtexemplare hatten aber auch keinen Grund, sich für irgendetwas zu schämen.

Sie setzte sich auf eine der Bänke vor den Umkleidespinden und krempelte die Ärmel des Hoodies nach oben.

"Deine Schuhe wirst du bis zum Auto noch mal anziehen müssen", sagte Deacon, der sich selbst Trainingsklamotten anzog.

Sie nickte und schlüpfte in die durchweichten Sneakers.

"Ich muss meine Handtasche holen und Slade Bescheid geben, dass ich früher Schluss machen muss."

Deacon nickte ernst und packte die nasse Kleidung in eine Tüte. Er wirkte nicht mehr so zufrieden und gelöst wie gerade eben. War ihm doch noch mal eingefallen, dass das alles hier ein schlechter Plan war? Würde er sie ein weiteres Mal abservieren? Oder würde er ihr zumindest die Chance geben, sich zu erklären?

Hazel wusste es nicht und stand deshalb mit einem mulmigen Gefühl in der Magengegend auf. Deacon schob sie mit einer Hand auf ihrem Rücken vorwärts bis zu ihrem Büro, kam aber nicht mit hinein, sodass sie kurz Zeit hatte, sich zu beruhigen.

DEACON

Hazel wieder in seiner Wohnung zu haben, fühlte sich absolut richtig an. Als wäre sie dafür geschaffen, in seinen vier Wänden zu sein, wo er sie immer im Blick hatte.

Um ihr einen Moment Zeit zu geben, ging er ins Badezimmer, um ihren Pullover und die Jeans in den Trockner zu werfen. Dann holte er ihr warme Socken für ihre nassen Füße.

"Danke", sagte sie und lächelte vorsichtig.

Sie sah süß aus in den viel zu großen Klamotten. Und auch das fühlte sich genau richtig an. Hazel, die seine Kleidung trug, die Frau, um die er sich gekümmert hatte.

Um ihnen beiden noch einen Moment zu geben, um ihre Gedanken zu sortieren, ging er in die Küche und setzte Kaffee auf.

"Es … es tut mir leid, Deacon", sagte sie auf einmal dicht hinter ihm.

Seufzend drehte er sich zu ihr um. Sie kaute unsicher auf ihrer Unterlippe, aber er wusste genau, wie atemberaubend dieser Mund aussah, wenn sie lächelte.

Er griff nach ihren Hüften und setzte sie kurzerhand auf die Arbeitsplatte, um mit ihr auf Augenhöhe zu sein.

"Ich weiß … und mir ist klar, dass du es nicht so gemeint hast. Vielleicht … hätte ich dir mehr Zeit geben müssen."

Sie nickte und streckte vorsichtig eine Hand nach ihm aus, streichelte über seine Brust, da, wo sein Herz schlug.

Er griff danach und küsste ihre Handfläche, ehe er sie auf Höhe seines Herzens erneut auf seine Brust legte.

"Du hast mir gezeigt, wie es sein könnte … zwischen uns meine ich", flüsterte sie und ihre Finger streichelten dabei federleicht über seine Muskeln. "Wie perfekt es sein könnte."

Sie sah ihm in die Augen und ihr aufrichtiges Lächeln zog ihm wieder einmal den Boden unter den Füßen weg.

"Es war perfekt, bis du eine 180-Grad-Drehung hingelegt hast und mein …" Er sprach nicht weiter, da "Mein Herz gebrochen hast" sich irgendwie zu kitschig anhörte.

Sie schob ihre Hand über seinen Hals bis auf seine Wange.

"Ich habe Panik bekommen. Es war irgendwie zu viel. Du warst zu viel für mich."

Ohne dass er es mitbekommen hatte, streichelte seine Hand über ihren Oberschenkel.

"Ich bin zu viel?", fragte er lächelnd. "Du hast mich umgehauen, Baby. Die erste Frau, mit der ich mir ernsthaft eine Beziehung vorstellen kann, verspricht mir den Himmel und schickt mich dann in die Hölle!"

Ihre kleinen, scharfen Fingernägel bohrten sich leicht in seinen Nacken.

"Ich wollte dich nie verletzen."

Er wusste es, er wusste, dass sie niemandem absichtlich schaden würde, aber er war sich nicht sicher, ob sie es nicht aus Angst wieder tun würde.

"Was willst du, Hazel? Fernab von Schuldgefühlen, von Pflicht und Versprechungen. Was willst du ganz allein, nur für dich, tief in deinem Herzen?"

Das war die alles entscheidende Frage. Er würde um sie kämpfen, wenn es wirklich das war, was sie wollte. Dann würde er mit ihr zusammen daran arbeiten, dass sie eine Zukunft haben konnten.

Sein eigenes Herz schlug bei seinen Worten so heftig, dass er sich sicher war, dass sie es hören musste. Alles hing von ihrer Antwort ab und er wollte sie nicht verlieren.

"Dich."

Dieses eine Wort war so leise, so schlicht, dass es einen Moment dauerte, bis es zu ihm durchgedrungen war.

Als Antwort nahm er ihr Gesicht in beide Hände und küsste sie, ließ sie spüren, wie verdammt viel sie ihm bedeutete.

Sie erwiderte den Kuss genauso leidenschaftlich wie unter der Dusche, zeigte ihm, dass sie dieses eine Wort ernst gemeint hatte, dass sie ihn wirklich wollte und genauso sehr brauchte wie er sie.

Hazel war wie eine Kugel, direkt in sein kaltes Herz gefeuert und dort unwiederbringlich stecken geblieben.

Seine wirren Gefühle zu ihr machten es ihm unmöglich, zu fliehen, sperrten ihn ein und zwangen ihn dazu, sich mit ihr auseinanderzusetzen.

Er konnte nicht gehen, er hatte es versucht, hatte sich fest vorgenommen, auf Abstand zu gehen. Und doch war sie wieder hier, trieb ihn um den Verstand und schaffte es, dass er sich wie im Himmel und in der Hölle gleichzeitig fühlte.

Er zog ihr den Hoodie über den Kopf und warf ihn auf den Boden. Dann griff er in ihre feuchten Haare und fixierte ihren Kopf, um sie noch leidenschaftlicher zu küssen.

Das, was zwischen ihnen war, war so explosiv, dass sie einfach nicht die Finger voneinander lassen konnten.

Das Wechselbad seiner Gefühle trieb ihn in den Wahnsinn, ließ ihn von wütend und enttäuscht zu berauscht von Lust in wenigen Sekunden wechseln.

Das Stöhnen, das seinen Lippen entwich, als sie über seinen Nacken kratzte, konnte er nicht unterdrücken.

Seine Lippen wanderten ihren schlanken Hals entlang zu ihrem Schlüsselbein, während er sie an den Hüften näher zu sich zog.

Automatisch schlang sie ihre Beine um seine Mitte, presste sich an ihn und keuchte, als sie seine Erektion spürte. Er konnte sich nicht zurückhalten, rieb sich an ihr, um ihnen beiden noch mehr Lust zu verschaffen.

Seine Küsse führten über ihr Brustbein, bis zu ihren kleinen, straffen Brüsten, die nur ein wenig zu klein für seine großen Hände waren. Er umschloss die harten Spitzen mit seinen Lippen, reizte sie, bis Hazel sich ungeduldig in seinem Griff wand.

Mit den Stoppeln auf seinem Kinn kratzte er über ihren Bauch und küsste dann die gereizte Haut. Hazel hob ihren Hintern, half ihm so dabei, sie von der zu großen Trainingshose zu befreien.

Völlig ohne Scham spreizte sie ihre nackten Schenkel. Feucht glänzend wartete ihre Mitte darauf, von seinem Mund verwöhnt zu werden. Er küsste ihre Leiste, bahnte sich langsam einen Weg zu ihrer Scham.

Stöhnend griff Hazel in seine Haare, dirigierte ihn genau dorthin, wo sie ihn haben wollte. Er leckte sie genüsslich, kostete ihren Geschmack, während er ihre empfindlichen Falten reizte. Sie presste ihn fest an sich, forderte ihn auf, sie stärker zu verwöhnen.

Lange hielt er die süße Folter nicht aus. Sein Schwanz war schmerzhaft steif, sehnte sich danach, endlich tief in sie einzudringen.

Er riss sich das Shirt über den Kopf, wollte ihre Haut an seiner spüren, wollte sie ganz, ohne jede noch so dünne Schicht zwischen ihnen.

"Verhütest du, Babe?", murmelte er und schob sich die Hose von den Hüften.

Sie nickte, und ihre Augen leuchteten voller Lust auf, als sie seine Erektion entdeckte.

Deacon zog sie bis ganz an den Rand der Arbeitsplatte und drückte dann die breite Spitze seines Schwanzes in ihre enge Pussy. Sie keuchte und bog den Rücken durch, schob sich ihm entgegen, um mehr von ihm in sich aufzunehmen.

"O fuck, ja", knurrte er, schob sich tiefer in sie. Nur kurz zog er sich zurück, um gleich darauf wieder härter und weiter in sie vorzudringen.

Sie wimmerte unter der starken Dehnung, schmiegte sich wie eine enge Faust um seinen Schaft. Es fiel ihm schwer, sich zurückzuhalten, so sehr turnte es ihn an, sie so voller Lust zu sehen.

Die Augen geschlossen lehnte sie den Kopf zurück gegen den Oberschrank, gab sich seinen rhythmischen Stößen vollkommen hin. Er liebte es, ihren überstreckten Hals dabei zu beobachten, wenn sie zwischen ihren keuchenden Atemzügen trocken schluckte.

Er legte eine Hand auf ihren Venushügel und umkreiste mit dem Daumen ihre Klit.

Ihr Stöhnen wurde rauer und lauter. Mit jedem seiner heftigen Stöße verkrampfte sich ihr Körper mehr.

"Holy Shit", keuchte er, als ihre inneren Muskeln zu zucken begannen, ihn so stark massierten, dass er die Kontrolle über sich verlor.

Mit aller Kraft stieß er in sie, nahm sie so heftig, wie noch keine Frau zuvor. Zu spüren, wie sie dabei kam, riss ihn augenblicklich mit über die Schwelle zu seinem Orgasmus.

Scheinbar endlos lang ergoss er sich in ihr, stöhnte bei jedem ihrer Nachbeben ihren Namen. Schwer atmend lehnte er sich gegen sie, traute seinen eigenen Knien nicht.

Seine Beine fühlten sich so zittrig und schwach an wie nach einem Marathonlauf, nachdem die Muskeln völlig übersäuert waren. Er küsste ihren Hals, streichelte kaum merklich über ihre Hüften und ihren unteren Rücken, während seine Stirn an dem Oberschrank hinter ihr lehnte. Ihre Beine rutschten langsam von seinen Hüften und ihre zarten Finger liebkosten seinen Nacken.

Es dauerte eine ganze Weile, bis er sich dazu in der Lage fühlte, die wenigen Schritte bis zum Bad zu gehen.

"Wie wäre es mit einer heißen Dusche?", fragte er und richtete sich langsam auf.

Sie lächelte träge. "Schon wieder?"

Automatisch erwiderte er ihr Lächeln. So satt und zufrieden, ohne einen Gedanken an die Zukunft oder die Vergangenheit, gefiel sie ihm am besten.

"Duschen? Ja." Er grinste. "Ich denke, *schon wieder* trifft aber auch auf unsere nächste Runde Sex zu."

"Schon wieder?", wiederholte sie grinsend.

Er zuckte die Schultern. "Ich bekomme eben einfach nicht genug von dir, Babe."

Auch wenn es flapsig dahingesagt war, er meinte es absolut ernst. Er konnte nicht genau beschreiben, was Hazel in ihm auslöste, aber es war etwas ganz Besonderes. Etwas, was er zwar nicht zuordnen konnte, von dem er aber sicher war, dass es ihn süchtig machte.

Nicht nur der Sex. Es war alles an ihr. Ihr Lächeln, ihr Geruch, die Art, wie sie sich bewegte, wie sie ihn berührte, wie sie sprach und nachdachte.

Deacon schüttelte über sich selbst den Kopf. Was zum Teufel stellte diese kleine Hexe nur mit ihm an?

Er hob sie hoch, und beide stöhnten, als sein noch halb steifer Schwanz sich dabei in ihr bewegte.

Mit noch nicht ganz sicheren Schritten trug er sie ins Bad. In erster Linie musste er dafür sorgen, dass sie mit ihrem hübschen, kleinen Köpfchen bei ihm blieb.

Einen Trip in die Vergangenheit konnte er jetzt nicht gebrauchen, auch wenn sie ihm versprochen hatte, nicht wieder wegzulaufen, so verließ er sich doch lieber auf die altbewehrten Methoden.

Er würde ihr und sich selbst einfach so lange geben, wonach ihre Körper sich so sehr sehnten, bis sie beide völlig erschöpft einschliefen. Dann konnte er sie in seinen Armen halten und sicher sein, dass sie am nächsten Morgen noch bei ihm sein würde.

12 Mehr

DEACON

"Vermisst du sie?", fragte Hazel leise, als sie am nächsten Morgen gemeinsam beim Frühstück saßen.

Deacon nickte. "Jeden Tag. Manchmal ist es leichter, ich bin abgelenkt oder denke an schöne Dinge, an die ich mich mit Melia erinnere."

Hazel starrte in ihre Kaffeetasse und rührte langsam um. Aber Deacon war sich sicher, dass sie jedes seiner Worte genau verstand und dieses Gespräch genauso dringend brauchte wie Deacon selbst.

"Und es gibt schlechtere Tage", fuhr er fort. "Tage, an denen ich nur darüber nachdenken kann, wie sehr sie mir fehlt, was wir alles nicht mehr zusammen machen können."

Sie hob den Kopf und sah ihn aus Augen, die voller Tränen waren, an.

"Tage, an denen ich nach all der Zeit noch immer in der Menge nach ihm Ausschau halte, an denen ich das Gefühl habe, dass er jeden Moment um die Ecke kommt, wenn ich nur endlich aufwache und alles ein beschissener Traum war."

Ihre Unterlippe zitterte und einzelne Tränen liefen über ihre Wangen.

Deacons Magen verkrampfte sich. Einmal mehr erkannte er, wie tief ihre Liebe zu Sam war.

"Ich höre seine Stimme in meinen Gedanken, einzelne Sätze, die er immer zu mir gesagt hat. Ich würde ihm so gerne antworten, will ihm erzählen, was in meinem Leben passiert, will seinen Rat und dass er mich in den Arm nimmt, mir sagt, dass alles gut werden wird."

Er hielt es nicht mehr aus, ging zu ihr, neben ihr in die Hocke und zog sie in seine Arme. Ihr ganzer Körper zitterte mittlerweile, und er konnte nichts anderes tun, als sie festzuhalten und ihr zuzuhören. Es tat ihm unglaublich weh, sie so leiden zu sehen und zu wissen, dass es ein Stück weit seine Schuld war, auch wenn er gleichzeitig wusste, dass dieser Schritt wichtig für sie war.

Hazel musste trauern, musste sich all ihre Ängste und Gefühle von der Seele reden, damit sie mit der Vergangenheit abschließen konnte und sie eine Zukunft haben konnten. Auch wenn er sich in diesem Moment nicht sicher war, ob er jemals genügen würde, ob er jemals das für Hazel sein konnte, was Sam für sie war.

"Ich höre sein Lachen, und ich will zu ihm, will noch ein einziges Mal sehen, wie er den Kopf in den Nacken wirft und sein Körper bebt vor Lachen", flüsterte sie.

Er presste die Lippen auf ihre Schläfe und hielt sie einfach fest an sich gedrückt. Er konnte sie so gut verstehen.

Wie viele Tausende Male hatte er sich genau diese Dinge gewünscht, nur damit sich die Erkenntnis, dass es nie wieder so sein würde, wie ein Stein auf seine Brust legte?

Eine ganze Zeit lang saßen sie einfach so da, hielten einander fest in dem Wissen, dass sie mit ihrer Trauer nicht allein waren.

Nur langsam verebbte das Beben ihres Körpers, und sie beruhigte sich ein wenig, während ihre Tränen trockneten.

"Weißt du … natürlich war nicht alles perfekt, aber er war ein guter Mann. Er hat mich aufgefangen, hat meinem Leben einen Sinn gegeben. Er war der Erste, der mich wirklich geliebt hat."

"Aber er wird nicht der Letzte sein, Hazel", flüsterte er.

In diesem Moment war er sich ziemlich sicher, dass er Hazel liebte. Die Flamme in ihm war noch ganz klein, aber wenn sie es zuließ, konnte etwas Großartiges zwischen ihnen entstehen.

Wenn sie es zuließ, denn gegen einen Geist konnte er nicht kämpfen, konnte er nicht gewinnen.

Sie legte den Kopf in den Nacken, sah so zart, so verletzlich aus. Fast schon fragend küsste er sie auf die Lippen, war sich nicht sicher, ob sie seine Liebe würde annehmen können, doch Hazel erwiderte seinen Kuss.

HAZEL

Vorsichtig und zart küsste sie ihn zurück. Genauso zerbrechlich wie das kleine Band, das zwischen ihnen zu entstehen schien. Das, was Deacon ihr anbot, diese Chance auf eine zweite Liebe, war alles, was sie sich wünschte. Sie wollte nicht mehr allein sein, wollte sich nicht einmal vorstellen, bis zum Ende ihres eigenen Lebens zu trauern.

"Es tut mir leid", flüsterte sie und wischte sich die Tränen von den kalten Wangen, als sie den Kuss beendeten.

Deacon schüttelte den Kopf.

"Es gibt nichts, wofür du dich entschuldigen müsstest, Hazel. Im Gegenteil, danke, dass du mich teilhaben lässt."

Sie lächelte zaghaft, wusste genau, was er meinte. Sie ließ nicht jeden erkennen, wie schwer es ihr fiel, Sam verloren zu haben.

Deacon handelte es mit Melia genauso, und Hazel freute sich, wenn er ihr einen Blick in sein großes Herz gewährte.

Sie setzte sich zurück auf ihren Stuhl, beobachtete Deacon dabei, wie er den Tisch abräumte. Er schien völlig versunken in seine eigenen Gedanken zu sein.

"Warum hast du dir nicht ihren Namen in Klarschrift tätowieren lassen?", fragte sie und trank einen Schluck Kaffee.

Deacon blickte auf die Zahlenfolge auf seinem Arm und lächelte dann.

"Das hier ist für mich", sagte er und setzte sich wieder an den Tisch. "Niemand muss wissen, was ich damit meine. Es ist einfach nur eine kleine, tägliche Erinnerung an den Menschen, den ich verloren habe. Es hat mir geholfen."

Nachdenklich betrachtete sie das Tattoo.

"Ich glaube, das ist nichts für mich."

Anstatt wütend zu werden, wie Sam es wohl geworden wäre, wenn sie nicht seiner Meinung war, lächelte Deacon nachsichtig.

"Jeder hat eine andere Art zu trauern, Hazel. Wie und wie lange bestimmst du allein." Er stand auf und ging in Richtung Badezimmer. "Mir hat es geholfen, einen Schlussstrich zu ziehen und nach vorn zu schauen."

Er ließ sie allein, gab ihr die Zeit, die letzten Minuten zu verdauen.

Wie immer konnte er unglaublich gut lesen, was sie im Moment brauchte, ob sie allein sein musste oder gehalten werden wollte.

Deacon schien immer genau das Richtige zu tun. Sie setzte sich auf den kleinen Balkon, lauschte dem New Yorker Verkehr und versank tief in ihre Gedanken.

Sie wurde nicht von dem Schmerz überfallen, wie es sonst so oft war. Es schien, als hätten die Gespräche mit Deacon und das viele Weinen ihr eine kurze Verschnaufpause beschert, in dem sich ihr Kummer satt gefressen hatte.

Für einen winzigen Moment ließ sie es sogar zu, an eine glückliche Zukunft zu denken. Vielleicht konnte sie es schaffen, zusammen mit Deacon die Vergangenheit zu überwinden.

DEACON

"Du und Hazel also?", fragte Adam, der den großen Sandsack hielt, damit Deacon sein Training fortsetzen konnte.

Lächelnd wischte er sich den Schweiß von der Stirn. Die Nacht und der Morgen mit Hazel waren atemberaubend, und er konnte sich nicht vorstellen, jemals genug davon zu bekommen, genug von Hazel zu bekommen.

"Liam hat gepetzt?", gab Deacon zurück.

"Ich musste nicht petzen! Sieben junge Männer, die Zeugen davon wurden, wie Hazel die Dusche gestürmt hat, werden ganz bestimmt nicht ihre Klappe halten", sagte Liam, der zusammen mit Nick zu ihnen stieß.

"Ganz im Gegenteil, sie haben wild spekuliert, wie es wohl so ist, Miss Hazel in der Dusche zu vögeln", sagte Nick lachend.

Deacons Körper verspannte sich augenblicklich. Er war bereit, Köpfe rollen zu lassen, wenn irgendjemand es wagte, auch nur ein schlechtes Wort über Hazel zu sagen oder sie zu verunsichern.

"Keine Sorge, wir haben das sofort unterbunden, und sie wissen jetzt genau, dass Hazel ein Tabuthema für alle ist."

"Ich stell dir das übrigens in Rechnung, wenn du jetzt regelmäßig für fünfzehn Minuten in ihrem Büro verschwindest", beschwerte sich Slade, grinste dabei aber breit.

Deacon grinste ebenfalls, denn er konnte nichts dran ändern, dass er sich nicht von Hazels Lippen lösen konnte, sobald er sie einmal geküsst hatte. Er hatte vor, jeden Tag … vielleicht sogar mehr als nur einmal in ihr Büro zu gehen und sich mehr von ihren süchtig machenden Küssen zu holen.

"Wie hoch ist die Wahrscheinlichkeit, dass wir dieses Thema vergessen?", fragte er.

Alle lachten.

"Sehr schlecht, Bro'. Mach dich schon mal auf die Inquisition der Damen gefasst. Lilly scharrt mit den Hufen und wird bestimmt auch mit Faith telefoniert haben."

Grinsend schüttelte Deacon den Kopf. Ganz egal, wie lange seine Freunde ihn löchern würden, er war sich sicher, dass jeder Einzelne von ihnen sich für ihn freute.

Und vor allem würden sie dafür sorgen, dass es für Hazel nicht unangenehm wurde, darauf konnte er sich zu hundert Prozent verlassen.

Die Jungsters würden Hazel ebenfalls in Ruhe lassen, jetzt, da sie verstanden hatten, wie ernst es Deacon mit ihr war.

HAZEL

In den darauffolgenden Tagen versteckte sie sich viel im Büro. Vielleicht bildete sie es sich nur ein, aber sie kam sich auf Schritt und Tritt beobachtet vor.

Außerdem hatte es einen weiteren Vorteil, im Büro zu sein. Deacon kam zu Beginn und zum Ende seines Trainings vorbei, um sie mit himmlischen Küssen zu verwöhnen. Das machte ihren Arbeitsalltag um einiges angenehmer.

Nach seinem letzten Besuch musste sie nur noch wenige Stunden durchhalten, bis sie zu ihm in die Wohnung fahren konnte, um die Zeit zu zweit dort mit ihm zu genießen.

Sie hatte noch immer ein schlechtes Gewissen, weil sie einfach weiterlebte.

Aber Deacon hatte recht. Sam hätte nicht gewollt, dass sie allein blieb. Zumindest redete sie sich das ein, während sie in Deacons Wohnung, in seinem Bett schlief.

Wenn sie am Morgen nach Hause fuhr, trafen sie die Schuldgefühle mit aller Macht.

Es war, als würde Sam sie von jedem Foto aus vorwurfsvoll anschauen. All die Erinnerungen an ihr kurzes gemeinsames Leben schienen sie zu erdrücken. Nicht nur emotional, auch finanziell.

Die Schulden, die Sam ihr hinterlassen hatte, wuchsen ihr langsam, aber sicher über den Kopf. Seit einigen Tagen schon überlegte sie, den teuren Minivan, den Sam kurz vor seinem Tod gekauft hatte, zu verkaufen.

Es würde ihr eine große Last von den Schultern nehmen. Aber der Minivan stand für die Zukunft, die Sam und sie geplant hatten. Die große Familie, die er sich gewünscht hatte.

Hazel schob den Gedanken beiseite. Vielleicht konnte sie in den kommenden Tagen mit Deacon darüber sprechen. Er sah alles so rational, er konnte ihr den richtigen Rat geben, würde sich nicht von ihren emotionalen Verstrickungen beeinflussen lassen, sondern ihr helfen, das Richtige zu tun.

Tag für Tag schaffte er es, ihr ein klein wenig Freiheit zurückzugeben. Dafür würde sie ihm auf ewig dankbar sein.

DEACON

"Hey, Baby", raunte er, stellte sich dicht hinter sie und legte seine Arme um ihre Taille. Sofort verspannte sie sich, schob seine Hände beiseite und trat eilig von ihm weg.

"Deacon!", zischte sie und sah sich im Boxclub um, als würde jeden Moment die Presse um die Ecke kommen, um Paparazzi-Bilder von ihnen beiden beim Knutschen zu schießen.

Stirnrunzelnd betrachtete er sie. "Was?"

"Du kannst doch nicht …?" Sie gestikulierte wild zwischen ihnen beiden und dem Club umher.

"Ich kann was nicht?"

"Na, hier so …", stammelte sie.

Herausfordernd hob er eine Augenbraue. "Na, hier so was?"

"Wir können hier nicht so etwas machen!"

"Weil?" Er verschränkte die Arme vor der Brust, um nicht nach ihr zu greifen. Diese Geste schien sie nervös zu machen, denn sie begann ihre Finger zu kneten.

"Was sollen denn die anderen denken?"

Seine zweite Augenbraue schoss nach oben. "Wahrscheinlich das Gleiche wie vor einer Woche, als du die Dusche gestürmt hast."

Er lächelte bei der Erinnerung daran. Der Tag, an dem sich alles verändert hatte.

Hazel schlief jede Nacht bei ihm, fuhr nur morgens nach Hause, um sich umzuziehen und dann zur Arbeit zu fahren.

Deacon musste sich zwingen, ein paar Stunden zu arbeiten, anstatt ihr sofort in den Club zu folgen. Aber wenn er sie dann endlich wiedersah, gab es kein Halten mehr.

Meistens ging er direkt in ihr Büro und vertrieb sich dort die Zeit, bis sie ihn rauswarf und zum Training schickte. Gleiches spielte sich ab, wenn er den Club wieder verließ.

Hazels Kopf wurde hochrot. "Das war eine Ausnahmesituation!", zischte sie ganz leise.

"Hazel, was ist das Problem?", fragte er, langsam ernsthaft genervt.

"Was sollen die Mitglieder denn denken? Dass ich hier das Mädchen für *wirklich alles* bin?"

Deacon presste die Kiefer aufeinander. "Das würde keiner von ihnen sagen. Genauer gesagt reiße ich jedem den Arsch auf, der auch nur so einen Gedanken von sich gibt!"

Und er war nicht der Einzige. Seine Freunde würden auch ein Auge darauf haben, dass sich niemand das Maul über Hazel zerriss.

Ein kleines Lächeln umspielte ihre Mundwinkel. "Du bist wirklich der Beschützertyp, was?"

Deacon schüttelte den Kopf. "Lenk nicht vom Thema ab, Babe!"

Dass sie es beinahe geschafft hätte mit diesem süßen, unschuldigen Lächeln, sagte er nicht. Hazel hatte sowieso schon viel zu viel Macht über ihn.

Sie seufzte. "Ich kann doch nicht an meinem Arbeitsplatz rumknutschen! Was soll mein Boss denken?"

"Slade weiß, dass wir zusammen sind."

Sie hob eine Augenbraue. "Warum?"

Fassungslos sah er sie an.

"Es sind meine Freunde, natürlich wissen sie, was in meinem Leben abgeht. Glaubst du wirklich, Liam hätte die Klappe gehalten?"

"Ich war es nicht!", rief Liam, der einige Meter entfernt von ihnen auf einem Laufband lief.

"Du bist so ein neugieriger Sack, Liam! Kümmere dich um deinen eigenen Kram, oder hast du mit der Fotografin nicht genug zu tun?", rief Deacon zurück, wandte sich dann wieder Hazel zu, die ihn fassungslos anstarrte.

Okay, so kam er nicht weiter.

"Ich werde das zwischen uns ganz bestimmt nicht verheimlichen, Hazel, vor niemandem!", sagte er und lächelte, als er Slade entdeckte. "Slade! Komm mal rüber!", schrie er quer durch den Boxclub.

"Deacon!", zischte sie erneut, nun beinahe panisch, aber er hatte nicht vor, in diesem Fall nachzugeben. Es ging um seine Beziehung, die auch ohne Heimlichtuereien schwer genug war.

"Deac?" Slade wischte sich die Hände an einem Handtuch ab. "Hallo, Hazel."

"Könntest du ihr bitte sagen, dass du kein Problem damit hast, dass wir zusammen sind?", sagte er in ruhigem Ton.

Slade lächelte und sah ein bisschen verwirrt aus. "Nein, wieso sollte ich? Du bist ja nicht Nick oder Liam, bei denen ich Angst haben müsste, dass sie mir Hazel für einen One-Night-Stand vergraulen!"

"Auch das habe ich gehört!", rief Liam.

"Und ich habe gehört, du hast einen Auftrag nicht bekommen, weil *sie* dich nicht am Set wollte!", gab Slade zurück, ohne sich nach Liam umzudrehen.

"Ihr seid alle Freaks! Ich werde keinem von euch jemals wieder etwas erzählen", knurrte Liam und sprang vom Laufband.

"Wer's glaubt, wird selig", brummte Deacon, wandte sich aber dann wieder seinem eigentlichen Problem zu.

"Slade!", rief der Coach und sah ungeduldig aus.

"Sonst noch was? Jordan soll nicht kalt werden", sagte Slade.

Deacon schüttelte den Kopf, während Hazel nur fassungslos aussah.

"Genieß es einfach, Kleines", sagte Slade dann an Hazel gewandt, ehe er sich umdrehte und davonjoggte, um weiter mit den Nachwuchstalenten zu trainieren.

"Siehst du, alles in Ordnung." Deacon legte vorsichtig eine Hand an Hazels Hüfte und zog sie sanft zu sich. Sie sträubte sich nicht, was er als gutes Zeichen wertete.

"Keine Geheimnisse, okay?", hakte er nach und hob ihr Kinn an.

Sie nickte, also stahl er sich einen kurzen, unschuldigen Kuss.

"Aber es darf nicht meine Arbeit beeinflussen!"

Deacon nickte lächelnd.

"Ich meine es ernst, Deac. Ich bin auf diesen Job angewiesen. Ich weiß kaum, wie ich um die Runden kommen soll!"

Diese Aussage ließ sein Lächeln verblassen. "Wenn du Probleme hast, sprich mit mir. Wir finden eine Lösung."

Kurz schmiegte sie sich an ihn.

"Danke … aber nein danke. Im Moment schaffe ich es."

Schneller als er sie aufhalten konnte, löste sie sich wieder von ihm.

"Wir können auch einfach noch ein bisschen in dein Büro gehen …", warf er ein.

Hazel schüttelte den Kopf. "Mach lieber hier fertig, damit du mir etwas zu essen kochen kannst, bis ich von der Arbeit nach Hause komme."

Deacons Herz setzte bei *nach Hause* einen Schlag aus. Genau so fühlte es sich für Deacon an, wenn Hazel bei ihm war. Wie ein Zuhause, als wäre seine Wohnung erst vollständig, wenn sie ebenfalls dort war.

"Besondere Wünsche?"

Hazel schüttelte den Kopf. "Überrasch mich." Dann schlenderte sie mit ihrem kleinen süßen Hintern davon und ließ ihn wie einen Idioten allein mitten in der Halle zurück.

HAZEL

Sie liebte es, wenn Deacon für sie kochte. Nicht nur, weil sie selbst in dieser Beziehung absolut untalentiert war, sondern auch, weil es sich so anfühlte, als wäre sie etwas Besonderes für ihn.

Sam hatte immer auf die klassische Rollenverteilung bestanden. Er hatte das strenge Weltbild einer Frau verinnerlicht gehabt, die am Herd stand, sich um Kind und Haus kümmerte. Er hatte darauf bestanden, dass sie zu Hause blieb und er für das Finanzielle sorgte.

An diesem Thema hatte sie sich bei Sam die Zähne ausgebissen, denn sie wollte sehr wohl arbeiten und ihr eigenes Geld verdienen. Doch allen Argumenten gegenüber war er taub gewesen und hatte bei diesem Thema total gemauert.

Auch in Sachen Sexualität hatte sie mit Deacon eine ganz andere Welt kennengelernt. Deacon nahm sich viel Zeit für sie, ging auf sie ein und bestand auch nicht darauf, Sex zu haben, wenn sie müde war oder es ihr nicht gut ging. Sam hatte sie zwar auch zu nichts gezwungen, aber sie oft emotional so unter Druck gesetzt, dass sie ihren *Pflichten*, wie er es genannt hatte, nachgekommen war.

Aber vielleicht war das auch nur jetzt so, wo sie sich doch ganz am Anfang einer Beziehung befanden. Schließlich hatte Sam sie auch nicht von Anfang an bedrängt.

Ihr Magen verknotete sich, als sie sich dabei ertappte, wie schlecht sie über Sam dachte, wie unrecht sie ihm tat. Er hatte sie geliebt und begehrt und alles dafür getan, um ihr ein perfektes Leben zu ermöglichen.

"Was ist los, Babe?", fragte Deacon mit einem untrüglichen Gespür für ihre Stimmung.

Sie wollte ihm auf keinen Fall sagen, dass sie ihn schon wieder mit Sam verglichen hatte. So viel Vergangenheit tat keiner Beziehung gut. Also suchte sie schnell nach einem anderen Thema, das er ihr abkaufen würde.

"Ich sollte mein Auto verkaufen. Es ist noch nicht abgezahlt und ich kann es mir eigentlich nicht leisten", murmelte sie.

"Soll ich dir helfen?"

Sie zuckte die Schultern. "Sam hat es gekauft, kurz bevor er gestorben ist … er wollte einen Van, in dem all unsere Kinder Platz haben …"

Deacon hörte sich alles an, geduldig wie jedes Mal, wenn sie das Bedürfnis hatte zu sprechen.

"Wenn er dich daran hindert, gut zu leben … und sei es nur finanziell, musst du ihn verkaufen, Hazel. Ganz egal, wie sehr du dich daran klammerst, diese Zukunft kann sich nicht mehr erfüllen. Zumindest nicht so, wie ihr euch das erträumt habt." Er räusperte sich und nahm dann ihre Hand in seine. "Und wenn du dich jemals dazu entscheidest, eigene Kinder zu haben, dann kannst du dir das Auto kaufen, das dafür passend ist. Mit dem neuesten Schnickschnack und allem, was man so braucht. Ihr hättet dieses Auto doch auch nicht für immer behalten."

Hazel nickte. Er hatte recht, Sam kaufte das Neueste vom Neuesten.

Wahrscheinlich wäre ihm der Van mit zwei Jahren auch jetzt schon wieder zu alt.

"Hilfst du mir, ihn zu verkaufen?", fragte sie.

Nachdenklich spitzte Deacon die Lippen. "Was bekomme ich dafür?"

"Muss ich deine Hilfe jetzt schon auslösen?", fragte sie gespielt entsetzt.

Ernst nickte Deacon. "Ja! Ich finde, ein Date muss mindestens drin sein!"

"Ein Date?" Sie konnte an einer Hand abzählen, wie viele Dates sie bislang gehabt hatte.

"Ein Date. Ein Essen im Shoreless."

Er räusperte sich. "Am Valentinstag."

Hazels Lächeln fiel in sich zusammen. Das war der Tag, an dem Sam nicht mehr nach Hause gekommen war. Der Tag, an dem er allein in einem Krankenwagen gestorben war.

Stunden zuvor hatte er ihr vom Büro aus noch einen Strauß Rosen geschickt, sie hatte sein Lieblingsessen vorbereitet und dann vergeblich auf seine Heimkehr gewartet.

Seit diesem einen verhängnisvollen Tag versuchte sie sich zusammenzureißen, weiterzumachen und zu leben, nur um dann wieder von ihren Erinnerungen eingeholt zu werden.

Sam war weg und würde nie wieder sein Lieblingsessen bei ihr bestellen, obwohl sie beide wussten, dass sie wirklich nicht kochen konnte.

"Hazel?" Deacon sah sie mit besorgt gerunzelter Stirn an.

Sie lächelte zittrig. Es war nicht sein Fehler. Jedes erste Mal würde ihr wehtun. Genauso war es mit dem ersten Weihnachten ohne Sam gewesen, mit dem ersten Geburtstag und dem ersten Termin bei der Bank.

Jedes verdammte erste Mal würde ihr ihr Herz aus der Brust reißen.

Aber nun war da Deacon, der ihr neue erste Male schenkte.

Sie würde jedes dieser traurigen Ereignisse mit einem schönen bedecken, würde den Schmerz nach und nach verarbeiten, bis sie sich wieder auf Feiertage freuen konnte und Spaß daran hatte, sie mit Deacon zu verbringen.

"Valentinstag … okay", flüsterte sie.

"Wir müssen nicht …"

"Doch!", unterbrach sie ihn. "Ich muss!"

13 Date

DEACON

Er hatte kein gutes Gefühl, als er Hazel eine Woche später abholte. Es fühlte sich an, als hätte er ihr etwas aufgezwungen, was sie eigentlich gar nicht wollte.

Wieder wartete sie vor dem Haus, obwohl er so gern einmal einen Blick hineingeworfen hätte. Ein kleines Eckchen ihres alten Lebens zu sehen, würde vielleicht die ein oder andere Frage beantworten, die er sich nicht zu stellen traute.

Gespräche mit Hazel über ihre Vergangenheit waren oft eine Gratwanderung.

Er wollte sie nicht traurig machen, wollte sie nicht bedrängen, dennoch blieb ihm keine andere Wahl. Wenn er Hazel nicht dazu zwang, würde sie vielleicht mit ihm ein neues Leben anfangen, aber mit ihrem alten nicht abschließen.

"Bist du fertig geworden?", fragte Hazel, während sie ihren Vorspeisensalat aß.

Deacon nickte. "Die App ist heute zu den Betatestern gegangen. Jetzt habe ich ein paar Tage Ruhe, bevor die ersten Fehlermeldungen eintrudeln und ich dann nachbessern muss."

"Du bist gut darin, oder?"

Deacon lächelte. Er hörte sich fast so an, als wäre sie bislang davon ausgegangen, dass er ein armer Schlucker wäre, der gerade so über die Runden kam mit seinem Job.

"Ja, einer der Besten würde ich behaupten." Den Durchbruch am Markt hatte er vor neun Jahren gehabt, kurz nach Melias Tod.

Dieser Gedanke stimmte ihn traurig. Sie hatte nicht mehr erfahren, dass er es tatsächlich geschafft hatte.

Er nahm einen Schluck von dem Weißwein, den Drake ihnen gebracht hatte, ohne zu fragen. Geschenk des Chefs für besondere Kunden.

Als er Hazels Blick traf, sah er die Frage darin, die sie sich nicht zu stellen traute. Aber er wollte, dass sie alles über ihn wusste.

"Manchmal macht es mich traurig, dass sie nie sehen wird, wie erfolgreich ich mit dem *Scheiß* bin, wie sie es immer genannt hatte. Sie hat mich ausgelacht, wenn ich ihr versprochen habe, dass wir eines Tages nach Europa fliegen von dem Geld, das ich mit dem Programmieren verdiene."

"Ihr hattet eine besondere Beziehung."

Deacon nickte. "Ich stand Melia immer näher als meinem eigenen Zwilling. Sie war mein Ein und Alles. Meine kleine Nervensäge und die Einzige, die mich in meinem nerdigen Wahnsinn ertragen hat."

"Ich finde dich gar nicht so nerdig."

Deacon lachte. "Ich hatte eine ziemlich harte Zeit nach ihrem Tod. Deshalb wurde ich zu einer Jugendstrafe verurteilt. Anti-Aggressionsprogramm bei Slades Dad. Die Jungs in so einem Boxclub treiben einem das Nerdsein schnell aus."

Sie nickte, als würde sie vollkommen verstehen, wovon er sprach.

"An manchen Tagen habe ich gezweifelt, dass ich jemals darüber hinwegkommen würde, was Melia geschehen ist. Sie war zu gut für diese Welt, und es war nicht fair, dass sie so leiden musste."

Einige Momente herrschte absolute Stille zwischen ihnen, aber Deacon sah die Frage in Hazels Augen. Sie wollte wissen, was genau mit Melia passiert war, warum sie starb.

"Vielleicht ist das kein gutes Thema für unser Date", brummte er und nahm einen weiteren Schluck.

Sie zuckte die Schultern und wartete mit ihrer Antwort, bis der Kellner ihre Teller abgeräumt hatte.

"Ich bin mit meinen Geschichten auch selten gut im Timing. Es hat seinen Grund, warum diese Erinnerung jetzt kommt, also erzähl mir davon."

Verwundert über ihre direkte Art legte er den Kopf schief.

"Wo kommt diese Mit-dem-Kopf-durch-die-Wand-Haltung denn plötzlich her?"

Hazel grinste. "Die hast du mir beigebracht."

Sie würde tatsächlich nicht lockerlassen und meinte es ernst, also gab er nach und räusperte sich, nachdem die Hauptspeise serviert wurde.

"Melia … sie hatte einen Freund, noch recht frisch, ich mochte ihn nie, aber wie kleine Schwestern halt so sind, rebellierte sie gegen unsere Eltern und auch gegen mich, wenn ich etwas gegen ihn sagte."

Er konnte Hazel nicht länger in die Augen sehen, also konzentrierte er sich auf den Fisch, der herrlich nach Zitrone duftete.

"Er hieß Andreas. Ein reicher Sprössling, der ihr ein Leben aufdrängte, das überhaupt nicht zu ihr passte. Melia war ein Freigeist, niemals ernst, so lebensfroh, dass es ansteckend war und sie jeden in ihrem Umfeld mitriss."

"Und er hat es nicht erkannt?", fragte Hazel nach.

Deacon nickte. "Er hat sie eingesperrt und kleingehalten. Ich bin nicht mehr zu ihr durchgedrungen, weil er ihr wirre Sachen in den Kopf gesetzt hatte."

Er schluckte, denn der Teil, der nun kommen würde, hatte sein Leben für immer verändert.

"Als ich es endlich geschafft habe und sie sich von ihm trennen wollte, hat er sie geschlagen und vergewaltigt."

Deacon schluckte und klammerte sich krampfhaft an seinem Besteck fest. Er sah noch immer, wie geschunden Melia auf seiner Türschwelle aufgetaucht war, wie gebrochen sie gewesen war und dass alles Licht aus ihren Augen erloschen war.

"O Gott … Deacon …"

"Ich bin losgefahren und habe ihm die Seele aus dem Leib geprügelt. Deswegen bin ich verurteilt worden."

Er suchte Hazels Blick, um zu sehen, was sie von dieser Tat hielt. Würde sie ihn verstehen?

Als würde sie spüren, dass er ihre Bestätigung brauchte, griff sie nach seiner Hand und drückte sie fest. "Es war das Richtige", flüsterte sie.

Deacon nickte. "Aber es war nicht genug. Dieser Typ … er hat sie zerstört, er hat sie bis in ihren letzten Winkel gebrochen."

Der Appetit war ihm vergangen, dennoch zwang er sich, weiterzuessen, versuchte die Fassung zu bewahren.

"Sie hat es nicht gepackt", sagte er schließlich leise. "Wir haben getan, was wir konnten, aber sie hat es nicht geschafft. Eines Tages hatte sie sich in die Badewanne gelegt und sich die Pulsadern aufgeschnitten. Der Länge nach, auf beiden Seiten. Das war kein Hilferuf. Sie wollte sterben und hat nichts dem Zufall überlassen."

Hazel keuchte, und als er aufsah, bemerkte er, dass sie sich eine zitternde Hand vor den Mund hielt.

Er atmete tief durch und drückte ihre andere Hand. "Ich habe sehr lange gebraucht, um damit zurechtzukommen. Vieles ist seitdem schiefgelaufen und ich habe meine gesamte Familie verloren."

"Kannst du nicht …"

Er wusste, was sie sagen wollte, deshalb unterbrach er sie. Es war genug für einen Abend. Er selbst brauchte eine Pause.

"Nicht im Moment. Ich denke, wir brauchen alle Abstand voneinander."

"Brauchst du nicht jemanden, mit dem du diesen Schmerz teilen kannst?"

Deacon schüttelte den Kopf. "Ich habe eine neue Familie gefunden. Ich habe dank Slades Dad Freunde, die mich niemals im Stich lassen."

"Wie es deine Familie getan hat?"

"Meine Eltern. Mein Bruder kann nichts dafür, aber meine Eltern haben sich aus dem Staub gemacht, kaum dass Melia unter der Erde war."

Er versuchte die Wut in sich zu bekämpfen, sie nicht aufs Neue zuzulassen.

"Sie haben beide ihre Quittung dafür bekommen, dass sie ihre Kinder im Stich gelassen haben. Meine Mutter ist mittlerweile in einer geschlossenen Anstalt und mein Vater sitzt mutterseelenallein in einem Trailerpark in North Carolina."

Der rundliche Kellner kam und nahm ihre Teller mit, was ihnen beiden eine kleine Verschnaufpause verschaffte.

"Ich habe Freunde, für die ich unendlich dankbar bin. Sie sind meine Familie, und irgendwann werden sie auch meinen Bruder unter sich aufnehmen, wenn er zurückkommt."

Eine Weile schwiegen sie, jeder hing seinen eigenen Gedanken nach. Dann hob Hazel ihr Weinglas, um mit ihm anzustoßen. "Auf gute Freunde", sagte sie.

Deacon nickte und hob ebenfalls sein Glas. "Auf eine bessere Zukunft."

Sie stieß mit ihm an und diese Mischung aus Verständnis und Fürsorge in ihrem Blick ließ ein weiteres kleines Zahnrädchen einrasten.

Tag für Tag, den er mit dieser einzigartigen Frau verbringen durfte, machte ihm deutlicher, wie besonders sie war und wie tief seine Gefühle für sie gingen.

Wenn er es zulassen würde, könnte er es Liebe nennen, aber die Gefahr, dass er sich die Finger verbrannte, war einfach zu groß.

Auch wenn es Blödsinn war, denn es auszusprechen änderte schließlich nichts dran, was er für Hazel empfand. Er liebte sie … wenn auch vorerst im Geheimen.

HAZEL

Schon eine ganze Zeit lang beobachtete sie, wie die Morgensonne Deacons Gesicht in goldenes Licht tauchte.

Sie hatte unruhig geschlafen. Die Geschichte von Deacons Schwester hatte sie aufgewühlt und bis in ihre Träume verfolgt.

Dennoch wusste sie zu schätzen, dass Deacon ihr diese Geschichte erzählt hatte, dass er sie teilhaben ließ an einem Leben, das er gelebt hatte, lange bevor sie einander begegnet waren.

"Was machst du da?", brummte er und öffnete ein Auge einen winzigen Spalt. Unter den langen Wimpern wirkten seine Augen beinahe schwarz.

"Dich ansehen", gab sie zurück und strich ihm eine Strähne aus der Stirn.

Deacon griff nach ihr und drehte sie so schnell und kräftig, bis sie mit dem Rücken an seine Brust gepresst dalag. Dann drückte er ihr einen Kuss auf den Nacken.

"So ist es besser."

Leise lachend schmiegte sie sich an ihn. "So kann ich dich nicht sehen."

Er küsste sie erneut. "Fühlen ist eh besser als sehen."

"In diesem Fall hast du auf jeden Fall recht", antwortete sie.

Eine Weile lagen sie stumm da, genossen die Gegenwart des anderen. Hazel war sich jedes Atemzugs, jedes Herzschlags bewusst, den Deacon in ihrem Rücken tat. Es fühlte sich perfekt an. Genau so musste es sein.

"Was hast du heute vor?", fragte er dann und streichelte über ihren Bauch.

"Ich sollte meinen Haushalt auf Vordermann bringen und die Papiere für die Finanzierung des Autos suchen."

"Du willst ihn also verkaufen?"

Hazel nickte. "Es ist das Richtige."

"Ich kann dir helfen", sagte er, und sie spürte, wie er sich in ihrem Rücken aufrichtete.

Da sie ihm nicht in die Augen sehen wollte, setzte sie sich auf und schwang die Beine über den Bettrand.

"Nein, danke", antwortete sie und zog sich sein Shirt über.

"Hazel … ich *will* dir helfen!"

"Nein." Die absolute Stille, die daraufhin folgte, machte deutlicher als jedes Wort, dass sie ihn mit ihrer Zurückweisung getroffen hatte. Nach allem, was er am Abend zuvor mit ihr geteilt hatte, war seine Enttäuschung nur verständlich.

Aber es fühlte sich einfach falsch an, ihn so weit in Sams Leben zu bitten.

Es machte für sie einen großen Unterschied, ob Deacon nur ihr Leben übernahm oder alles sah, was sie mit Sam geteilt hatte. Wenn er durch das Haus lief, das ihre Zukunft hätte sein sollen, und Dinge in die Hand nahm, die Sam gehörten, war das noch mal eine ganz andere Hausnummer.

Um ihn ein wenig milde zu stimmen, fragte sie: "Soll ich heute Abend wiederkommen?"

"Natürlich, Hazel", antwortete er. Er meinte es ernst, was nichts daran änderte, dass sie ihn verletzt hatte.

Mit gerunzelter Stirn beobachtete sie, wie auch er aufstand und sich anzog. Sie hätte sich gern selbst geohrfeigt dafür, dass sie diesen perfekten Morgen zerstört hatte.

DEACON

"Du fragst dich wahrscheinlich, was ich schon wieder hier mache", sagte Deacon leise, nachdem er Melia eine dieser weiß-rosa Ranunkel aufs Grab gelegt hatte, die sie so gerne gemocht hatte.

Marlis, die Verkäuferin aus der kleinen Blumenhandlung in der Elliot Ave, hatte ihn voller Mitgefühl angesehen und gefragt, ob er eine schwere Zeit hatte, weil er so oft auf den Friedhof ging.

"Ich hab ihr gesagt, dass die Zeit eigentlich schön ist und nicht schwer … bis auf ein paar Momente", murmelte er.

Melia hätte ihn verstanden, da war er sich sicher. Melia hatte immer ein besonders feines Gespür für die Gefühle anderer gehabt.

Er sah sich auf dem All Faiths Cementary, dem Friedhof, auf dem Melia beerdigt wurde, um. Die Gräber wirkten oft so trist und grau. Es hätte Melia nicht gefallen, hier zu sein. Zumindest nicht, bevor *er* ihr Leben zerstört hatte.

Er atmete tief durch.

"Ich könnte deine Meinung verdammt gut gebrauchen, Melia. Ich habe keine Ahnung, ob ich das Richtige tue oder ob ich Hazel etwas aufzwinge, was nicht das Richtige für sie ist."

Langsam fuhr er die geschwungenen Buchstaben auf ihrem Grabstein nach.

"Wahrscheinlich würdest du mich auslachen und mir sagen, dass ich mir zu viele Sorgen mache. Ich würde alles dafür geben, dich das noch einmal sagen zu hören, während du mich im Arm hältst."

Er schluckte schwer, als der Schmerz in seiner Brust wieder einmal übermächtig wurde.

"Und dabei bist du doch die kleine Schwester. Wie kann es sein, dass du immer auf mich aufgepasst hast?"

Das war ihm erst so richtig bewusst geworden, als sie nicht mehr da gewesen war, um ihm unter die Arme zu greifen.

"Wenn sie dich so sehen könnte, würde sie schreiend davonrennen. So ein verheultes Gesicht voller Sorgenfalten."

Deacon erstarrte, als er die allzu vertraute Stimme hörte. Ungläubig sah er nach rechts und entdeckte tatsächlich seinen Bruder. Die Hände in die Hosentaschen gesteckt stand er einige Meter von Deacon entfernt auf der gefrorenen Wiese und lächelte ihn an.

"Was … wie …?", stammelte Deacon.

Devon zuckte die Schultern. "Hab einen Nachmittag im Monat Freigang wegen guter Führung bewilligt bekommen."

"Und du sagst mir nichts?"

Wieder zuckte er mit den Schultern. "Ist erst mein zweiter. Ich brauchte ein bisschen Zeit für mich." Devons Blick lag auf Melias Grab, und Deacon verstand, was Devon meinte.

Deacon breitete die Arme aus und zog Devon an sich, drückte ihn fest und freute sich über dieses vertraute Gefühl.

Devon drückte nicht weniger fest zu, zeigte ihm, dass er ihn immer noch liebte, auch wenn er Deacon kein einziges Mal im Gefängnis empfangen hatte.

Adam hatte einmal mit Devon darüber gesprochen. Devon wollte nicht, dass jemand ihn besuchen kam, ihn so sah, gefangen und am Ende mit seinen Nerven. Er wollte es durchziehen und dann da weitermachen, wo er aufgehört hatte, ohne dass ihn jemand ständig bemitleidete.

"Du hast trainiert", sagte Deacon, als sie sich voneinander lösten.

"Hatte sonst nicht viel zu tun."

Deacon nickte, wandte sich dann wieder Melias Grab zu. Sie wäre stinkwütend, dass sie beide hier herumhingen.

"Geht es einigermaßen?", fragte Deacon.

Devon nickte. "Eineinhalb Jahre … aber mit einem Tag Freigang hört es sich nur noch halb so schlimm an."

Es war für ihn immer wieder komisch, in Devons Gesicht zu sehen, ein Gesicht, das seinem aufs Haar glich und doch so anders war. Devon war schon immer der Härtere von ihnen gewesen, der mit dem Kopf durch die Wand wollte.

"Wie geht es dir?", fragte Devon.

Deacon zuckte mit den Schultern. "Ich trinke zu viel und habe mich in eine äußerst komplizierte Beziehung gestürzt."

Devon grinste. "Das würde Melia gefallen. Brüderchen mit Herzschmerz."

Auch er versuchte zu lächeln. "Sicher? Oder würde sie mir einen Anschiss verpassen, mir sagen, was ich für ein Idiot bin, und mich dann auf den richtigen Weg schubsen?"

Devon stieß ihn mit dem Ellenbogen an. "Du hattest von uns allen schon immer die beste Menschenkenntnis. Wenn sie es so weit in dein Herz geschafft hat, ist sie es auch wert."

Deacon zuckte mit den Schultern, wusste nicht, was er darauf erwidern sollte. Aber es fühlte sich gut an, dass Devon seine Meinung bestätigte, dass er an ihn glaubte, wie Melia es getan hätte.

"Lass uns hier abhauen und noch einen Kaffee trinken, bevor du zurückmusst, okay?", fragte Deacon und sah zu Devon auf.

Lächelnd stimmte Devon seinem Bruder zu.

HAZEL

Fünf Minuten. Länger würde sie nicht mehr warten. Dann würde sie zurück nach Hause gehen, anstatt hier in der Kälte zu warten.

Vielleicht wollte Deacon ihr auch einfach nur ein Zeichen geben, dass er seine Ruhe wollte, und war deshalb nicht zu Hause.

"Hey … was machst du denn hier?" Deacons Stimme riss sie aus ihren Gedanken.

"Ich … sollte gehen?", fragte sie, weil sie keine Ahnung hatte, was in Deacon vorging.

Er runzelte die Stirn. "Warum?" Dann sperrte er die Tür auf und schob sie hinein.

"Ich weiß nicht … du warst nicht da und dann so …" Ihr Gestammel gab in ihren eigenen Ohren keinen Sinn. Deacon verunsicherte sie einfach, auch ihre Auseinandersetzung an diesem Vormittag trug dazu bei. Sie hatte das Gefühl, dass sie ihn ungewollt von sich gestoßen hatte und er nun irgendwie auf Abstand ging.

"Ich … hab noch jemanden … nach Hause gefahren."

Es war mehr als nur deutlich, dass er ihr keinen genaueren Einblick in seinen Sonntag gewähren wollte.

Diese Erkenntnis schmerzte, aber wie sollte sie ihn verurteilen, wenn sie selbst doch genau das Gleiche mit ihm tat?

"Okay."

"Ich wollte nur wissen, warum du vor der Tür wartest. Es ist arschkalt! Hättest du angerufen, hätte ich mich beeilt."

Sie zuckte mit den Schultern und blieb etwas planlos im Raum stehen. Deacon schob sie kurzerhand zum Sofa und reichte ihr anschließend eine Decke.

"Kaffee?"

Sie nickte, aber das ungute Gefühl blieb. Ihr Magen war mittlerweile ein harter Klumpen, und das Kribbeln in ihrem Nacken machte deutlich, dass etwas ganz und gar nicht stimmte. Sie wollte ihn nicht verlieren. Nicht jetzt, da sie so kurz davor war, endlich wieder zu fühlen, etwas zu haben, worauf sie sich freuen konnte.

"Ich habe die Papiere gefunden", sagte sie und nahm die warme Tasse entgegen. "Hilfst du mir, den Wagen zu verkaufen?"

Deacon sah sie nachdenklich an. "Du solltest das nicht tun, weil es das ist, was ich für richtig halte."

Sie schüttelte den Kopf. "Du hattest recht. Den Wagen abzustoßen ist das einzig Sinnvolle in meiner Situation."

Er musterte sie noch einen Moment lang, dann setzte er sich mit einem Stirnrunzeln auf den Sessel ihr gegenüber. Viel deutlicher hätte er nicht zeigen können, dass er auf Abstand zu ihr ging. Allein der Gedanke, dass er sie jetzt verließ, dass jetzt alles auseinanderbrechen könnte, trieb ihr die Tränen in die Augen.

Der Druck auf ihrem Kiefer zeigte ihr, dass sie kurz davor war, in Tränen auszubrechen und die Kontrolle über sich zu verlieren.

"Bitte, Deacon … tu mir das nicht an", flüsterte sie erstickt.

Ihre Hände zitterten, aber nicht vor Kälte, sondern vor Angst, dass er sie verlassen könnte. Alles nur, weil sie nicht nachgeben konnte.

Er riss den Kopf hoch und starrte sie entsetzt an. "Was ist los?", fragte er und setzte sich sofort aufrecht hin.

"Du … Stoß mich nicht von dir, Deac. Ich brauche dich." Sie konnte nicht verhindern, dass einzelne Tränen über ihre Wangen liefen.

"Herrgott, Hazel!", fluchte Deacon, kam zu ihr und nahm die Tasse aus den zitternden Händen. Nachdem er sie auf dem Wohnzimmertisch abgestellt hatte, zog er Hazel in seine Arme.

Seine Wärme zu spüren, seine Stärke und seine Verlässlichkeit, machte ihr nur noch bewusster, was sie wirklich alles verlieren konnte, nur weil sie nicht bereit war, ihn in ihr Leben zu lassen.

"Es tut mir so leid", flüsterte sie mit tränenerstickter Stimme.

"Mein Gott, Hazel! Was ist denn nur auf einmal los?!"

Er klang aufgewühlt, fast so durcheinander, wie sie sich fühlte.

"Verlass mich nicht."

Seine Umarmung wurde beinahe schmerzhaft fest. "Natürlich nicht. Hazel, du bist … unglaublich wichtig für mich … wie kommst du darauf, dass ich ohne dich sein wollte?"

Sie zuckte die Schultern, auch wenn sie kaum Platz für diese Bewegung hatte. "Du warst so … abweisend."

Er atmete tief durch.

"Es tut mir leid. Ich wollte das nicht. Ich hab einen heftigen Tag hinter mir."

"Du bist der Einzige, der mich versteht, Deac. Nur jemand wie wir, der geliebt und verloren hat, kann verstehen, was in uns vorgeht. Ich kann dich nicht auch noch verlieren."

Sein Atem strich über ihr Haar. "Ich will nicht gehen, Süße. Du hast nur wieder eine Grenze gesetzt, gegen die ich anlaufe, und ich versuche doch nur meinen Platz an deiner Seite zu finden."

Sie legte den Kopf in den Nacken, sah ihn wegen all der Tränen nur verschwommen. "Es tut mir so leid", flüsterte sie noch mal.

Deacon küsste sie federleicht auf ihre bebende Unterlippe.

"Es ist okay. Wir werden immer einen Weg finden, einen, der zu uns passt. Das verspreche ich dir, Hazel."

Auch wenn ihr Herz vor Angst raste, antwortete sie: "Ich … ich brauche noch ein bisschen, wenn es für dich okay ist. Aber nicht mehr lang, das verspreche ich dir."

Vorsichtig lächelte er. "Ich kann warten, Süße. Du bist es wert, dass ich auf dich warte."

Vor Erleichterung kamen ihr erneut die Tränen. Sie streckte sich und presste ihre Lippen auf seine, genoss es, dass sie immer noch das Recht hatte, diesen einzigartigen Mann zu küssen.

Deacon erwiderte den Kuss, zog sie rittlings auf seinen Schoß und hielt sie dabei so fest, als hätte er Angst, dass sie jeden Moment einfach verschwinden könnte.

Dabei hatte sie nicht vor, jemals wieder zu gehen. Denn auch wenn sie es niemals zu träumen gewagt hätte, hatte ihr dieser Abend nur allzu deutlich gezeigt, dass sie wieder lieben konnte. Dass sie Deacon liebte.

Diese Erkenntnis ließ ihr Herz rasen. Ihr Blut rauschte durch ihre Adern, stimulierte ihren Körper, bis jede ihrer Zellen zu brennen schien. Sie zog erst ihr Shirt, dann Deacons aus, wollte seine Haut auf ihrer fühlen, wollte ihn spüren und sich selbst vergewissern, dass er noch bei ihr war.

Deacon stöhnte, als sie sich an ihm rieb, und sie konnte spüren, wie er an ihrer Mitte härter wurde. Lange ließ er sie nicht gewähren, dann umschlang er sie fester und drehte sie auf den Rücken.

Er ließ sich zwischen ihren Beinen nieder, während seine Lippen ihren Mund liebkosten. Sie liebte seine Küsse, die immer genau die richtige Mischung aus sinnlicher Zärtlichkeit und drängender Begierde waren. Deacon war der erste Mann, der es schaffte, sie nur mit seinen verheißungsvollen Küssen so sehr zu erregen, dass sie feucht und bereit für ihn wurde.

Sie streichelte über seinen Rücken, genoss es, dass Spiel seiner Muskeln unter ihren Fingern zu fühlen. Seine breiten Schultern, die über ihr schwebten, waren ein Anblick, von dem sie niemals genug bekommen würde.

Seine Finger, die ihren Körper streichelten, erregten sie so sehr, dass sie sich ihnen entgegenwölbte und wimmernd mehr von ihnen wollte.

Als er endlich ihre restliche Kleidung beseitigte und seine schmalen Hüften zwischen ihren nackten Schenkeln positionierte, konnte sie es bereits kaum noch erwarten.

Quälend langsam drang er in sie ein, dehnte sie und füllte sie aus.

Sie liebte es, zu spüren, wie er sie Stoß um Stoß weiter für sich öffnete, wie ihre Körper sich aneinanderschmiegten, zu einer Einheit wurden.

Automatisch schlang sie ihre Beine um seine Hüften, kam ihm bei jedem seiner intensiven Stöße entgegen, nahm ihn tief in sich auf und stöhnte laut, als er sie an ihre Grenzen trieb.

Sein keuchender Atem, als er ihren Hals liebkoste, löste ein Feuer in ihr aus, das schnell bis in ihren Unterleib schoss. Stöhnend wand sie sich, fieberte den Schauern entgegen, die er Stoß um Stoß durch ihren Körper jagte.

Ihr Unterleib zog sich immer mehr zusammen, und schließlich entlud sich ihr Höhepunkt in zuckenden Blitzen, die ihren ganzen Körper verkrampfen und erzittern ließen.

"Deac … Gott, ja", keuchte sie und stöhnte, als er sich in ihren Hüften verkrallte.

Er presste sich an sie, und sie spürte seinen breiten Schwanz in sich zucken, als er ihr in den Orgasmus folgte.

Mühsam öffnete sie die Augen, beobachtete ihn dabei, wie er sich mit hängendem Kopf schwer atmend über ihr abstützte. Seine Stirn glänzte vor Schweiß und einige dunkle Strähnen klebten an seinen Schläfen. Er sah so unglaublich heiß und sexy aus, dass sich ihr Unterleib völlig automatisch zusammenzog.

Er keuchte und riss die Augen auf. Dann umschlang er ihren Körper und zog sie mit sich, als er sich aufsetzte, bis sie rittlings auf ihm saß. Dabei schob er sich wieder tiefer in sie, was ihnen beiden ein raues Stöhnen entlockte.

Deacon grinste zufrieden. "Diese Couch eignet sich besser für Sex, als ich gedacht habe."

Hazel schmiegte sich an ihn. "War sie etwa noch jungfräulich?"

Er nickte. "Es war ihr erstes Mal, aber ich glaube, wir waren vorsichtig genug mit ihr."

Hazel kicherte. "Ich finde, sie hat ihre Sache gut gemacht."

Deacon küsste ihre Schulter. "Ich glaube dennoch, ich bringe dich jetzt besser ins Bett, bevor es noch eifersüchtig wird."

Sie hielt ihn umklammert, als er aufstand und ins Schlafzimmer lief.

"Jetzt haben wir bald jedes Möbelstück eingeweiht, oder?"

Grinsend ließ er sie aufs Bett sinken. "Die ein oder andere Kommode würde sich noch eignen, aber gib mir ein paar Minuten, okay?", antwortete er und legte sich neben ihr ins Bett.

Als wäre sie eine Puppe, drehte er sie auf die Seite und zog sie mit dem Rücken an seine breite, muskulöse Brust.

Wohlig seufzend schmiegte sie sich näher an ihn. "Solange du mich so hältst, kannst du so viele Minuten oder Stunden haben, wie du möchtest."

Er küsste sie auf den Nacken und flüsterte: "Ich werde dich so lange so halten, wie du mich lässt, Babe."

Ein Kloß bildete sich in ihrem Hals, aber es war einer von der guten Sorte, einer, der besagte, dass sie einen ganz besonderen Menschen gefunden hatte, den sie nicht mehr verlieren wollte.

14 Zuhause

HAZEL

Nervös schluckte sie immer wieder gegen den Kloß in ihrem Hals an. Es fühlte sich an, als hätte sie etwas Großes verloren, als hätte sie Sam mit dem Verkauf des Minivans betrogen.

"Es war die richtige Entscheidung, Hazel. Zweifle nicht", sagte Deacon und drückte ihre Hand.

Er klang so sicher, während er seinen alten Ford durch den New Yorker Verkehr lenkte.

Sie nickte. "Ja, du hast recht. Trotzdem fühlt es sich an, als hätte ich etwas verloren."

Er zog ihre Hand an seinen Mund und küsste ihren Handrücken.

"Du hast ein kleines Stück Vergangenheit aufgegeben. Das ist ganz normal."

Wieder nickte sie und sah dann aus dem Fenster. Es war die richtige Entscheidung. Sie hatte einen ganzen Haufen Schulden weniger und sogar noch zweitausend Dollar rausbekommen, von denen sie sich ein kleines Auto kaufen konnte oder die nächsten Tilgungen ihres Hausdarlehens bezahlen konnte.

Über eine Woche hatte sie gebraucht, um den endgültigen Entschluss zu fassen. Eine weitere, bis Deacon einen Händler gefunden hatte, der ihr ein gutes Angebot gemacht hatte.

"Ich danke dir", sagte sie leise. Er tat so viel für sie, erwartete nichts von ihr. Manchmal bekam sie sogar ein schlechtes Gewissen, weil sie ihm so wenig zurückgeben konnte.

"Ich hab es gern gemacht, Süße, das weißt du", gab er zurück.

Ja, das wusste sie, es änderte aber nichts daran, wie dankbar sie ihm war.

"Ich habe noch Wein zu Hause … wir könnten uns Pizza dazu bestellen."

Ihr Herz raste, als sie ihm dieses Angebot machte, ihn zu sich nach Hause einlud, wo all die Erinnerungen an Sam auf sie warteten.

Aber sie wollte es. Für Deacon, für sie beide, für eine gemeinsame Zukunft.

"Sicher?", fragte er und bog in die Straße ein, in der ihr Haus lag.

"Ja." Sie wählte die Nummer ihres Pizzadienstes, um ihre Entscheidung endgültig zu besiegeln. "Scharfe Salami?", fragte sie Deacon, während es läutete.

Er nickte und das Lächeln, das dabei auf seinen Lippen lag, sagte ihr, dass sie genau das Richtige getan hatte. Deacon hatte es verdient, und sie würde es nicht bereuen, da war sie sich sicher.

DEACON

Er wartete jeden Moment darauf, dass Hazel die Notbremse ziehen würde, aber es schien, als wäre sie fest entschlossen, auch wenn ihre Finger zitterten, als sie die Haustür aufschloss.

Hazel führte ihn direkt in die große Wohnküche. Alles sah ein wenig steril aus, wenig genutzt. Wie auch, wo sie doch seit über einem Monat quasi jeden Tag bei ihm war.

Er wollte nicht viel über das Haus sagen. Nicht, dass er in ein Fettnäpfchen tappte, indem er die modernen Edelstahlgeräte erwähnte und gerade die von ihrem Mann ausgesucht worden waren.

Alles in allem erinnerte ihn das, was er bislang vom Haus gesehen hatte, an eine moderne Variante einer amerikanischen Vorzeigefamilie.

Es passte nicht wirklich zu Hazel. Er konnte sich nicht vorstellen, dass das alles auf Hazels Mist gewachsen war.

Sie schenkte ihnen beiden einen Weißwein ein und deutete dann auf die Hocker an dem Frühstückstresen.

"Es ist schön hier", sagte er möglichst unverfänglich.

Sie zuckte mit den Schultern. "Es ist kalt und einsam hier …" Sie suchte seinen Blick. "Ich bin lieber bei dir."

"Du bist immer willkommen, Hazel." Er wollte ihr gerade sagen, wie viel sie ihm bedeutete, da klingelte es an der Tür.

Er stand auf, bevor sie es machen konnte, wollte nicht, dass sie ihn zum Essen einlud, wo er doch wusste, dass es ihr finanziell nicht sehr gut ging.

Der junge Mann vom Lieferservice schaute ihn ein wenig skeptisch an, als hätte er nicht damit gerechnet, jemand anderen als Hazel hier zu sehen, zuckte aber schließlich mit den Schultern.

Nachdem Deacon bezahlt hatte, überreichte der Typ ihm die Pizzas aus der roten Wärmetasche, mit denen Deacon zurück in die Küche ging.

"Wie lange wohnst du schon hier?", fragte Deacon.

Das Haus wirkte so leer, so unwirklich, als hätte hier niemand wirklich gelebt. Er setzte sich an den Tresen und öffnete die Kartons.

"Fast drei Jahre", antwortete Hazel und biss in ihre Hawaii-Pizza.

Dann lächelte sie, als sie bemerkte, wie Deacon die weißen, kahlen Wände musterte.

"Es wirkt nicht so." Etwas anderes wusste er nicht zu antworten.

"Sam hatte eine ziemlich genaue Vorstellung davon, wie unser Zuhause sein sollte." Sie deutete auf die leere Wand über der kleinen Essgruppe. "Dort wollte er ein Familienbild von unserem ersten gemeinsamen Weihnachten haben."

Deacon musterte sie kritisch. "Warst du schwanger?"

Sie wurde rot und widmete sich wieder ihrer Pizza. "Nein … obwohl er keine Gelegenheit ausgelassen hatte, es zu versuchen."

Auch wenn Deacon später einmal eine eigene Familie haben wollte, war er froh, dass Hazel kein Kind mit in ihre Beziehung gebracht hatte. Es hätte alles noch mehr verkompliziert, auch wenn er es bestimmt geliebt hätte, wie er sein eigenes lieben würde. Aber es wäre eben das Kind von ihr und Sam gewesen, eine ständige Erinnerung an einen anderen Mann in Hazels Herzen.

"Wie lange ist er tot?", hakte Deacon nach und versuchte alles, was Hazel ihm verraten hatte, unter einen Hut zu bekommen.

"Etwas mehr als zwei Jahre. Deswegen ist auch die Wand über der Garderobe noch leer. Sam wollte da ein großes Bild von unserem ersten Hochzeitstag aufhängen … zu dem ist es ja leider nie gekommen."

"Dann seid ihr hier kurz nach eurer Hochzeit eingezogen?"

Sie nickte. "Sam hatte das Haus schon vorher im Blick und hat mir bei unserer ersten Besichtigung auf der Veranda einen Antrag gemacht. Er wollte, dass all unsere großen Momente hier stattfanden."

Es kam ihm so vor, als wäre alles, was Hazel aus ihrer Beziehung erzählte, nur von ihrem Mann getrieben worden. Aber er zögerte, etwas dazu zu sagen, wollte sie nicht kränken.

"Hat es dir denn gefallen?", fragte er und trank noch einen Schluck Wein.

"Was?" Verständnislos sah sie ihn an.

Deacon zuckte mit den Schultern. "Das Haus, die Hochzeit, der Van … all die Pläne, die Sam für dich geschmiedet hat."

Ihr Gesicht versteinerte, und er wusste sofort, dass er sich zu weit aus dem Fenster gelehnt hatte.

"Es tut mir leid … du erzählst nur immer davon, was er gewollt hatte …"

Sie legte das Pizzastück zurück in die halb volle Schachtel. "Ich dachte, du wolltest, dass ich dir von ihm erzähle."

"Ja, aber nicht seine Meinungen und Wünsche, sondern vor allem, was du davon hältst, was dir gefällt, was du nicht mochtest, was du dir wünschst für deine Zukunft …"

Sie begann langsam wieder zu essen, aber Deacon war sich ziemlich sicher, dass sie nur Zeit schinden wollte, um über ihre Antwort ganz genau nachdenken zu können.

"Er war meine erste große Liebe. Er war der Erste, der mich wirklich geliebt hat und ein Leben mit mir verbringen wollte. Meine Eltern haben mich abgeschoben, meine Pflegefamilien wollten das Geld vom Staat und meine Männerbekanntschaften wollten alle nur Sex."

Sie sah ihn an, und er wusste, dass sie Verständnis in seinen Augen suchte.

"Und er hat dir mehr gegeben", antwortete er.

Sie nickte.

"Ich hätte alles für ihn getan, ich wusste, dass er unser Leben perfekt machen konnte. Er hatte Träume und Visionen, wo ich noch immer ziellos durchs Leben gestolpert bin."

Er sagte nicht, dass er dachte, dass sie sich nur in eine Vorstellung dieser perfekten Familie verliebt hatte, wollte nicht schlechtreden, was sie sich so sehr gewünscht hatte.

"Er kam die erste Nacht mit mir nach Hause und kam von da an jeden Abend zurück. Nach drei Monaten zogen wir offiziell zusammen, nach einem halben Jahr heirateten wir. Nur wir beide in einer kleinen Kirche in Vegas. Sam hatte so wie ich keine Familie, mit der er Kontakt hatte, also mussten wir niemanden einladen. Wir hatten nur einander und es war perfekt."

Deacon schloss den Deckel, als er das letzte Stück gegessen hatte.

"Keine Freunde, keine Trauzeugen oder Bekannte, niemand?"

Sie schüttelte den Kopf. "Er hat keinen Wert auf so lose Verbindungen gelegt. Wir wollten uns unsere eigene kleine Familie erschaffen. Von null, ohne Altlasten."

Deacon beobachtete sie dabei, wie sie die Kartons wegräumte und den Wein in den fast leeren Kühlschrank stellte.

"Fahren wir zu dir?", fragte sie und schien auf einmal nervös zu werden.

Deacon zuckte betont gleichgültig mit den Schultern. "Wie du möchtest …"

Sie nickte eilig und verschwand schon in Richtung Ausgang, ehe er ganz vom Hocker gerutscht war.

"Wirst du das Haus verkaufen?", fragte er und zog sich seine Jacke an.

"Nein, es ist mein Zuhause."

Er sah sich um und sagte, ehe er es verhindern konnte: "Es wirkt eher wie ein Mausoleum."

Abrupt blieb sie stehen. "Wie bitte?"

Schulterzuckend blieb er ebenfalls stehen. Aus dieser Nummer kam er sowieso nicht mehr heraus. "Komm schon, Hazel. Nichts in diesem Haus ist so, weil du es wolltest. Du hast in den letzten eineinhalb Stunden nur erzählt, was Sam wollte."

Sie zog ihre Jacke wieder aus und funkelte ihn wütend an. "Vielleicht solltest du jetzt besser gehen. Allein." Dann öffnete sie die Haustür und bedeutete ihm, hinauszugehen.

"Hazel …"

"Nein, Deacon. Ich hab dich nicht in mein Haus gelassen, damit du mein Leben kritisierst."

Hilflos breitete er die Arme aus. "Ich kritisiere nicht dein Leben, ich versuche dich auf ein paar Dinge hinzuweisen, die du anscheinend nicht sehen willst!"

"Geh bitte."

Ihre Stimme war so kühl, beinahe emotionslos, dass sein Magen sich verkrampfte. "Hazel, hör auf mit dem Scheiß. Ich will mich nicht mit dir streiten wegen nichts."

"Ich streite nicht, ich bitte dich, zu gehen."

Verzweifelt, weil sie einfach dichtmachte, anstatt sich mit ihm auseinanderzusetzen, fuhr er sich durch die Haare.

Dann, weil er sich nicht anders zu helfen wusste, machte er einen großen Schritt auf sie zu und nahm ihr Gesicht in beide Hände. Er presste seine Lippen auf ihre, küsste sie hart und fordernd, bis ihr Körper endlich weicher wurde und sie seinen Kuss erwiderte.

Erleichterung durchflutete ihn, als sie ihre Lippen öffnete und ihre Zunge mit seiner spielte. Ihre Hände, die gerade noch an seinen Handgelenken gezogen hatten, schob sie in seine Haare, hielten ihn fest, damit er nicht vor ihr zurückweichen konnte. Es wäre nicht nötig gewesen, denn er hatte nicht vor, so schnell schon wieder aufzuhören.

Nicht jetzt, da er endlich wieder zu ihr durchgedrungen war.

Er schob sie weiter zurück, bis sie mit ihrem Rücken gegen die Wand prallte und er sie mit seinem Körper einkesseln konnte.

Sie sollte keine Chance haben, sich vor ihm zurückzuziehen, wenn ihr Kopf gleich wieder anfangen würde, sich gegen ihn zu wehren.

Dass das so sein würde, stand außer Frage. Hazel war immer hin- und hergerissen zwischen dem, was sie fühlte, und dem, was sie ihrer Meinung nach fühlen sollte.

Ihre Küsse wurden zarter, liebevoller, bis ihre Lippen nur noch sanft übereinander strichen. Er öffnete die Augen und beobachtete, wie ihre schönen braunen Augen sich mit Tränen füllten.

"Ich werde nicht zulassen, dass ich dich an die Vergangenheit verliere, Hazel. Niemals!"

Eine Träne rann über ihre Wange. Deacon fing sie mit dem Daumen auf und küsste Hazel noch mal federleicht auf die Lippen.

Sie schluckte schwer, schien mit sich zu ringen. Er ließ ihr die Zeit, wollte, dass sie sich für ihn entschied, dass sie einen weiteren Schritt in die richtige Richtung tat.

Nervös leckte sie sich über die Lippen, ihre Blicke tasteten unruhig sein Gesicht ab, als würde sie dort eine Antwort finden.

Schließlich schloss sie die Augen und atmete tief durch. Als sie sie wieder öffnete, war ihr Blick klarer. Noch immer voller Unsicherheit, aber nicht mehr so zerrissen wie noch vor wenigen Minuten.

"Bring mich nach Hause, Deac", flüsterte sie.

Fünf Worte, die ihn nicht hätten glücklicher machen können.

Fünf Worte, die mehr über ihre Gefühle ausdrückten, als er sich erhofft hatte.

Er zog sie an sich, barg ihr Gesicht an seiner Brust und küsste sie auf den Scheitel.

Er würde sie nach Hause bringen. Sein Zuhause, ihr Zuhause, ihre gemeinsame Zukunft.

Hin- und hergerissen zwischen dem Bedürfnis, sie zu halten und sie nie wieder loszulassen, und dem Bedürfnis, sie sofort zu sich nach Hause zu bringen, verharrte er einen Moment. Dann ließ er sie los, legte ihr die Jacke um die Schultern und führte sie aus dem Haus, an dem ihr Herz noch so sehr hängte.

Er hatte es ernst gemeint. Er würde nicht zulassen, dass er sie an dieses Haus, an Sam und ihre Vergangenheit verlor. Nicht jetzt, da sie schon so weit gekommen waren.

15 Vergangenheit

HAZEL

"Was zum Teufel ist bei euch los?", fragte Nick, als er sich neben ihr an den Tresen in Adams Bar lehnte.

Sie feierten den grandiosen Start von Deacons neuester Entwicklung. Die App war vor wenigen Tagen auf den Markt gegangen und hatte jetzt schon alle Voraussagen übertroffen.

In ausgelassener Stimmung hatte er alle ins Slades Boxclub eingeladen, heute mit ihm und auf seine Kosten zu feiern. Sogar die Jungsters waren gekommen.

"Was soll los sein?", fragte sie zurück und nahm einen Schluck von ihrem Bier.

Sam hatte Frauen, die Bier tranken, immer verabscheut. Es sei wenig damenhaft und grauenvoll burschikos.

Sie selbst mochte Bier, hatte aber ihm zuliebe Wein getrunken. Es tat schließlich nicht weh, ihm ein kleines bisschen entgegenzukommen.

"Ihr beide habt schon die ganze Woche ekelhafte Laune. Das erste Mal, dass er wieder zufrieden wirkt, ist heute, aber ich befürchte, dass das nur ein kurzfristiges Hoch wegen der App ist."

Hazel nickte zustimmend, Nick hatte recht. Über eine Woche war seit ihrem letzten Streit vergangen. Eine Woche, in der sie immer sehr vorsichtig umeinander herum geeiert waren.

Deacon wollte sie nicht verletzen, und Hazel scheute sich davor, ihm mehr über ihre Vergangenheit zu erzählen. Sie wollte ihm keine weitere Angriffsfläche bieten, wollte ihm nicht wieder Teile ihres Lebens zeigen, die er dann kritisieren und verurteilen konnte.

Natürlich war ihr klar, dass nicht alles in ihrer Beziehung perfekt gewesen war. Welche Beziehung war das schon?

Aber nur weil sie Sam genug geliebt hatte, um ihm alles geben zu wollen, was er sich wünschte, war doch noch lange nicht alles so schlecht, wie Deacon es hinstellte.

Sam hatte sie geliebt, hatte versucht, ihr jeden Wunsch von den Lippen abzulesen. Er hatte sie vergöttert, hatte alles getan, um ihr all das zu geben, was sie in ihrer eigenen Kindheit nicht haben konnte. Warum war es also so schlimm, dass sie so Kleinigkeiten wie die Anordnung der Bilder, die er sich wünschte, respektierte?

"Wir hatten einen kleinen Streit … wird aber schon wieder", murmelte sie.

Nick schnaubte.

"Hör mal, Kleines. Du weißt, dass ich dich mag. Aber es ist nicht fair, dass du Deac so hinhältst. Er reist sich den Arsch auf, damit du glücklich bist, und du wirfst ihm immer nur gerade so viele Brotkrumen zu, dass er nicht aufgibt."

Ihr Magen verkrampfte sich. Sie wollte diese Worte nicht hören, aber sie wusste genau, dass es stimmte.

Sie hatte immer nur dann einen Schritt auf ihn zu gemacht, wenn er nicht mehr weiterkonnte. Nie, weil sie von sich aus ein Stückchen mehr mit der Vergangenheit abschließen wollte.

"Danke", sagte sie zu Nick und drückte seinen Unterarm, mit dem er sich auf dem Tresen abgestützt hatte.

Sie würde sich seinen Rat definitiv zu Herzen nehmen!

Nick sah sie neugierig an. "Für einen Rüffel wurde mir noch nie gedankt, zumindest nicht gleich."

Hazel lächelte. "Tja, du hattest nun mal recht. Manchmal braucht man eben jemanden, der einen mit der Nase auf die Wahrheit stößt."

DEACON

"Geht's dir gut, Mann?", fragte Adam und wirkte besorgt.

Deacon trank seinen Scotch auf ex. "Ich bin angetrunken, nicht betrunken. Du solltest doch den Unterschied erkennen."

"Ich meinte auch eher so insgesamt … wegen ihr." Adam nickte in Richtung der anderen Barhälfte, an der Hazel stand und sich lächelnd mit Nick unterhielt.

"Sie ist göttlich, oder?"

Adam runzelte die Stirn. "Dafür, dass du … Ich gehe mal davon aus, dass du wegen ihr so schlechte Laune hattest … wie dem auch sei, du bist ganz schön verknallt."

Deacon lachte. "Das trifft es noch nicht einmal annähernd."

"Hättest du dir nicht lieber ein einfaches Mädchen aussuchen können?"

"So wie du?", konterte Deacon.

"Hey, ich bin einfach!", ging Faith dazwischen.

Das brachte nicht nur Adam und Deacon zum Lachen, sondern auch Liam und Lilly, die ebenfalls bei ihnen standen.

"Baby, du bist der Inbegriff von kompliziert", sagte Adam liebevoll und küsste sie auf die Schläfe.

Faith schnaubte und wandte sich einem anderen Gast zu. Sie lächelte dabei aber. Deacon war sich sicher, dass sie diese kleine Neckerei auf ihre Kosten niemandem übel nahm.

"Aber im Ernst, Mann", hakte Adam nach.

Deacon unterbrach ihn. "Sie ist perfekt, Bro'. Im Moment ist es ein bisschen schwierig, aber wir kommen stetig voran. Wenn sie diese sinnlosen Schuldgefühle erst mal über Bord werfen kann, werden wir das verdammt noch mal glücklichste Leben von allen haben."

"Ich weiß nicht … sie ist wie so ein angepisstes Hauskätzchen, das hinter einer Ecke darauf wartet, in deine Beine beißen zu können", sagte Liam und trank seinen Bourbon.

"Dass du lieber den Tiger magst, der dir direkt ins Gesicht springt, haben wir schon gemerkt, seit du dich dauernd mit der Foto-Tante anlegst."

Deacon schauderte bei dem Gedanken, wie er Liams Angebetete im Shoreless getroffen hatte.

Holy Shit, sie hatte sogar Drake in seine Schranken verwiesen.

"Na und? Sie weiß wenigstens, was sie will", knurrte Liam.

Deacon verengte die Augen zu Schlitzen. Nur weil Liam angepisst auf die Fotolady war, hatte er noch lange nicht das Recht, auch nur ein falsches Wort über Hazel zu sagen!

"Weißt du eigentlich, dass Drake sie engagiert hat, um eine Fotoreihe über das Infinity zu machen?", fragte Deacon, um Liam zu provozieren. Leider stieg nicht nur Liam darauf ein, auch Adam begann lautstark zu fluchen.

"Dieser verdammte Drecksack macht seine beschissene Szenebar in meiner Straße auf und verkauft das Ganze dann auch noch als megatrendigen Geheimtipp. Der hat nur Glück, dass halb New York an seinen Eiern leckt und um seine Aufmerksamkeit buhlt, sonst hätte der Laden doch überhaupt keine Chance!"

Faith unterbrach Adams Schimpftirade mit einem Kuss auf seine Lippen.

"Reg dich nicht so auf. Wenn du wegen Drake einen Herzinfarkt bekommst, muss ich persönlich zu ihm gehen, um ihm in die Eier zu treten", sagte Faith und streichelte über Adams Nacken, um ihn zu beruhigen.

"Nur über meine Leiche", murmelte Adam an ihren Lippen und zog sie zu einem überschwänglichen Kuss an sich.

Die Gäste der Bar jubelten und pfiffen, bis Adam Faith hochhob und sie ihre Beine um seine Mitte schlang.

Es gehörte fast schon zum Central, dass jeder Gast mitbekam, wie sehr die Besitzer sich liebten. Zum Liebeskummer-Trübsal-Blasen war das Central mittlerweile der falsche Ort.

Deacon lächelte. Es war so schön, zwei seiner besten Freunde so glücklich zu sehen. Es war fast schon unglaublich, wenn man bedachte, wie Faith vor fast zwei Jahren hier aufgetaucht war. Sie hatte ihr Leben in die Hand genommen und neu angefangen, ohne zurückzusehen.

Genau das wünschte er sich auch für Hazel und ihn. Eine Zukunft, in der sie zusammen glücklich sein konnten.

Eine Hand, die sich vorsichtig auf seinen Rücken schob, veranlasste ihn dazu, sich umzuschauen. Hazel lächelte ihn an, ein Lächeln, in das er sich vom ersten Moment an verliebt hatte.

Er legte einen Arm um ihre Mitte und zog sie auf seinen Schoß. Dann küsste er ihren Hals, genau in der Beuge zur Schulter.

"Geht's dir gut?"

Sie nickte und lächelte zufrieden. Genau so, wie er es gerne mochte.

"Fahren wir zu mir?"

Mit gerunzelter Stirn sah er sie an. "Sicher?"

Sie nickte. "Ich will dir ein paar Dinge zeigen."

Zögerlich breitete sich ein Lächeln auf seinem Gesicht aus. Wenn sie von sich aus schon mal etwas preisgeben wollte, würde er ganz bestimmt nicht dagegen intervenieren. Er wollte mehr über sie erfahren. Jederzeit!

HAZEL

Nervös öffnete sie die Tür zu ihrem Haus und führte Deacon in ihr Wohnzimmer. Wie erwartet, sah er sich neugierig um. Als er die Bar entdeckte, sah er sie fragend an. Auf ihr Nicken hin ging er hinüber und schenkte ihnen beiden Whisky ein.

"Edradour Fairy Flag. 15 Jahre alt. Whiskygeschmack hatte Sam auf jeden Fall", sagte Deacon, als er sich zu ihr aufs Sofa setzte.

Hazel nickte. "Er wusste immer, was er wollte. Er hatte eine ziemlich genaue Vorstellung und hat alles dafür getan, um das zu bekommen."

Deacon stieß mit ihr an. Der Whisky brannte kaum und dennoch setzte sofort das warme Gefühl in ihrem Bauch ein. Wahrscheinlich war es nur der Alkohol, dennoch fühlte es sich an wie eine liebgewonnene Erinnerung, wann immer sie einen Schluck von Sams Whisky trank.

Aus dem Fach unter dem Beistelltisch holte sie ihr kleines Fotoalbum hervor, wie schon Tausende Male seit Sams Tod.

Andächtig strich sie über den samtenen Einband des Albums, erinnerte sich daran, wie sie es immer wieder durchgesehen hatte.

"Ich konnte die Bilder lange Zeit nicht ansehen", sagte sie, um Deacon zu verdeutlichen, wie groß dieser Schritt für sie war. "Ich habe Monate gebraucht, um über Sams Verlust nachdenken zu können. Nach seinem Tod … ich habe mich selbst einweisen lassen. Ich bin einfach nicht klargekommen, fühlte mich so allein und verlassen, dass ich mich selbst dabei ertappte, wie ich darüber nachdachte, mein Leben zu beenden."

Deacon schob seine große Hand in ihren Nacken. Seine Haut auf ihrer zu spüren, erdete sie. Seine warmen, starken Finger massierten ihren Nacken, gaben ihr das Gefühl, dass er immer für sie da sein würde.

"Also habe ich mich selbst ins *Manhattan Psychiatric Center* einweisen lassen. Ich denke noch immer, dass es eine gute Entscheidung war", fuhr sie fort.

Deacon nickte, als wäre er derselben Meinung.

Tief durchatmend schlug sie die erste Seite ihres Fotoalbums auf.

"Das sind Sam und ich bei unserem ersten Date. Wir haben uns schon Wochen vorher kennengelernt, aber das war das erste offizielle Date."

Hazel lächelte und streichelte liebevoll über die vertrauten Gesichtszüge, die ihr so offen aus dem Selfie entgegen lächelten. Damals war alles noch so perfekt gewesen.

DEACON

Er fühlte sich, als hätte ihm jemand mit einem verdammten Vorschlaghammer auf den Schädel gedonnert. Das durfte einfach nicht wahr sein. Dieses ekelhafte Gesicht, dieses ekelhafte Grinsen, das ihm von dem ersten Bild entgegen lächelte, drehte ihm den Magen um.

Er räusperte sich, versuchte den Brechreiz zu unterdrücken und eine logische Erklärung für das zu finden, was er gerade sah.

"Hat er … hat er einen Zwilling?", fragte Deacon und stellte mit zitternden Fingern sein Whisky-Glas ab. Sein Körper war so angespannt, dass er kurz davor war, das Glas einfach an die nächste Wand zu knallen, ganz egal, was Hazel davon halten würde.

Hazel lächelte traurig, ohne aufzusehen, und blätterte um.

"Nein, er war ein Einzelkind und hatte keinen Kontakt zu seinen Eltern so wie ich. Wir hatten nur einander."

Deacon musterte das nächste Bild. Es war ganz eindeutig. Dieses Arschloch, das seine Schwester vergewaltigt hatte, war der gleiche Kerl, der nur kurze Zeit später Hazel geheiratet hatte, als hätte er kein verdammtes Leben auf dem Gewissen.

Deacon hatte über so viele Jahre hinweg seinen Hass auf diesen Abschaum genährt, dass er sich ganz sicher war.

Stundenlang hatte er sich Bilder von Melias Peiniger angesehen, hatte sich jede verdammte Falte seines hässlichen Gesichts eingeprägt, damit er diesen Wichser fertigmachen konnte, sobald er ihm über den Weg lief.

"Wie war sein Name?" Deacons wenige noch verbliebene Selbstbeherrschung hing an einem seidenen Faden.

"Sam, das weißt du doch", sagte Hazel und sah ihn zum ersten Mal stirnrunzelnd an.

"Sein ganzer Name."

Deacon presste die Kiefer aufeinander und ballte die Hände zu Fäusten, um nicht jedes beschissene Bild aus dem Album zu reißen.

"Andreas Samuel Johnson", antwortete Hazel und musterte ihn verwirrt. "Aber er wollte von allen immer nur Sam genannt werden."

Deacon lachte verächtlich.

"Das kann ich mir vorstellen, wo er doch überall unter seinem vollen Namen als verurteilter Vergewaltiger geführt wurde!"

Hazel riss die Augen auf und öffnete den Mund, ohne auch nur einen Ton hervorzubringen.

Er hielt es nicht länger aus, sprang vom Sofa auf und wanderte im Wohnzimmer auf und ab. Ein Wohnzimmer, das dem widerlichen Arschloch gehört hatte, das seine Schwester auf dem Gewissen hatte.

Deacon wollte kotzen bei dem Gedanken daran, dass er aus denselben Gläsern getrunken hatte und von demselben Geschirr gegessen hatte, wie dieser Abschaum von einem Menschen es getan hatte.

"Das … das kann nicht sein", stammelte Hazel.

Nicht einmal ihr blasses Gesicht und der Schock, unter dem sie sichtlich stand, konnten ihn beruhigen. Sie hatte mit demselben Typen das Bett geteilt, der ihre Schwester auf dem Gewissen hatte.

"Er ist es! Er hat Melia aufs Grausamste vergewaltigt und gebrochen. Er hat Melias Leben auf dem Gewissen!", schrie Deacon, außer sich vor Wut, dass dieser Bastard sich noch aus dem Grab heraus über ihn lustig machte.

Hazel schloss das Buch und presste es an ihre Brust.

"Nein … nein, das ist unmöglich. Sam ist gutmütig und freundlich, liebevoll und …"

"HALT DIE KLAPPE! Halt verdammt noch mal deinen Mund! Ich will kein Wort über diesen Bastard hören!", schrie Deacon.

Hazel zuckte zusammen und ihre Augen schimmerten verdächtig.

"Es muss ein Missverständnis sein. Sam würde nie so etwas …"

"Ich schwöre bei Gott, Hazel! Wenn du noch ein Wort über dieses Arschloch verlierst, garantiere ich für nichts mehr!" Deacons gesamter Körper bebte vor unterdrückter Wut.

"Hör auf, so über ihn zu reden! Du lügst! Sam war ein guter Mann!", schrie Hazel und klang beinahe hysterisch.

Die Wut in Deacon wurde übermächtig, er griff nach dem beschissenen Whisky, der ihm sowieso schon wieder hochzukommen drohte, und warf die Flasche an eine der kahlen Wände. Sie zersprang in eintausend Teile und hinterließ einen hässlichen, bräunlichen Fleck auf dem weißen Putz.

Wie konnte dieses Arschloch es wagen, sich so einfach ein neues Leben aufzubauen, nachdem er seine Schwester umgebracht hatte?

"Er war ein widerliches, perverses Schwein. Wie konntest du das nicht merken, Hazel? Er hat meine Schwester umgebracht. Wenn auch nicht mit eigenen Händen! Er hat sie in den Tod getrieben!"

"Hör auf! HÖR AUF!", schrie sie und warf ihr Glas nach ihm, das neben ihm an der Minibar zerschellte.

"Einen Scheiß werde ich tun! Wie konnte dieser widerliche Drecksack es wagen, zu leben, anstatt sich von der nächsten Brücke zu stürzen!"

"RAUS! RAUS AUS MEINEM HAUS!", brüllte Hazel und sah ihn noch nicht einmal an, als sie zur Haustür stürmte.

"MACH DIE AUGEN AUF, HAZEL! ER IST EIN WIDERLICHER SADIST!"

Hazel riss die Tür auf und deutete nach draußen. "Du lügst! Ich will, dass du gehst! SOFORT!"

Angewidert schnaubte er. "Nichts lieber als das, wenn du diesen ekelhaften Freak sogar noch verteidigst!"

Schäumend vor Wut rannte er hinaus in die kalte Nacht, wollte nur noch weg von diesem Haus und der Frau, die den Vergewaltiger seiner Schwester so hochlobte.

Fassungslos joggte er durch die Nacht, konnte nicht glauben, was für ein kleines perfektes Leben dieses widerliche Stück Dreck sich aufgebaut hatte.

Einmal mehr war er froh, dass Devon ihn umgebracht hatte. Der Kerl hatte es nicht anders verdient.

Hätte Deacon ihn vor Devon in die Finger bekommen, hätte er ihn eigenhändig erwürgt und Melia gerächt.

Und Hazel? Sie schützte dieses Arschloch auch noch. Stellte ihn hin, als wäre er ein Heiliger, als wäre er ein Opfer, das sein Leben nicht bis zum Ende genießen durfte.

Und ganz ehrlich, Deacon konnte sich nicht vorstellen, dass Hazel so gar nichts von dieser Sache gewusst hatte.

Was konnte man denn schon für eine Beziehung führen, wenn man den Mann an ihrer Seite noch nicht einmal kannte? Eine Straftat ließ sich ja nicht einfach so verschweigen!

Er lief immer schneller, spürte den eiskalten Wind kaum. Er wollte nur weg.

Weg von diesem Ort.

Weg von dieser Frau.

Weg von all den Erinnerungen.

Die kleine ekelhafte Stimme in seinem Inneren sagte ihm, dass er es verdient hätte. Warum um alles in der Welt sollte er glücklich sein, während Melia nicht mehr lebte und sein Bruder im Gefängnis seine Zeit absaß?

Er hatte es nicht verdient, als einziger Gewinner

aus diesem Spiel hervorzugehen. Genauso wenig wie dieses Stück Scheiße es verdient hatte, sich ein neues, perfektes Leben aufzubauen. Er hatte Hazels Naivität ausgenutzt und wollte sich einfach eine Zukunft basteln, die er Melia genommen hatte, ohne auch nur Reue dafür zu zeigen.

Deacon würde nicht dulden, dass über diesen Drecksack ein einziges gutes Wort fiel.

16 Schmerz

HAZEL

Die Sonne ging bereits wieder auf und Hazel saß noch immer mit dem Rücken an die Haustür gelehnt da.

Wie zum Teufel hatte Deacon ihr das antun können? Er wusste doch ganz genau, wie viel Sam ihr bedeutete. Wie konnte er da solche Lügen über diesen liebevollen Mann erzählen?

Erneut stieg ein Schluchzen in Hazel empor, obwohl sie schon vor Stunden keine Tränen mehr gehabt hatte, um zu weinen. Deacon hatte sie ausgesaugt, völlig ausgelaugt, ihr alles kaputt gemacht, was ihr wichtig gewesen war.

Wie völlig von Sinnen hatte er rumgebrüllt, seine

widerlichen Lügen verbreitet über einen Mann, den er doch überhaupt nicht kannte!

Sie kannte Sam! Sie hatte fast ein Jahr mit ihm verbracht, hatte ihn meist 24 Stunden am Tag um sich gehabt.

Sie kannte jede seiner kleinen Schwächen, kannte jeden Zentimeter an und in Sam. Er war nicht das Monster, als das Deacon ihn beschrieben hatte. Es musste ein Missverständnis sein!

Sam war die Liebenswürdigkeit in Person. Ein wenig einnehmend, manchmal kontrollsüchtig und perfektionistisch, aber niemals so grausam, wie Deacon behauptete.

Der allumfassende Schmerz in ihr mischte sich mit Wut auf Deacon, der ihr Leben zerstören wollte. Warum tat er ihr das an?

Sie würde es niemals wagen, über Melia ein schlechtes Wort zu verlieren.

Der Stein auf ihrer Brust, der sie zu Boden drückte und daran hinderte, sich auch nur einen Zentimeter zu bewegen, sorgte ebenfalls dafür, dass ihr das Atmen schwerfiel.

Jedes bisschen Sauerstoff musste sie in ihre Lungen zwingen. Ihr Herz schlug unregelmäßig und schmerzte bei dem Verrat, den Deacon an ihr und ihren Gefühlen begangen hatte.

Sie hasste ihn für das, was er ihr angetan hatte, und

gleichzeitig schmerzte der Gedanke, dass dies das letzte Mal gewesen war, dass sie ihn jemals gesehen hatte.

Denn eines war sicher. Sie würde Deacons Anblick nie wieder ertragen. Nicht nach all den grausamen Lügen, die er über den wichtigsten Menschen in ihrem Leben erzählt hatte.

DEACON

Der Whisky brannte in seinem Hals, aber es war nichts im Vergleich zu dem brennenden Verrat in seinem Herzen.

Hazel hatte ihn hintergangen, hatte ihn vorgeführt und auf eine Art und Weise verletzt, die er bislang für unmöglich gehalten hätte.

Wie er so blind sein konnte und nicht erkennen konnte, was wirklich hinter ihr steckte, konnte er nicht verstehen. Sie hatte einen Mann geliebt, der eine andere Frau in den Tod getrieben hatte.

Sein Handy klingelte schon wieder. Dieses Mal war es Slade, aber er hatte keine Lust, in den Club zu gehen.

Wenn er Hazel zu Gesicht bekam, konnte er für nichts garantieren. Vielleicht würde er sie schütteln, bis sie endlich mit der Wahrheit herausrückte und ihren verkorksten Charakter zeigte. Ein normaler

Mensch würde so eine Vergangenheit nicht einfach hinnehmen.

Sein Herz stach auf eine grauenvolle Art und Weise, als er sich selbst verbot, Ausreden für Hazel zu suchen.

Sie war für ihn gestorben. Er wollte nichts mehr mit der Frau zu tun haben, die in so hohen Tönen von einem widerlichen Vergewaltiger sprach.

Auch wenn es unglaublich wehtat, sich das einzugestehen, Hazel war nicht die Frau, die er gedacht hatte zu kennen. Sie war ein Miststück, das er nicht lieben durfte, nicht lieben wollte, ganz egal, wie sehr ihn dieser Gedanke schmerzte.

Er nahm das Telefon und tippte eine Nachricht, dass er verkatert sei und das Training schwänze. Das würde ihm nach der Party gestern jeder glauben. Denn keiner von ihnen hatte kommen sehen, dass Hazel vorhatte, ihm das Herz aus der Brust zu reißen. Für alle war sie nur das nette Mädchen, das keiner Fliege etwas zuleide tun konnte.

Aber Deacon wusste es besser, hatte die eiskalte Bitch gesehen, die einem Kriminellen das schönste Leben auf Erden schenkte.

Ein Leben, für das Deacon bis vor wenigen Stunden noch alles gegeben hätte.

HAZEL

Slade hatte ihre Krankmeldung nur widerwillig akzeptiert. Noch widerwilliger, als sie hinzugefügt hatte, dass sie noch nicht wusste, wann sie zurückkommen konnte. Seine Anspielung auf zu viel Alkohol hatte sie ignoriert.

Sie musste sich vor Slade nicht rechtfertigen. Vor allem, da sie noch nicht einmal wusste, ob sie jemals wieder in den Boxclub würde gehen wollen. Deacon noch einmal unter die Augen zu treten, war ihr größter Wunsch und ihre größte Angst.

Sie hasste, was er in ihr auslöste, hasste die widerstreitenden Gefühle. Sie wollte ihn hassen für all die Lügen, die er verbreitete, und gleichzeitig wusste sie, dass ihr Herz sich so sehr nach ihm sehnte, dass es wehtat.

Mit Deacon hatte sie nicht nur einen Mann, sondern auch ihren besten Freund verloren. Ihren einzigen.

Wann immer sie daran dachte, mit jemandem über all das zu reden, was vorgefallen war, fiel ihr sofort Deacon ein.

Der Einzige, mit dem sie nicht reden wollte … oder es nicht wollen sollte, weil allein der Gedanke an ihn ausreichte, um einen neuen verzweifelten Tränenanfall auszulösen.

Nie in ihrem ganzen einsamen Leben war sie mehr allein gewesen als in diesem Moment.

Er hatte ihr gezeigt, wie wundervoll das Leben hätte sein können, hatte ihr immer wieder vor Augen gehalten, dass es sich lohnte, noch nicht aufzugeben, nur um ihr dann im nächsten Moment den Boden unter den Füßen wegzureißen und ihr Herz zu zerfetzen, als wäre sie nichts als ein Stück Dreck, das sein Leben beschmutzte.

DEACON

Es klopfte unaufhörlich an seiner Tür. Abwechselnd dazu meldete sich sein Handy und einer der Jungs rief an. Von daher war es nicht allzu schwer zu erraten, wer da vor seiner Tür wartete.

Da ihn das Geklopfe wirklich nervte, zwang er sich, aufzustehen und die Tür zu öffnen.

Adam starrte ihn an, als hätte er eine Erscheinung. "Alter … hier stinkt es schlimmer als an den schlimmsten Tagen im Central!"

Er drängte sich an Deacon vorbei in die Wohnung und riss die Fenster auf.

"Welches Central meinst du?", fragte Deacon und schlenderte … oder wankte zurück zum Sofa, wo sein Scotch auf ihn wartete. Aus der Flasche, das Glas hatte er schon vor zwei Tagen in einem Wutanfall an die Wand geworfen und sich sicherheitshalber kein neues geholt. Er hatte nicht vor, seine Einrichtung wegen dieser Hexe zu zerstören.

"Das kann ich dir nicht sagen. Die Mischung aus Schweiß und Alkohol macht eine Zuordnung eher schwierig."

Unter Adams prüfendem Blick setzte Deacon die Flasche an und trank von dem Scotch, der leider gar nicht mehr so gut brannte wie noch vor wenigen Tagen. Irgendwie schienen all seine Gefühle ein klein bisschen taub geworden zu sein.

Auf der einen Seite war es gut, so gab doch sein beschissenes Herz endlich Ruhe. Auf der anderen Seite wollte er den Schmerz spüren, um sich selbst davon abzuhalten, zurück zu Hazel zu laufen. Die er, ob es ihm nun gefiel oder nicht, vermisste.

Jeder beschissene Winkel seines Lebens war Hazel-verseucht. Er konnte nichts tun, nichts ansehen, ohne an sie zu denken, und das hatte noch nicht einmal etwas mit seinem Schwanz zu tun!

"Hast du dich mit Hazel gestritten?", fragte Adam und verschränkte die Arme vor der breiten Brust, als wäre er ein verdammter Türsteher.

"Wie kommst du darauf?", fragte Deacon sarkastisch und trank einen weiteren Schluck. Vielleicht konnte er die Hazel in seinem Kopf einfach in Scotch ertränken.

Dieses ekelhafte Sehnen in sich fing schon wieder an, übermächtig zu werden. Er musste es stoppen, bevor er auf dumme Ideen kam.

"Nun ja … sie ist weder hier noch im Club … seit Tagen, also gehe ich davon aus, dass ihr beide so da hängt wie du gerade."

Deacon lachte hart auf. "Bestimmt nicht. Hazel ist eine eiskalte, kalkulierende Bitch. Die macht sich wahrscheinlich gerade ein schönes Leben mit der Lebensversicherung ihres Stechers."

Adam runzelte die Stirn. "Jesus, Deacon. Was für Zeug hast du geraucht, um solche Wahnvorstellungen zu bekommen?"

Deacon schnaubte. "Liebe. Man nennt es Liebe, Adam. Und es ist verdammt beschissen! Es frisst dich auf, von innen heraus, wie ein kleiner Parasit, der seinen Wirt ausnimmt, bis nur noch eine leblose, gedankenlose, willenlose Hülle übrig bleibt. Es ist eine ekelhafte Erfindung, die uns alle irgendwann umbringen wird."

Adam ging in die Küche und holte sich ein Bier aus dem Kühlschrank. Deacon prostete ihm lächelnd zu. Endlich mal eine vernünftige Idee von seinem Freund. Alkohol war gut, viel besser als Frauen. Alk betrog einen nicht oder hinterging einen. Alkohol war nicht berechnend, sondern sorgte für herrlichen Frieden in seinem beschissenen Kopf.

"Deac … ich schwöre bei Gott, ich habe dich noch nie so einen Scheiß erzählen hören. Ich liebe Faith, und es ist das Beste, was mir jemals hätte passieren können."

Deacon lachte rau auf. Adam hatte recht. Faith war perfekt. Sie hätte so einen Arsch wie Sam niemals in ihr Leben gelassen.

"Dann ist es nur Hazel, die es schafft, aus Liebe ein Schimpfwort zu machen."

Seufzend setzte Adam sich ihm gegenüber. "Was zum Teufel ist passiert?"

"Sie hat ein dreckiges Spiel mit mir gespielt, Adam. Das ist passiert. Sie hat mir ins Herz geschossen, hat es in Stücke gerissen, als wäre ich ein Nichts, ein Niemand!"

"Du redest wirres Zeug. Du solltest erst mal wieder nüchtern werden, dann können wir vielleicht eine Lösung finden."

Deacon lachte und selbst in seinen Ohren klang es verzweifelt.

"Es gibt keine Lösung, Adam! Sie war mit dem Wichser verheiratet, der Melia umgebracht hat!"

Fast schon zufrieden beobachtete er, wie Adams Gesichtszüge entgleisten. Dann nahm Adam ihm die Flasche aus der Hand und trank einen tiefen Schluck. Gut, dass sein Freund einsah, dass das alles nur mit Bier nicht zu bewältigen war.

"Jetzt noch mal ganz von vorn. Erzähl mir alles", sagte Adam und lehnte sich im Sessel zurück.

Deacon kam Adams Aufforderung nach und erzählte ihm alles bis ins kleinste Detail. Und irgendwie ... ganz vielleicht ... tat es sogar gut, sich diesen Scheiß von der Seele zu reden.

HAZEL

Vier Tage nach ihrer Auseinandersetzung mit Deacon klingelte es an ihrer Tür. Gerne hätte sie sich der Illusion hingegeben, dass es Deacon war, der an ihrer Tür stand. Aber sie wusste es besser, wusste, dass er nach diesem Streit nicht einfach auf sie zukommen würde. Nicht, wenn es um Melia ging.

Mühsam rappelte sie sich auf und zwang sich, die wenigen Schritte vom Wohnzimmer bis zur Haustür zu gehen.

Die Scherben hatte sie bereits weggeräumt ... wenn es nur auch so einfach mit den Scherben ihres Lebens gehen würde. Die Whiskyflecken an ihren Wänden schienen sie zu verspotten.

Stunde um Stunde hatte sie auf dem Sofa verbracht und hatte sich angesehen, wo ihre erste echte Chance auf eine neue Liebe geendet hatte.

Langsam öffnete sie die Tür und runzelte die Stirn, als sie Slade entdeckte.

Dieser blinzelte ein paarmal, ehe er seine Gesichtszüge wieder unter Kontrolle hatte und lächelte.

"Krankenbesuch vom Boss persönlich", sagte er, und bevor sie es verhindern konnte, schob er sich an ihr vorbei in ihr Haus.

Nervös schob sie sich eine Haarsträhne hinters Ohr. Sie musste furchtbar aussehen. Sie hatte sich weder geduscht noch gekämmt seit dem Streit mit Deac.

Sie hatte einfach nur dagesessen und sich selbst bedauert. Zu etwas anderem war sie nicht fähig gewesen, so sehr hatte sie der Verlust verletzt.

Slade ging ihr voran und deutete auf die offen stehende Tür, hinter der Licht brannte.

"Wohnzimmer?", fragte er.

Hazel nickte und folgte ihm hinein.

"Adam war bei Deacon. Wir wissen alle über euren Streit Bescheid", begann er und setzte sich aufs Sofa, als hätte sie ihn dazu eingeladen.

Hazel setzte sich ans andere Ende und beobachtete Slade genau. Sie wusste nicht, was sie von all dem halten sollte.

Auf der einen Seite war es ihr unangenehm, dass jemand über solch private Dinge Bescheid wusste. Sie war wütend und fühlte sich von Deacon verraten, und dann war da ein klein bisschen Neid, weil er Freunde hatte, mit denen er sprechen konnte, während sie mit all dem Kummer und dem Schmerz allein zurechtkommen musste.

Ihre Augen begannen erneut zu brennen, auch wenn sie seit Tagen keine Tränen zum Weinen mehr hatte. Nie in ihrem Leben hatte sie sich einsamer gefühlt als in diesem Moment.

"Deacon hat erwähnt, dass du ihm nicht glaubst …", sagte Slade und tippte auf eine dicke, braune Mappe. "Es tut mir leid, Hazel, aber Deac hat die Wahrheit gesagt. Hier drin findest du alles, was du wissen musst."

Sie schüttelte den Kopf, als er ihr die Mappe entgegenstreckte. Sie wollte das alles nicht wissen, wollte nicht, dass das Fundament, auf dem sie sich ein Leben aufgebaut hatte, in sich zusammenstürzte.

"Es tut mir leid, Süße, aber Deacon ist mein Freund … ich kann ihn nicht so leiden sehen und du … Dir geht es doch auch nicht besser …"

Ihre Kehle schnürte sich zu. Ihr ging es beschissen und Deacon machte alles immer nur viel schlimmer. Hätte sie die Wahl und könnte die Zeit zurückdrehen, würde sie es tun.

Sie würde an den Tag zurückspringen, an dem sie den Job angenommen hatte … oder besser noch! Zurück zu jenem verhängnisvollen Valentinstag, an dem sie ihre erste große Liebe verloren hatte.

Sie würde ihn irgendwie davon überzeugen, das Haus nicht zu verlassen … sie würde … völlig unvermittelt brach sie in Tränen aus, konnte es nicht aufhalten.

Sie schlug die Hände vors Gesicht und schluchzte lautlos. Es fühlte sich an, als würde keine Luft mehr in ihre Lungen kommen, als würde der Schmerz sie einfach in der Mitte zerreißen.

"O fuck", knurrte Slade und kurz darauf lag sie in seinen Armen.

Er presste sie an seine Brust und hielt sie fest, machte es dadurch aber nur noch schlimmer. Die Art, wie er sie hielt, machte ihr schmerzhaft bewusst, was sie verloren hatte … zum zweiten Mal, wenn auch aus anderen Gründen.

"Schsch … Süße, hör auf mit dem Scheiß", brummte er.

Aber sie konnte nicht aufhören. Alles, was sie in den letzten Tagen noch so mühsam zusammengehalten hatte, brach nun endgültig auseinander. Ihre Wangen brannten und ihre Lippen waren trocken von ihren keuchenden Atemzügen, und trotzdem fühlte es sich an, als müsste sie unter der Last ihres Schmerzes ersticken.

Als sie bemerkte, wie sinnlos es war, sich zusammenreißen zu wollen, ließ sie los, ließ sich von dem Schmerz überrollen in dem Wissen, dass da jemand war, der sie auffing, wenn auch nicht der Mann, den sie sich eigentlich gewünscht hatte.

Sie fühlte sich von ihrem verdammten Leben über den Tisch gezogen. Jedes Mal, wenn sie für einen kurzen Moment das Gefühl hatte, dass es endlich aufwärts ging, kam ihr Schicksal, um ihr zu beweisen, dass sie noch lange nicht am Ende angekommen war.

Was hatte sie verbrochen, um das alles zu verdienen? Was hatte sie angestellt, dass ihr kein Glück, keine Familie, keine Liebe vergönnt war?

DEACON

"Ich habe nachgeforscht." Liam, der in seinem Streber-Anwalt-Anzug in seinem Wohnzimmer auf und ab schritt, ging Deacon ziemlich auf den Sack.

"Auch wenn du Mutter Teresa gevögelt hättest, würde es mich einen Scheißdreck interessieren."

Liam verzog das Gesicht und setzte sich dann ihm gegenüber in den Sessel.

"Sie ist schon ewig tot, Alter! Ich fick ja vieles, aber keine Toten!"

"Das zu wissen beruhigt mich ungemein", murmelte Deacon und trank einen Schluck Scotch, was ihn noch mehr beruhigte.

"Also ich habe nachgeforscht und muss zugeben, klein Hazel könnte recht haben."

Deacon schloss gequält die Augen. Warum konnten seine sogenannten Freunde ihn nicht einfach mit diesem Thema in Ruhe lassen?

"Sie hat bestimmt nicht recht. Das hier ist kein beschissenes Missverständnis."

"Nein, das nicht. Aber sie kann durchaus nicht davon gewusst haben."

Liam warf ihm eine dunkelbraune Mappe vor die Füße.

"Seine Eltern haben ganz schön viel unter den Teppich gekehrt und ihm einen Job mit allem Drum und Dran besorgt, ehe sie sich von ihm abgewendet haben."

"Komisch, dass die nichts mit ihrem Vergewaltiger-Sohn zu tun haben wollten", antwortete Deacon desinteressiert.

Leider ließ Liam sich davon nicht abhalten.

"Hazel war zu der Zeit in Arizona, als das alles hier durch die Presse ging. Während der Zeit seiner Entlassung war sie auf so einem Selbstfindungstrip in Canada."

Deacon runzelte die Stirn und angelte nach den Unterlagen.

"Auch die Story mit der Psychiatrie nach dem Tod dieses Wichsers stimmt. Sie hat ausdrücklich keine Informationen zum Fall bekommen, um ihr sowieso schon angeschlagenes Selbst nicht noch mehr zu belasten", sprach Liam weiter, während Deacon sich die Unterlagen genauer ansah.

Wenn Liam recht hatte … nur ganz vielleicht hatten sie dann doch noch eine Chance zusammen. Die Art, wie er in den letzten Tagen gelitten hatte, zeigte deutlich, wie sehr er Hazel liebte und in seinem Leben haben wollte.

Aber sollte sie Sam verteidigen, obwohl sie zumindest eine Ahnung von seiner Vergewaltiger-Vergangenheit gehabt hatte, konnte Deacon nicht mit ihr zusammen sein, auch wenn es ihn verdammt noch mal umbrachte, ohne sie zu leben!

HAZEL

Sie konnte es einfach nicht fassen. All diese grauenvollen Geschichten, die Deacon ihr über Sam erzählt hatte, waren wahr. Sie konnte es in seiner Akte schwarz auf weiß lesen.

Es war für sie völlig unglaublich, was in den Berichten über Sam und seine Vergangenheit stand. Es passte einfach nicht zu dem Bild Mann, das sie von Sam hatte.

Natürlich war er sehr dominant und bestimmend gewesen, aber sie hatte zu keiner Zeit das Gefühl gehabt, dass er sich etwas genommen hätte, was sie nicht hätte geben wollen.

Sie hätte alles für ihn getan, auch wenn ihr manchmal nicht der Sinn danach stand, hatte er sie innerhalb kürzester Zeit überzeugt.

Fassungslos schloss sie die Akte. Er war damals ein anderer Mann gewesen, anders konnte sie sich das alles nicht erklären.

In der Zeit, in der er sich im Gefängnis und in psychologischer Betreuung befunden hatte, musste er sich so grundlegend geändert haben, dass ihr niemals etwas in dieser Richtung aufgefallen war.

Menschen konnten sich ändern, nicht wahr? Er hatte sich geändert und hatte absolut nichts mehr mit dem Mann zu tun, der Melia misshandelt hatte.

Ihr Herz schmerzte allein bei dem Gedanken, dass sie schlecht über ihren geliebten, toten Ehemann denken sollte.

Es gehörte sich nicht! Slade hätte ihr niemals diese Mappe geben dürfen, wie sollte Sam so jemals Ruhe im Tod finden?

Sie verstaute die Mappe bei dem Fotoalbum mit all ihren Erinnerungen an den ersten Menschen in ihrem Leben, der sie jemals geliebt hatte.

Nicht zum ersten Mal räumte sie die Mappe aus ihrem Sichtfeld.

Nach ihrem Zusammenbruch vor Slade hatte sie sie ebenfalls aus ihrem Blickfeld verbannen müssen. Erst nach einer langen, heißen Dusche hatte sie sich dazu in der Lage gefühlt, sich mit der Wahrheit auseinanderzusetzen.

Nach einer grauenvollen Nacht voller Albträume, in denen Sam von den Toten zurückkommt, um all jene zu rächen, die seine Totenruhe mit schlechten Gedanken störten, hatte sie sich noch mal darangesetzt und die Mappe durchgearbeitet.

Sie war die ganze Zeit in der Hoffnung gewesen, irgendeinen Fehler zu finden, einen Hinweis, dass die Unterlagen gefälscht waren oder Sam zu Unrecht verurteilt worden war. Aber sie hatte nichts dergleichen gefunden und war nur noch einmal tiefer in das Loch aus Kummer und Verzweiflung gefallen. Der Schmerz darüber war fast so schlimm wie der über Deacons Verlust.

Sie wollte schreien, toben und weinen, wollte all der Ungerechtigkeit in ihrem Leben Ausdruck verleihen, aber ihr gelang nichts anderes, als stumm auf ihrem Sofa zusammenzubrechen und stille Tränen des unendlichen Schmerzes zu weinen.

Als es klingelte, rappelte sie sich mühsam vom Sofa auf und strich ihre Kleidung glatt. Nach einer Dusche sah sie zwar nicht mehr ganz so verheerend aus, aber sie hatte dennoch keine Lust, Slade schon wieder so gebrochen und in desolatem Zustand gegenüberzutreten.

Doch es war nicht Slade, der vor ihrer Tür wartete, es war Deacon, und er sah genauso mitgenommen aus, wie sie sich fühlte.

"Deac …", flüsterte sie.

"Darf ich reinkommen?"

Sie zögerte einen Moment, wusste nicht, ob sie ihn hier, in Sams Haus, empfangen durfte.

Seine Augen, die von dunklen Schatten umgeben waren, verengten sich zu Schlitzen.

"Lass mich doch wenigstens mit dir reden", brummte er, und sie bemerkte, wie sehr ihn ihr Zögern getroffen hatte.

Langsam öffnete sie die Tür. Er sah dünner aus, eingefallen. Der mehrere Tage alte Bart versteckte seinen kantiger gewordenen Kiefer nicht.

Leise schloss sie die Tür hinter ihm und beobachtete, wie er sich durch die Haare fuhr. Ihre Finger kribbelten bei der Erinnerung daran, wie es sich angefühlt hatte, durch sein Haar zu fahren, seine Kopfhaut zu streicheln und das zufriedene Brummen zu genießen, das er dabei stets ausstieß.

Er fluchte verhalten und machte plötzlich einige große Schritte auf sie zu. Ehe sie verstand, was geschah, hatte er sie an seine Brust gezogen und hielt sie fest umklammert.

Beinahe augenblicklich begann ihr Körper zu beben und ihre Augen zu brennen.

Der Schmerz über seinen Verlust und die Erleichterung, endlich wieder gehalten zu werden, überrollten sie, bis sie machtlos aufschluchzte und sich an ihn klammerte.

"Fuck, Baby, ich hab dich so vermisst", murmelte er und sein Körper bebte dabei vor Anspannung.

Seine Umarmung schmerzte, aber es tat zu gut, zu spüren, wie sehr auch er sie brauchte, um ihn auch nur einen Zentimeter gehen zu lassen.

Die Zeit schien stillzustehen, während sie einander einfach nur hielten und das gaben, was sie in den letzten Tagen so dringend gebraucht hätten. Einmal mehr wurde ihr bewusst, wie sehr sie diesen Mann liebte und brauchte, auch wenn er ihr so sehr wehgetan hatte.

Tief atmete sie seinen Geruch ein. Er roch frisch geduscht und herb, nach ihm selbst und einem Parfüm, das sie nicht kannte.

DEACON

Er hätte es nicht für möglich gehalten, wie sehr er diese Frau liebte. Adam hatte recht, man wusste erst, wie sehr man liebte, wenn man einen geliebten Menschen verloren hatte.

Die Panik, die sich nach und nach in ihm breitgemacht hatte, als er verstanden hatte, dass er

Hazel wirklich verlieren würde, wenn er den Arsch nicht hochbekäme, war mit nichts zu vergleichen gewesen. Hazel war die eine, die Frau, die ihm mit einem einfachen Lächeln, einer simplen Berührung oder dieser Umarmung um den Verstand brachte. Hazel war alles und er wollte sie nicht verlieren.

"Es … es tut mir leid. Ich habe dich mit den Fakten völlig überfahren. Ich war nur so aufgebracht und fassungslos, dass ich gar nicht mehr klarsehen konnte", flüsterte er.

Einen ganzen Tag lang hatte er hin und her überlegt und schließlich beschlossen, dass er Hazel nicht gehen lassen durfte. Er konnte nicht noch eine Frau an dieses Arschloch verlieren.

Hazel atmete lange aus. "Ich war … einfach überfordert. Ich habe noch nie etwas davon gehört, und es passt so gar nicht zu dem Bild, das ich von Sam habe."

Sie löste sich langsam von ihm, um ihm in die Augen zu sehen. Schon bei der Erwähnung seines Namens stieg wieder Wut in ihm auf.

"Er ist ein widerliches Stück Scheiße, das den Tod verdient hat!"

Hazel zuckte zusammen und schob Deacon vollständig von sich. "Er hat sich verändert, Deacon! Der Sam, den du kanntest, war ein ganz anderer als der, den ich kannte."

Er presste die Kiefer aufeinander. Jetzt, wo sie wusste, was dieser Kerl getan hatte, konnte sie ihn doch nicht ernsthaft weiter verteidigen!

"Es ist mir scheißegal! Und wenn er ein Heiliger geworden wäre! Er hat meine Familie zerstört!"

HAZEL

Hazel zitterte, konnte in ihrem Herzen einfach nicht das gleiche Bild von Sam zulassen, das Deacon von ihr verlangte.

"Menschen machen Fehler. Er hat es bestimmt bereut und ..."

"Willst du mich verarschen, Hazel? Du rechtfertigst diesen Bastard!", knurrte Deacon und ballte die Hände zu Fäusten.

Verzweifelt knetete sie ihre Finger, fühlte sich wie so oft hin- und hergerissen.

"Nein ... ich ... Kannst du es nicht gut sein lassen?", stammelte sie, wohl wissend, dass Deacon nicht nachgeben würde.

"Gut sein lassen? Hazel, er hat meine Schwester auf dem Gewissen! Die Ehe meiner Eltern ist daran zerbrochen und ich habe sie seitdem nicht mehr gesprochen! Und mein Bruder sitzt wegen diesem Stück Dreck sogar im Gefängnis!", schrie er und sein Brustkorb hob und senkte sich heftig.

Ein weiteres Puzzleteilchen klickte an den richtigen Platz, als sie die Wahrheit erkannte.

"Devon … dein Bruder hat Sam umgebracht?", flüsterte sie entsetzt.

Deacon nickte. "Und dafür musste er sogar ins Gefängnis!"

Hazels Hals wurde eng und sie musste schwer schlucken.

"Deacon! Er hat ihn umgebracht! Meinen Mann! Er hat meinen Mann ermordet!"

Deacon schnaubte verächtlich. "Es war fahrlässige Tötung und er hatte absolut recht! Manchmal wünsche ich mir, ich wäre es gewesen, der diesem Drecksack das Licht ausgeblasen hätte!"

Ihre Hand schnellte nach vorn und verpasste ihm eine so schallende Ohrfeige, dass sein Kopf zur Seite rückte und er endlich aufhörte, weiterzusprechen. Ihre Hand brannte von dem Schlag, aber es war nichts im Vergleich zu dem Schmerz in ihrem Inneren.

Zitternd vor Entsetzen über ihre eigene Tat und Deacons Verhalten hielt sie sich die Hand vor den Mund.

"Geh jetzt bitte", flüsterte sie zum zweiten Mal innerhalb weniger Tage, aber sie konnte seinen Anblick nicht ertragen. Konnte nicht ertragen, wie er ekelhaft selbstgefällig über den Tod des Mannes sprach, den sie geliebt hatte.

"Willst du mich verarschen?", knurrte er und rang sichtlich mit seiner Selbstbeherrschung.

Sie straffte die Schultern, versuchte ruhig und bestimmt zu wirken.

"Nein", sagte sie mit leider nicht ganz so fester Stimme wie gewünscht. "Ich will, dass du gehst", wiederholte sie.

Deacon widersprach ihr nicht, schnaubte nur verächtlich und verließ ihr Haus.

Ein Schuss direkt in ihr Herz hätte nicht mehr wehtun können.

17 Was nun?

DEACON

"Und was hast du jetzt vor?", fragte Adam und polierte nebenbei eines der Gläser.

Es war noch sehr früh am Abend und Deacon war der einzige Gast in der Bar. Nun ja, um diese frühe Uhrzeit würde sich wohl auch sonst niemand hier herumtreiben, aber das Central hatte offiziell noch gar nicht geöffnet.

"Was soll ich schon vorhaben? Sie hat mich rausgeworfen, weil sie sich tatsächlich einredet, dass dieser Freak ein guter Mann war!"

"Hast du mal darüber nachgedacht, dass er es *zu ihr* wirklich war?"

"Was war?", hakte Deacon nach und wedelte mit seinem leeren Glas. "Sei ein guter Barmann und schenk mir nach."

Adam schüttelte den Kopf. "Ich sollte ein guter Freund sein und dir nicht nachschenken."

Deacon schnaubte. "Darf ich dich daran erinnern, dass wir deine Bar am Laufen gehalten haben, während du im Selbstmitleid versunken bist?"

Zufrieden beobachtete Deacon Adam dabei, wie er das Glas wieder mit Scotch füllte.

"Ich meinte, es könnte doch sein, dass dieser Sam für Hazel ein anderer Mann geworden ist. Ich meine, schau dir Slade an, er hat sich für Lilly auch total verändert."

"Slade war aber kein kranker Vergewaltiger, sondern nur ein unverbesserlicher Frauenheld."

Adam stellte das Glas ins Regal und polierte das nächste.

"Ich mein ja nur. Vielleicht war er zu ihr anders. Fakt ist, sie hat ihn geliebt, und du hast ihr auf den Kopf zugesagt, dass du froh bist, dass er tot ist, und ihn am liebsten sogar selbst umgebracht hättest", warf Adam ein.

Deacon zuckte zusammen. Adam hatte recht, es war nicht gerade die feine englische Art gewesen. Aber er war so unfassbar wütend gewesen, dass Hazel es gewagt hatte, diesen Freak zu verteidigen.

"Erzähl mir Neuigkeiten von Faith", murmelte er, um das Thema zu wechseln. Er konnte und wollte nicht länger darüber nachdenken, wie verdammt schief sein Leben im Moment lief.

HAZEL

"Vielleicht solltest du versuchen, dich mal in Deacon hineinzuversetzen."

Hazel schnaubte bei Slades Vorschlag nur. Sie hatte es mühsam geschafft, zurück zur Arbeit zu kommen. Sie konnte nicht einfach alles aufgeben, nur weil sie Probleme in ihrem Leben hatte.

Über all die grauenvollen Nachrichten in den letzten Tagen hatte sie ganz vergessen, dass sie ihren Job auf keinen Fall verlieren durfte, wenn sie Sams Haus behalten wollte.

Dass sie den Job behalten durfte, war keineswegs selbstverständlich. Immerhin war Slade Deacons bester Freund. Wenn es hart auf hart kam, würde Slade sich natürlich für Deacon entscheiden, ganz egal, wie gut sie ihre Arbeit machte.

Aber dafür musste sie ihren Job überhaupt erst mal machen, anstatt zu Hause zu sitzen und sich selbst zu bemitleiden.

Ja, ihr Leben hörte einfach nicht auf, ihr immer wieder Steine in den Weg zu legen ... oder sie gleich mit Steinen zu bewerfen. Aber sie hatte sich noch nie unterkriegen lassen, hatte immer die Schulter gestrafft und alles überstanden, was man ihr vorgesetzt hatte. Sie würde stark bleiben, einen Weg finden und es schaffen, nach vorn zu blicken. Wie immer!

"Oh, ich kann mich durchaus in Deacon hineinversetzen. Das Problem ist, dass er das nicht kann", antwortete sie, ohne von den Unterlagen aufzusehen, die sie gerade sortierte … oder zumindest von einem Stapel auf einen anderen legte, denn solange Slade sie mit diesem Thema konfrontierte, war Konzentration absolut nicht möglich.

"Er ist ein sturer Sack, aber er wird sich schon wieder einkriegen …", murmelte Slade und verschränkte die Arme vor der Brust. "Oder bedeutet er dir so wenig, dass du es gar nicht versuchen willst?"

Hazel presste die Kiefer aufeinander. Slade hatte überhaupt keine Ahnung davon, wie viel Deacon ihr bedeutete und wie verdammt schwer es ihr fiel, hier ein klein wenig gute Miene zum bösen Spiel zu machen.

Seit Tagen fühlte sie sich vollkommen ausgelaugt, als hätte ihr jemand den Stecker gezogen.

Ihr Herz schlug langsam und gleichmäßig in ihrer Brust, auch wenn sie keine Ahnung hatte, wie das sein konnte.

Deacon hatte ihr Herz gebrochen, nicht nur einmal, sondern hatte es unzählige Male in Tausende Stücke gerissen.

Sie hatte so viele Stunden geweint, bis kein Tropfen mehr übrig gewesen war, bis ihre Muskeln verspannt waren, weil ihr Körper nicht enden wollend von Krämpfen geschüttelt wurde.

Sie hob den Kopf und sah Slade an. Sie war sich sicher, dass ihre Augen schon wieder rot waren, sie brannten, als würden die Tränen jeden Moment zurückkommen.

"Ich liebe ihn … ich liebe ihn mehr, als ich jemals einen anderen Menschen geliebt habe. Aber ich kann diesen Hass nicht den Rest meines Lebens ertragen", flüsterte sie.

Slade zuckte zusammen und sah sich dann im Raum um, als würde er jemand oder etwas suchen, das ihm helfen konnte.

Schließlich murmelte er einen Fluch, kam zu ihr herüber und nahm sie in den Arm, wie er es schon vor ein paar Tagen gemacht hatte.

Für einen Moment genoss sie die Umarmung, genoss es, dass da jemand war, dem sie genug bedeutete, dass er sich um sie kümmerte.

Diese Illusion von Zugehörigkeit brauchte sie in dieser beschissenen Situation.

DEACON

"Du schaffst das. Alles kein Problem", murmelte er sich selbst gut zu, während er den Wagen vor dem Club hielt.

Er zog an seiner Notfall-Zigarette und beobachtete den Eingang vom Boxclub kritisch.

Nie in seinem ganzen Leben hatte er sich zerrissener gefühlt als in den letzten Tagen. Er vermisste Hazel auf eine Art, die er nicht erklären konnte.

Jede Zelle in ihm schrie danach, sie endlich wieder in seine Arme zu schließen. Und doch hatte er sich tagelang gedrückt, ihr wieder über den Weg zu laufen.

Er wusste einfach nicht, wie er sich verhalten sollte. Auf der einen Seite wollte er sie an sich drücken, um Verzeihung flehen, auf der anderen wollte er sie schütteln, bis sie endlich einsah, dass ihr Ex ein perverses Schwein war.

Schließlich hatte der Wunsch, sie endlich wiederzusehen, überwogen und ihn in den Club getrieben.

Slade hatte schon vor ein paar Tagen erwähnt, dass sie wieder arbeitete und er endlich seinen Arsch hochbekommen müsste, ehe er sie endgültig für immer verlor.

Er hatte recht, aber es dauerte ein bisschen, bis

Deacon auch sein verletztes Herz davon hatte überzeugen können.

Seufzend stieg er aus seinem Wagen und trug die Zigarette zum Aschenbecher. Automatisch schlich sich ein Lächeln auf seine Lippen, als er dabei an Hazel dachte, wie sie ihn wutschnaubend als Arschloch bezeichnet hatte.

Er schulterte seine Sporttasche und schob die große Glastür auf.

Ohne Umweg über die Umkleidekabine ging er direkt in Hazels Büro ... nur um es verlassen vorzufinden.

Stirnrunzelnd machte er sich nach ihr auf die Suche, fand sie aber nirgendwo. Mit einem unguten Gefühl im Bauch steuerte er auf Slade zu.

"Hey!"

"Deacon, schön, dich mal wieder hier zu sehen", sagte Slade und grinste breit.

"Wo ist sie?"

"Wer?"

Deacon hatte Mühe, Slade nicht am Kragen zu packen und zu schütteln, bis er mit der Sprache rausrückte.

"Wenn du Hazel meinst, die hat heute einen wichtigen Termin in Manhattan. Kommt auch nicht mehr rein."

"Weißt du wegen was?", fragte Deacon.

Slade schüttelte den Kopf. "Sie hat keinen Ton gesagt, deshalb liegt mir das auch so im Magen. Wenn es ein Vorstellungsgespräch ist und ich wegen dir meine beste Angestellte verliere, reiße ich dir so was von den Arsch auf!"

Sein Magen verwandelte sich in Sekunden in einen fetten Klumpen. Er musste mit ihr sprechen, durfte auf keinen Fall noch mehr Zeit verlieren, ehe er sie wirklich verlor.

Er bedankte sich bei Slade und ging dann in die Umkleide. Nachdem er sich abreagiert hatte, würde er zu ihr fahren und notfalls vor ihrem Haus auf sie warten.

Seine Gedanken drehten sich im Kreis. Ständig überlegte er hin und her, was sie heute tat und wo sie war. Und, noch viel wichtiger, was er sagen, was er tun sollte, wie seine Zukunft aussehen könnte und wie Hazel in all das passte.

Weil es mit seiner Konzentration sowieso nicht weit her war, entschied er sich, aufs Laufband zu gehen und dem Wirrwarr in seinem Kopf freien Lauf zu lassen, bis er endlich zu einer Lösung kam.

Eine Lösung, die zwangsläufig damit enden musste, dass er mit Hazel zusammen war. Etwas anderes konnte und wollte er nicht zulassen.

Nach einem langen, nervenaufreibenden Gespräch freute sie sich, dass Nick bereits in dem kleinen Diner auf sie wartete.

"Und, wie war es?", fragte er und rückte ihr ganz gentlemanlike den Stuhl zurecht.

"Ganz okay. Die vielen Fragen, auf die ich Antworten finden muss, haben mich ziemlich fertiggemacht. Aber es war definitiv die richtige Entscheidung."

Sie bestellten sich beide einen Burger mit Pommes. Hazel konnte es kaum noch erwarten, so viel Hunger hatte sie.

Den Vormittag über hatte sie vor Aufregung keinen Bissen hinuntergebracht, was ihr Magen nun lautstark motzend verkündete.

Nick grinste. "Du bist ausgehungert."

"Ja, ich bin froh, dass du geschrieben hast. Zu zweit macht das Essen dann doch deutlich mehr Spaß."

Er musterte sie forschend. "Ich denke, Deacon hätte dir gern Gesellschaft geleistet."

"Eine Mahlzeit ohne Vorwürfe ist mir dann doch lieber … ich bin noch nicht so weit."

Sie schwiegen, als die Bedienung kam und ihnen ihr Essen brachte.

"Vermisst du ihn?"

Sie nickte und biss in ihren Burger, um sich Zeit zu verschaffen. Die Antwort war nicht so einfach, wie es auf den ersten Blick schien. Natürlich vermisste sie Deacon. Jede wache Sekunde und sie könnte ständig heulen, wenn sie daran dachte, wie sie auseinandergegangen waren. Aber es änderte nichts an der Situation.

"Dann sei nicht dumm, Hazel. Du tust euch beiden nur weh", unterbrach Nick ihre Gedanken.

Er sah sie eindringlich an. Seine blauen Augen musterten sie ungewohnt intensiv. Eigentlich war er immer fröhlich und gut gelaunt. Stets ein Sonnyboy sondergleichen; mit seinen verwuschelten, blonden Haaren sah er aus, als wäre er direkt vom Strand gekommen. Aber heute schien er es darauf abgesehen zu haben, auf ihren Gefühlen herumzutrampeln.

Sie kaute bedächtig. "Er hat mir auch wehgetan, Nick. Warum wollt ihr alle das nur allzu gern vergessen?"

Er zuckte mit den Schultern. "Weil wir sehen, dass er leidet wie ein Hund. Wir möchten ihn glücklich sehen … euch glücklich sehen." Dann biss er erneut in seinen Burger.

Er schien gar nicht zu merken, wie sehr seine Worte ihr auf den Magen schlugen und ihr das Essen verdarben.

Sie wollte nicht, dass Deacon litt – wie auch, schließlich hatte sie ihr dummes, kleines Herz an diesen Mistkerl verloren. Aber sie selbst litt auch, nicht nur unter der Trennung, sondern auch unter den Worten, die er ihr an den Kopf geworfen hatte.

Sie konnte nicht einfach so tun, als wäre nichts gewesen, musste alles, was in den letzten Tagen passiert war, erst einmal in Ruhe verarbeiten.

"Hey, hey", sagte Nick sanft und griff nach ihrer zitternden Hand. "Es tut mir leid, Süße."

Schwach lächelte sie ihn an, spürte die Tränen in ihren Augen, die überzulaufen drohten.

"Ich glaube, ich habe genug für einen Tag … okay?", flüsterte sie.

Er nickte. "Klar doch, Süße."

DEACON

Er hob den Kopf, als er einen Wagen vorfahren hörte. Verwirrt beobachtete er, wie Hazel aus Nicks Wagen stieg. Sie lächelte sehr entspannt und zufrieden, als wäre in ihrer kleinen Welt alles in Ordnung.

Er selbst litt unter Höllenqualen und Hazel datete einfach seinen besten Freund?

Sein Magen verkrampfte sich, und er war nicht dazu in der Lage, sich auch nur einen Millimeter zu rühren.

Wie zu Stein erstarrt beobachtete er, wie Nick sie auf die Wange küsste. Die beiden wechselten noch ein paar Worte, dann stieg Nick zurück in seinen Wagen und fuhr davon.

Hazel kam langsam auf das Haus zu geschlendert, bis sie den Radius des Bewegungsmelders erreichte und damit die Treppe, auf der Deacon saß, in Licht tauchte.

Sie keuchte erschrocken auf und presste sich eine Hand auf die Brust.

"Mein Gott, Deacon! Du hast mich zu Tode erschreckt!"

Er schnaubte verärgert. "Hätte dein Date dich eben bis zur Tür bringen müssen!"

Sie runzelte die Stirn, reagierte aber nicht weiter auf seine Anspielung, sondern ging einfach weiter auf ihn zu.

"Wie lang sitzt du schon hier? Es ist doch arschkalt!", sagte sie und kramte den Schlüssel aus ihrer Handtasche.

Er hätte ihr gern gesagt, dass er noch viel länger bei viel kälteren Temperaturen auf sie warten würde, wenn es nötig wäre, aber er ließ es. Zu sehr hatte es ihn verletzt, sie mit Nick zu sehen, obwohl sie doch noch gar nicht fertig miteinander waren.

Ohne ihn zu berühren, ging sie an ihm vorbei und schloss die Tür zu ihrem Haus auf.

Sie ließ sie hinter sich offen stehen, was er als Einladung sah, ihr zu folgen. Dass sie so kalt zu ihm war, traf ihn mitten ins Herz. Er musste sich zusammenreißen, nicht nach ihr zu greifen und sie an sich zu ziehen, konnte nicht anders, als sie anzustarren und jeden Millimeter zu betrachten, so sehr hatte sie ihm gefehlt.

Und sie würdigte ihn kaum eines Blickes, als wäre es ihr scheißegal, ob er vor ihrer Tür wartete wie ein liebeskranker Trottel, der einfach nicht verstand, dass die Frau seiner Träume sich schon den nächsten armen Wicht ausgesucht hatte.

Er folgte ihr in die Küche, in der sie Kaffee aufsetzte. Immerhin hatte sie Nick nicht mit hineingebeten, dann hätte er diesem kranken, verräterischen Bastard wohl die weißen Zahnpastazähne aus dem Maul schlagen müssen.

Deacon blieb angespannt stehen, beobachtete jede ihrer Bewegungen, die Art, wie sie ihr Haar hinters Ohr strich oder sich den Mantel von den schmalen Schultern gleiten ließ.

"Du bist dünner geworden." Es hätte nicht so sehr nach einem Vorwurf klingen sollen, aber Deacon war regelrecht erschrocken, als er die knochigen Schultern unter der dünnen Bluse entdeckte.

Sie lächelte ihn zaghaft über ihre Schulter hinweg an. "Ich hatte ein wenig Stress in den letzten Tagen."

Er presste die Kiefer aufeinander und hielt sich krampfhaft am Frühstückstresen fest, um nicht einfach nach ihr zu greifen.

"Zu viele Dates?"

Sie runzelte die Stirn. "Ist das dein Ernst?"

"Antworte mir", knurrte er, konnte das Bild nicht aus seinem Kopf bekommen, wie Nick – dieser verräterische Bastard – sie auf die Wange geküsst hatte.

"Ich habe keine Dates." Ihre Antwort klang genervt, aber er konnte es einfach nicht darauf beruhen lassen.

"Und was zum Teufel war das dann eben?"

Sie musterte ihn mit einer hochgezogenen Augenbraue. "Ein Freund, der mir durch eine schwere Zeit hilft und by the way auch versucht, ein gutes Wort für dich einzulegen."

Deacon atmete tief durch. Eigentlich klang das viel eher nach dem Nick, den er kannte. Sein Freund würde ihn niemals so hintergehen, und dennoch schaffte Deacon nicht mehr als ein zweifelndes "Hmpf!" zu erwidern.

"Deine Eifersucht ist lächerlich, Deac."

Seinen Spitznamen aus ihrem Mund zu hören, erleichterte ihn ungemein. Es war wie ein kleines Zeichen, dass nicht alles verloren war, dass sie immer noch ihm gehörte.

"Sie zeigt nur, wie sehr ich dich noch immer liebe", murmelte er, war sich dabei nicht sicher, ob er wollte, dass sie seine Worte hörte.

Sie riss ihren Kopf nach oben und starrte ihn ungläubig an.

Ja … wahrscheinlich hatte er ihr nie mit exakt diesen Worten gesagt, dass er sie liebte, aber es war doch offensichtlich gewesen, oder etwa nicht?

Etwa nicht!, entschied sein Unterbewusstsein, als er ihre fassungslose Miene sah.

Zeit, um Klartext zu reden, Kumpel!, redete er sich selbst gut zu. Er raffte seinen Mut zusammen und räusperte sich.

"Ich liebe dich, Hazel … mehr als gut für mich ist", gestand er leise und fixierte sie mit seinem Blick über die Anrichte hinweg.

Sie schluckte und wandte sich der Kaffeemaschine zu, schloss ihn aus und versteckte sich mit voller Absicht vor ihm.

"Lass mich nicht so stehen, Hazel", flüsterte er und trat dicht hinter sie. Er berührte ihren Körper nicht, konnte aber die Wärme, die von ihr ausging, spüren. Tief atmete er ihren eigenen Geruch ein, den er so sehr vermisst hatte.

Als sie nicht reagierte, griff er sanft nach ihren Schultern und drehte sie langsam zu sich um, kesselte sie zwischen sich und der Arbeitsplatte ein.

Ihr Körper bebte, und ihre Augen waren voller Tränen, als sie ihn ansah. Ihr Anblick riss ihm das Herz aus der Brust.

"Ich weiß nicht, ob ich schon so weit bin", flüsterte sie und umschlang sich selbst mit ihren Armen.

Deacon zog sie an sich, hielt sie fest und stützte sein Kinn auf ihrem Scheitel ab. Er konnte es kaum ertragen, sie so leiden zu sehen und zu wissen, dass er nicht unwesentlich schuld an ihrer Verfassung war.

Seine Wut, seine Eifersucht und sein eigenes Gefühlschaos waren wie weggeblasen, als er erkannte, wie schlecht es ihr wirklich ging. Dass sie keineswegs einfach so über ihn hinweggekommen war, sondern genauso litt wie er.

"Es tut mir so leid, Hazel. Ich war nicht fair zu dir, ich hätte dir all diese Dinge niemals vorwerfen dürfen."

Ganz langsam, als müsste sie sich dazu überwinden, schlang sie ihre Arme um seinen Nacken. Ein klein wenig erleichtert, dass sie ihn nicht von sich schob, hob er sie an und setzte sie auf der Arbeitsfläche ab. Sanft streichelte er über ihren Nacken.

"Ich habe überreagiert. Ich weiß, dass du ihn geliebt hast, und ich versuche zu begreifen, dass er vor dir nicht das gleiche Monster war wie in meinem Leben."

Hazel schob ihn von sich, und er bereute beinahe, dass er angefangen hatte zu sprechen. Er wollte sie einfach nur festhalten, wollte sie in seinen Armen wissen und nicht mehr über die beschissenen Überkreuzungen ihrer beider Vergangenheit nachdenken.

Sie sah ihn aus Augen voller Tränen an. "Ich hatte heute einen Termin bei einem Psychologen."

Vor Erleichterung sackten seine Schultern ein klein bisschen nach unten.

"Kein Date, kein Vorstellungsgespräch."

Hazel runzelte die Stirn. "Wie kommst du denn darauf?

"Nick."

"Das Vorstellungsgespräch meine ich. Deine an den Haaren herbeigezogene Eifersucht haben wir doch geklärt."

"Haben wir?", hakte er nach und wischte ihr eine Träne von der Wange.

"Ich liebe dich, Deac. Auch wenn es im Moment mehr wehtut als guttut, liebe ich dich."

Er beugte sich zu ihr und küsste sie federleicht auf ihre Lippen.

Ihren Mund zu spüren, ließ seinen ganzen Körper kribbeln. Er sehnte sich so sehr nach ihren Berührungen, dass es wehtat. Ihr jetzt so nahe zu sein, war alles, was er brauchte.

"Ich werde dafür sorgen, dass es dir wieder guttut, mich zu lieben, Hazel. Ich werde mir jeden verdammten Tag den Arsch aufreißen, um dich wieder glücklich zu machen." Sie sah ihn mit so viel Zweifel in den Augen an, dass sein Herz schmerzte. "Ich werde es dir beweisen, Babe. Ich liebe dich. Ich brauche dich, und ich werde die Vergangenheit hinter mir lassen, werde nicht zulassen, dass sie einen Keil zwischen uns treibt."

Erneut rollte eine Träne über ihre Wange. "Zusammen können wir das schaffen, oder?", flüsterte sie und die zarte Hoffnung in ihrer Stimme brach ihm erneut das Herz.

"Zusammen können wir alles schaffen, Babe."

Sie zog ihn an sich, klammerte sich so fest an ihm fest, dass sie kaum noch Luft bekommen konnte, aber nichts hatte sich jemals besser angefühlt.

HAZEL

Stunden später saßen sie zusammen bei einem Glas Wein auf dem Sofa. Sie hatten sich aneinander gekuschelt und sich in eine Wolldecke gewickelt.

"Und deshalb hat Slade gedacht, du könntest vielleicht ein Vorstellungsgespräch haben", endete Deacon seine Erzählung über die letzten Tage in seinem Leben.

Sie lächelte schwach. "Nein … ich habe mir einen Psychologen gesucht, der mir helfen soll, all die Dinge aus Sams Vergangenheit aufzuarbeiten."

"Ich kann dir helfen", sagte Deacon, als fände er tatsächlich, es sei eine gute Idee.

"Du kannst mir helfen, indem du in ein paar Wochen mit mir zusammen dorthin gehst."

Er schnaubte. "Ich brauche keine Psychologen!"

"Du vielleicht nicht", antwortete sie, auch wenn sie anderer Meinung war. "Aber wir als Paar. Das, was Sam getan hat … und auch das, was Devon getan hat, wird sonst ewig zwischen uns stehen."

Deacon schwieg, ein sicheres Zeichen dafür, dass er über ihre Worte nachdachte, den Sinn darin erkannte, aber es noch nicht zugeben wollte.

"Ich mache einen Termin für uns aus, okay?"

Er murmelte eine eher unverbindliche Zustimmung, aber Hazel war sich sicher, dass er mit ihr gehen würde.

Deacon war eine der verlässlichsten Personen, die sie jemals kennengelernt hatte, er würde sie niemals einfach so hängen lassen.

"Devon hat Sam nicht absichtlich umgebracht", sagte Deacon irgendwann leise, so vorsichtig, als wäre er sich nicht sicher, ob das ein Thema war, das sie an diesem Abend schon ansprechen sollten. Auch sie war sich nicht sicher.

Als sie lediglich angespannt einen Schluck Wein nahm, fuhr er fort: "Sie haben sich zufällig in einer Bar in Charlston getroffen. Ihr Streit wegen Melia ist eskaliert und sie haben sich geprügelt. Sam ist dabei mit dem Kopf so unglücklich auf eine Marmorstufe gekracht, dass er sich das Genick gebrochen hat und sofort tot war."

Hazel nickte. Das hatte sie mittlerweile alles selbst herausgefunden.

Es machte es nicht unbedingt besser, aber es sorgte dafür, dass sie es als beschissenen, unglücklichen Unfall ablegen konnte.

Sie wollte nicht ihr Leben lang einen Mann hassen, der vielleicht irgendwann zu ihrer Familie gehören würde.

"Ich gebe Devon keine Schuld daran", flüsterte sie, auch wenn ihr diese Worte schwerfielen. Sie musste loslassen, die Vergangenheit abhaken.

Deacons Körper entspannte sich sichtlich, was Hazel zeigte, wie schwer für ihn der Gedanke war, dass sie seinen Bruder ablehnen könnte.

Er drehte seinen Kopf und legte eine Hand an ihre Wange.

"Du bist so viel besser als ich", flüsterte er und seine Augen musterten jeden Millimeter ihres Gesichts.

Leicht schüttelte sie den Kopf.

"Wut und Schmerz waren nur schon zu lange ein Teil von mir. Ich will nicht mehr. Ich will loslassen und nach vorne schauen."

"Mit mir zusammen?", fragte er.

Sie nickte. "Du bist die einzige Konstante, die ich in meiner Zukunft sehe."

Er beugte sich zu ihr, küsste ihren Mund auf diese ganz besondere Art, die ihr vom ersten Moment an ihren Willen geraubt hatte.

Sanft und fordernd zugleich teilte er ihre Lippen, ließ sie seinen Geschmack kosten und seinen Kuss genießen.

Erst zärtlich, wurde ihr Kuss nach und nach bestimmender, drückte all den Schmerz aus, den sie einander in den letzten Wochen zugefügt hatten.

Es fühlte sich richtig an, dass sie einander das gaben, was ihnen in den letzten Tagen verwehrt geblieben war.

Es war wie eine Bestätigung, dass sie beide zusammengehörten, dass sie es schaffen würden und ihre Vergangenheit hinter sich lassen konnten.

Deacon drückte sie langsam zurück, bis sie auf dem Rücken zum Liegen kam und er es sich zwischen ihren Beinen bequem machen konnte. Endlich war er wieder nah, und doch drängte alles in ihr sie dazu, noch mehr von ihm zu bekommen, ihn wieder ganz zu spüren.

Sie brauchte seinen starken Körper über sich und wollte ihn wieder in sich spüren, musste wissen, dass er sie noch genauso bedingungslos begehrte, dass auf dieser elementarsten aller Ebenen alles noch genau so war wie vor diesem verheerenden Streit.

Ihre Küsse und ihre Körper bewegten sich im Einklang, als wäre es ein einstudiertes Stück, das sie beide schon lange nicht mehr gespielt hatten, aber sofort wieder kannten.

Langsam, ohne Hast zogen sie sich gegenseitig aus, genossen die warme, weiche Haut des anderen. Hazel fühlte sich unter Deacons massigem Körper klein und unscheinbar, dadurch so geborgen, wie sie es noch nie erlebt hatte.

Sie klammerte sich an seinen massiven Armen fest, als er langsam in sie eindrang, sie dehnte und ausfüllte. Seine Lippen hörten nicht für einen Moment auf, ihren Mund, ihr Gesicht und ihren Hals mit sanften Küssen zu verwöhnen.

Sie keuchte, als er sich ganz in ihr versenkte, nur um sich sofort wieder zurückzuziehen und sie von Neuem auszufüllen. Immer schneller, immer tiefer drang er in sie ein. Er trieb sie bis an die Grenzen des Erträglichen, bescherte ihr mit seinem trägen Rhythmus eine bislang unbekannte Lust, die sie dazu brachte, ihre Beine um seine Mitte zu schlingen, um ihn noch tiefer in sich aufzunehmen.

Sein Atem ging keuchend und ihrer beider Haut war feucht vom Schweiß. Immer intensiver klammerten sie sich aneinander, während Deacons Stöße härter und drängender wurden.

Er umfing sie mit seine Armen, zwang sie dazu, jeden Millimeter von sich aufzunehmen, während er beinahe schmerzhaft tief in sie hineinpumpte.

Dann endlich spürte sie das erlösende Verkrampfen ihrer inneren Muskulatur. Deacons Stöhnen stieß sie endgültig über die Klippe zu ihrem Orgasmus, ließ sie nur am Rande mitbekommen, dass er ihr sofort folgte und sich ihren Namen flüsternd in ihr ergoss.

Keuchend hielten sie einander fest, während sie den letzten Ausläufer ihrer Höhepunkte genossen. Hazel lauschte dem rasenden Herzschlag in Deacons Brust, der dem ihren beinahe glich.

Sie fühlte sich vollkommen, als wäre sie genau am richtigen Ort, endlich dort angekommen, wo sie sein sollte.

"Ich liebe dich", hauchte sie und fuhr mit ihren Lippen über seine Brust.

"Ich liebe dich mehr, als du dir jemals vorstellen kannst", gab er genauso außer Atem zurück.

Sie schluckte und schloss die Augen, dann sagte sie ihm die eine Wahrheit, von der sie wusste, dass er sie hören musste.

"Ich liebe dich mehr, als ich jemals einen Menschen geliebt habe."

Sein Körper versteifte sich, dann presste er sie so fest an sich, dass es wehtat, und doch fühlte es sich besser an als alles, was sie jemals erlebt hatte.

Sie hatte ihn gefunden, diesen einen Menschen, der vielleicht nicht perfekt war, aber perfekt für sie.

18 Mit dir

HAZEL

"Hallo, Schönheit." Deacon streckte grinsend seinen Kopf in ihr Büro.

Über eine Woche war vergangen, seit sie sich in ihrem Wohnzimmer versöhnt hatten. Eine Woche, die wie im Flug vergangen war. Was komisch war, da es ihr eigentlich immer so vorkam, als würde die Zeit stillstehen, wenn sie mit Deacon zusammen war.

"Hey", antwortete sie lächelnd.

Er betrat ihr Büro und kam langsam zu ihr, setzte sich breitbeinig vor ihr auf den Schreibtisch, beugte sich nach vorn und stützte seine Hände auf den Armlehnen ihres Bürostuhls ab.

Sie kam ihm sofort entgegen und küsste ihn auf den Mund.

Er schmeckte nach Kaffee und sah so verstrubbelt aus, dass sie sich ziemlich sicher war, dass er direkt vom Schreibtisch in den Club gekommen sein musste.

"Kommst du heute Abend zu mir?", fragte er und knabberte an ihrer Unterlippe.

Sie liebte das Kribbeln, das er damit in ihrem gesamten Körper auslöste.

"Hazel?"

"Hm?" Wohlig streckte sie sich ihm entgegen, damit er nicht aufhörte.

"Deine Antwort auf meine Frage?"

Als sie die Belustigung in seiner Stimme hörte, lehnte sie sich widerstrebend zurück.

"Welche Frage?"

Jetzt lachte er laut los. Sie liebte sein Lachen, die Art, wie er seinen Kopf in den Nacken warf und sein ganzer Körper bebte. Vor allem aber auch seine Halsmuskeln, die dann ganz besonders hervortraten und die sie mit ihrem Mund verwöhnen wollte.

Kurz gesagt, sie liebte alles an ihm, sogar jetzt, da er über sie lachte.

"Ob du heute Abend zu mir kommst, habe ich gefragt", sagte er am Ende seines Lachflashs.

"Oh … Äh, nein."

Sein Lachen verstummte prompt. "Es war eigentlich eine rhetorische Frage."

Hazel zuckte die Schultern. "Ich habe spät am Abend noch einen Termin beim Psychologen. Bis ich fertig bin, schläfst du sicher schon."

Deacon hob eine Augenbraue. "Wenn ich nicht gerade mit dir beschäftigt bin, arbeite ich nachts, schon vergessen, Babe?"

Bei der Erwähnung, was sie beide jede Nacht miteinander trieben, zog sich ihr Unterleib sofort lustvoll zusammen.

Deacon schmunzelte. "Ah, zumindest an den angenehmen Teil kannst du dich also erinnern." Er grinste. "Ich könnte dir jetzt erzählen, was ich heute Nacht so alles mit dir vorhabe … vielleicht ändert das deine Meinung …"

Ihre Wangen wurden rot. "Hör auf damit, sonst falle ich wieder über dich her wie damals in der Dusche."

Sein Grinsen wurde breiter. "Jederzeit, Babe, jederzeit."

"Schluss jetzt!" Aber auch sie musste lächeln. "Ich will dich doch nur nicht wecken, wenn du schon schläfst."

"Dafür habe ich die perfekte Lösung", sagte er und stand auf.

Aus seiner Hosentasche zog er einen Schlüssel hervor und gab ihn ihr. Auf dem kleinen, roten Anhänger stand "Serverraum". Fragend sah sie ihn an.

"Na ja, für meine Wohnung eben … ich dachte, dann kannst du kommen und gehen, wann du willst." Er lächelte schief. "Wobei die Betonung auf *Kommen* liegt …" Sein Grinsen wurde dreckig. "In *jeder* Hinsicht."

Sie war so sprachlos, dass sie noch nicht einmal auf seine versauten Gedanken eingehen konnte.

Da sie nicht antwortete, fiel sein Lächeln langsam in sich zusammen.

"Nicht gut?", fragte er.

"Zu gut", gab sie mit einem zittrigen Lächeln zurück.

Er bückte sich, hob sie auf seine Arme und setzte sich mit ihr auf dem Schoß wieder hin. In solchen Momenten fiel ihr auf, wie viel stärker und größer er eigentlich als sie war. Er war immer so sanft, so zärtlich, dass ihr gar nicht bewusst wurde, dass sie ihm eigentlich überhaupt nichts entgegenzusetzen hatte.

Nicht, dass sie jemals das Gefühl gehabt hätte, das können zu müssen. Nicht bei Deacon, der so liebevoll mit ihr umging. Er würde für die Personen, die ihm wichtig waren, absolut alles tun, ohne auch nur eine Sekunde zu zögern.

"Für dich ist nichts zu gut, Babe. Ich will dich bei mir haben … immer", sagte er leise und küsste ihren Hals.

Sie presste sich fest an ihn.

"Hab ich dir schon mal gesagt, dass ich dich liebe?"

Er lächelte zufrieden. "Ja, aber ich kann es nicht oft genug hören."

DEACON

"Hey, kleine Schwester", murmelte er und legte die Ranunkel vor ihren Grabstein. Wie so oft fuhr er die Inschrift des Steins nach.

"Vielleicht sollte ich dir mal einen neuen Grabstein machen lassen. Irgendwas Großes, Kitschiges, mit Engeln oder so. Etwas, was dir besser gefallen hätte als dieses graue Ding." Er lächelte, als er sich ihren empörten Gesichtsausdruck vorstellte.

"Sie würde antworten, dass du dein Geld nicht für so einen Scheiß zum Fenster rauswerfen sollst", erklang eine bekannte Stimme hinter ihm.

Deacon lächelte, drehte sich aber nicht zu Devon um.

"Melia … ich habe dir doch schon tausendmal gesagt, du sollst nicht mit so kleinkriminellen Pissern rumhängen!", sagte Deacon.

Devon lachte aus vollem Hals. "Unsere kleine Schwester hat schon immer rebellisch auf Verbote reagiert."

Deacon drehte sich um und nahm seinen Bruder in den Arm.

"Schön, dich zu sehen, Mann."

Devons Griff wurde für einen Moment fester. "Ja … sehr."

Devon war noch nie ein Mann großer Worte gewesen. Seine Taten sagten oft sehr viel mehr über ihn aus.

"Solltest du deine wenigen Tage Ausgang nicht für etwas … Spannenderes nutzen, als hier am Friedhof rumzuhängen?"

Devon zuckte die Schultern. "Melia und ich führen dringende Gespräche. Was ist deine Ausrede?"

Ein altbekannter Schmerz machte sich in Deacons Brust breit, und er zuckte mit den Schultern, ehe er sich wieder dem Grabstein zuwandte.

"Es ist so viel passiert, seit sie gegangen ist. Ich will ihr all das erzählen und stelle mir dabei vor, wie sie lacht, wie sie weint, wie sie mir den Kopf wäscht."

Devon stellte sich nah neben ihn.

"Ich würde mich freuen, ein wenig aus deinem Leben zu erfahren."

Deacon lächelte, dann erzählte er Devon die ganze beschissene Geschichte mit Hazel.

"Heute habe ich ihr meinen Schlüssel gegeben", endete er. "Ich hoffe, sie zieht ganz bei mir ein, auch wenn die Wohnung winzig ist."

Er hatte sich die Wohnung gekauft, als er das erste Mal richtig Geld mit seinen Entwicklungen verdient hatte. Sie war perfekt für einen Single, für ein Paar schon recht klein, für eine Familie undenkbar.

"Wow … harter Tobak … und du bist dir sicher, dass sie die Richtige ist?"

Deacon nickte. Er war sich nie im Leben einer Sache sicherer gewesen.

"Und dass dieses Stück Scheiße ihr Ex war, den sie geliebt hat … das macht dir so gar nichts aus?", fragte Devon.

Deacon nickte. "Im Moment vermeiden wir das Thema. Es ist besser für uns. Sie macht eine Therapie, was ich ziemlich gut finde. Nächste Woche muss ich mit … was ich nicht gerade berauschend finde."

Devon verzog das Gesicht. "Kann ich verstehen … ich muss das ja auch jede Woche über mich ergehen lassen."

"Und? Hilft es dir?"

Devon nickte. "Es ist gut … um abzuschließen."

Nachdenklich betrachtete Deacon den Grabstein, dann nickte er ebenfalls.

"Ich denke, das ist genau das, was ich tun muss, wenn das zwischen Hazel und mir funktionieren soll.

Abschließen, meinen Frieden mit dem schließen, was passiert ist, und meine Wut auf diesen Drecksack ein für alle Mal begraben und dafür sorgen, dass er mir gleichgültig wird."

Devon legte ihm einen Arm um die Schultern. "Wir sind auf einem guten Weg, Bruder."

Deacon nickte. "Sind wir."

"Wie wäre es, wenn wir uns in vier Wochen, zu meinem nächsten Ausgang, mal zum Essen treffen?"

Grinsend stimmte Deacon zu und sie gingen zu zweit zum Ausgang des Friedhofs.

"Du solltest Hazel mitbringen."

"Ich weiß nicht …"

Devon stieß ihn mit der Schulter an. "Ich will meine zukünftige Schwägerin endlich kennenlernen!"

"Ich hab ihr keinen Antrag gemacht!", protestierte Deacon.

Doch Devon lachte nur und schüttelte den Kopf. "Du kannst mir nicht erzählen, dass du dir nach allem, was war, darüber noch keine Gedanken gemacht hättest."

Schulterzuckend grinste Deacon. "Ihr werdet es schon früh genug erfahren, wenn ich sie gefragt habe."

"Aha! Wenn also, nicht falls!", neckte Devon ihn.

"Ja. Wenn, nicht falls."

Deacon klopfte seinem Bruder auf die Schulter.

"Ich hinterlasse dir eine Nachricht, wenn ich Hazel gefragt habe, ob sie mit uns essen geht."

Devon nickte. "Ich freu mich drauf, Bruder. Auf alles, was die Zukunft bringt."

HAZEL

Nervös wischte sie sich zum wahrscheinlich hundertsten Mal die Hände an der Jeans ab.

"Beruhige dich. Er wird dich lieben, genau wie ich", sagte Deacon.

Sie lächelte flüchtig zu ihm auf. "Ich weiß nicht … immerhin bin ich quasi dafür verantwortlich, dass er im Gefängnis sitzt."

Deacon nahm ihr Gesicht in beide Hände und sah sie ernst an.

"Bist du jetzt vollkommen verrückt geworden? All das, was passiert ist, ist nicht im Entferntesten deine Schuld!"

"Da bin ich ganz seiner Meinung!" Eine Stimme, die ihr so bekannt und doch so fremd war, riss sie aus dem stummen Blickduell mit Deacon.

Sie sah auf und konnte ihn nur ungläubig ansehen. Devon glich Deacon aufs Haar genau. Er wirkte ein klein bisschen rauer und noch breiter als Deacon, aber für jemanden, der Deacon nicht allzu gut kannte, gab es keine Möglichkeit, die beiden zu unterscheiden.

"Hi, ich bin Devon", sagte er und streckte ihr freundlich lächelnd die Hand entgegen.

Etwas verzögert nahm sie seine Hand an und schüttelte sie leicht.

"Hey … ich bin Hazel." Sie konnte nicht anders, als ihn weiter fasziniert zu mustern. Sogar seine Stimme klang ähnlich wie Deacons.

Die beiden Brüder begrüßten sich ebenfalls, dann setzte sich Devon zu ihnen an den Tisch.

Während die beiden sich unterhielten, lächelte Devon ihr immer wieder zu, wenn er sie dabei ertappte, wie sie ihn anstarrte. Aber auch er musterte sie neugierig.

"Hör auf, mit meinem Mädchen zu flirten, Dev", tadelte Deacon, man hörte aber, dass er es nicht ernst meinte. Dennoch nahm Hazel sich vor, nicht mehr ganz so offensichtlich zu starren.

"Ich kann nichts dafür, Bruder. Sie ist hinreißend", gab Devon lachend zurück, woraufhin die beiden sich spielerisch schlugen.

"Wenn sich zwei streiten, freut sich der Dritte", hörte sie Drake in ihrem Rücken sagen. Erschrocken drehte sie sich um und sah, dass er sich auf der Lehne ihres Stuhls abstützte.

Deacon grinste. "Du bekommst den Hals nicht voll, Drake, oder? Hab gehört, du hast jetzt eine Frau an deiner Seite. Oder stimmen die Berichte nicht?"

Drake zuckte mit den Schultern. "Nenn es eine Zweckgemeinschaft. Außerdem hat mich Hugh Heffners Lebensstil schon immer fasziniert … na ja, welchen Mann nicht."

Deacon griff nach Hazels Stuhl und zog sie so ruckartig an sich, dass Drake beinahe gestützt wäre, da ihm der Halt fehlte.

"Ich will keine Villa voller Playmates. Mir reicht diese bezaubernde Frau durchaus."

Deacon küsste Hazel auf die nackte Schulter, die ihr Top frei ließ.

Grinsend schüttelte Drake den Kopf. "Dann hoffe ich, du lässt mich zumindest eure Hochzeit ausrichten."

Als Deacon zustimmend nickte, schlug Hazels Herz ein paar Takte schneller. Von einer Heirat hatten sie bislang nicht gesprochen!

"Sie haben Ihr Management-Studium mit Bravour abgeschlossen, habe ich gehört", wandte Drake sich an Devon.

Dieser nickte. "Bis auf lernen und trainieren habe ich nicht viel zu tun."

"Lassen Sie es mich wissen, wenn Sie wieder … langfristiger in der Stadt sind. Vielleicht kommen wir ins Geschäft."

Hazel entging sowohl die Dankbarkeit in Deacons Blick nicht, genauso wie der Unglaube in Devons.

"Einen schönen Abend, meine Herren", sagte Drake und nahm dann unvermittelt Hazels Hand und küsste diese. "Und falls ich Euch jemals aus den Fängen dieser Herren retten muss, bin ich stets zu Diensten, Mylady."

Noch bevor Hazel eine Antwort geben konnte, war Drake wieder verschwunden.

"Drake ist einer der wenigen Menschen, die ich innerhalb von Minuten erwürgen und umarmen will", sagte Deacon und wischte Hazels Handrücken mit einer Serviette ab, auch wenn es absolut überflüssig war, da Drakes Lippen ihren Handrücken kaum berührt hatten.

"Er ist ein unverbesserlicher Frauenheld, oder?", fragte Devon.

Deacon nickte. "Aber auch ein äußerst loyaler Freund. Sein Jobangebot war ernst gemeint, Devon."

Dieser nickte, und Hazel sah, wie nahe ihm die Situation ging.

"Schön, zu wissen, dass es etwas gibt, zu dem ich zurückkehren kann, wenn das alles vorbei ist", sagte Devon.

"Bei mir bist du immer willkommen, und ich weiß, dass ich auch für meine Freunde sprechen darf", antwortete Deacon, und Hazel war froh, dass dieser Mann ihr gehörte.

DEACON

Beschwingt vor Glück schob Deacon Hazel vor sich die Stufen nach oben zu seiner Wohnung.

Der Abend war um so vieles besser gelaufen, als er es sich jemals hätte erträumen können. Er hatte damit gerechnet, dass es viele Momente des unangenehmen Schweigens geben würde.

Aber das Gegenteil war der Fall gewesen. Devon und Hazel hatten sich bestens miteinander verstanden. Sie hatten zusammen gelacht, den gleichen Humor geteilt und hatten sich das ein oder andere Mal sogar zusammen gegen ihn verschworen.

Keiner von beiden hatte das Reizthema Sam angeschnitten, worüber Deacon sehr froh war. Auch wenn alle sich einig waren, dass niemand etwas für diese Situation konnte, hätte es doch nur verletzte Gefühle gegeben.

Deacon und Hazel lernten, zusammen mit der Psychologin dieses Thema aufzuarbeiten.

Auch wenn er es niemals gedacht hätte, war er sich mittlerweile sicher, dass es die beste Entscheidung für sie war.

Hazel wollte sich nur in einer Sitzung Tipps für den Umgang mit der Situation holen, aber Deacon hatte darauf bestanden, dass sie diesen Teil ihrer

Vergangenheit unter strenger Beobachtung und Hilfe einer Fachkraft durchzogen, bevor es ihnen noch einmal zum Verhängnis werden konnte.

Sie hatten sogar einen kleinen Streit deswegen, was Deacon besonders wunderte, da Hazel es doch gewesen war, die ihn überhaupt erst zu dem Psycho-Doktor geschleppt hatte.

Später hatte sich herausgestellt, dass Hazel es sich schlichtweg nicht leisten konnte. Das wiederum war für Deacon kein Problem.

So konnte er den Streit schnell aus dem Weg schaffen und zum angenehmen Teil – dem fantastischen Versöhnungssex – übergehen.

"Devon ist nett", sagte Hazel und kickte sich die Schuhe von den Füßen.

Deacon liebte ihre Füße. Sie waren so klein, so zierlich. Er liebte es, ihre Fersen in seinem Arsch zu spüren, wenn sie ihn tiefer in sich hineinziehen wollte.

"Ich hab schon gemerkt, wie fasziniert du von ihm bist", brummte er gespielt beleidigt.

Hazel drehte sich um und lief rückwärts vor ihm her. Dabei grinste sie böse. "Ja … er ist schon ziemlich heiß …"

"Ich warne dich, Babe", antwortete Deacon mit einer hochgezogenen Augenbraue.

"Ich weiß nicht … Devon ist doch eher der Badboy von euch beiden."

Mit zwei schnellen Schritten war er bei ihr und kesselte sie zwischen seinem Körper und der Wand ein.

"Es wird Zeit, dass du aufhörst, über meinen Bruder zu sprechen", knurrte er.

Sie lachte. "Und wenn nicht?"

"Dann werde ich dich so lange an diese Wand gepresst vögeln, bis du keinen Gedanken mehr an ihn verschwendest."

Sie lächelte zufrieden, und das Blitzen in ihren Augen sagte genau, wie sehr ihr dieser Gedanke gefiel.

Sofort presste er seine Lippen auf ihre, genoss es, wie sie sich ihm entgegen drückte, ihren Mund öffnete und seine Zunge willkommen hieß.

Ungeduldig und fordernd küssten sie einander, zerrten an ihren Klamotten, während sie die Finger nicht voneinander lassen konnten.

Sein Schwanz war bereits schmerzhaft steif, seit Hazel ihren verführerischen, kleinen Arsch vor ihm die Treppe hinaufgeschwungen hatte. Jetzt konnte er es kaum noch erwarten, endlich in ihr zu sein, von ihrer heißen, nassen Pussy umschlossen zu werden und sich in ihr zu bewegen.

Als sie endlich nackt war, schob er eine Hand zwischen ihre Beine. Die Nässe zwischen ihren Schamlippen ließ ihn stöhnen.

Es erregte ihn, zu spüren, wie sehr sie ihn wollte, dass sie ihn genauso dringend brauchte wie er sie.

Sie schob ihm ihr Becken entgegen, forderte ihn auf, sie endlich zu nehmen.

Als er ihrer Bitte nicht nachkam und nur weiter ihre Klit mit seinen kreisenden Bewegungen reizte, umschlang sie seinen Hals, zog sich an ihm hoch und legte ihre Beine um seine Mitte.

Völlig automatisch hob er sie an und hielt sie an sich gepresst fest.

Als ihre nasse Mitte auf seinen harten Schwanz traf, konnte er ein Keuchen nicht mehr verhindern. Er stöhnte laut an ihrem Mund, als sie sich kreisend an ihm bewegte und er das heiße Paradies spürte, nach dem sich sein Schwanz so sehr sehnte.

Ohne noch einen Moment länger zu warten, kippte er sein Becken, bis die Spitze seines Schwanzes an ihrer Öffnung lag. Dann schob er sich quälend langsam in sie, genoss es, sie beide damit in den Wahnsinn zu treiben.

Immer wieder zog er sich zurück und schob sich mit aller ihm verbleibenden Selbstbeherrschung wieder in ihre Hitze.

Sie wurde immer ungeduldiger, bewegte ihr Becken kreisend, bis er sich selbst nicht mehr zurückhalten konnte und sich in harten, schnellen Stößen in ihr bewegte.

Hazel keuchte und schrie seinen Namen, warf den Kopf in den Nacken und klammerte sich an ihn, als sie kurz darauf ihre Erlösung fand.

Die harten Kontraktionen ihrer inneren Muskeln rissen ihn augenblicklich mit über die Schwelle zu seinem Orgasmus.

"Hazel ...", keuchte er und presste sie mit aller Macht an sich, um sich so tief es ging in ihr zu ergießen. Zuckend genoss er jeden der brennend heißen Schübe in seinem Schwanz.

Erst Minuten später fühlte er sich dazu in der Lage, Hazel auf zitternden Knien ins Schlafzimmer zu tragen. Sie stöhnten beide auf, als er sich bei jedem Schritt in ihr bewegte.

Sanft legte er sie aufs Bett und stützte sich über ihr ab. Ihre wunderschönen, braunen Augen waren trüb und verhangen von der befriedigten Lust in ihr.

Er wusste genau, wie sie sich fühlte, denn er spürte es genauso. Diese alles umfassende Zufriedenheit, dieses verdammte Glück, diesen einen Menschen gefunden zu haben, der einem alles geben konnte, was man brauchte.

"Ich liebe dich", flüsterte er und küsste sanft ihre weiche Unterlippe.

Sie lächelte zufrieden. Ein Lächeln, für das er alles getan hätte.

"Mehr, als ich jemals zu träumen gewagt hätte", flüsterte sie zurück und zog ihn auf sich. Sie liebte es, unter ihm begraben zu sein, und auch für ihn gab es kein besseres Gefühl, als sie so nah bei sich zu wissen.

Hazel ergänzte ihn komplett, und Deacon war mehr als nur dankbar dafür, seine Seelenverwandte gefunden zu haben.

19 Eingeholt

HAZEL

Fassungslos starrte sie auf das Stück Papier in ihrer Hand. Ein paar wenige Zeilen, die ihr schwarz auf weiß das Ende prophezeiten.

Sie konnte nicht fassen, dass alles, wofür sie in den letzten Jahren gekämpft hatte, wegen ein paar kleinen Schwierigkeiten verloren gehen sollte. Bislang hatte sie noch immer die Möglichkeit gehabt, ihre Tilgung ein wenig aufzuschieben.

Ihre Hände zitterten, als sie immer und immer wieder die Zeilen las.

Sehr geehrte Frau Johnson,

leider müssen wir Ihnen mitteilen, dass wir keine weitere Stundung Ihrer Kredittilgung genehmigen können.

Bitte haben Sie Verständnis für diese Entscheidung, die sich Ihre Berater nicht leicht gemacht haben.

Gerne helfen wir Ihnen bei der Veräußerung Ihres Hauses.

Mit freundlichen Grüßen,
G.P. Porter
New York Community Bank

Das Klingeln an ihrer Tür riss sie zurück in die Gegenwart. Auf tauben Füßen ging sie zur Haustür und öffnete.

Das Lächeln auf Deacons Gesicht verschwand sofort, als er ihr bleiches Gesicht sah.

"Was ist passiert?", fragte er und schob sie zurück in den Hausflur, um dann die Tür hinter sich zu schließen.

"Ich … mein … sie …" Da sie anscheinend nicht fähig dazu war, auch nur einen vollständigen Satz zu formulieren, reichte sie Deacon den Brief.

Sie fühlte sich vollkommen überfahren. Nie im Leben hatte sie damit gerechnet, dass die Bank ihr einfach so alles wegnehmen würde, wofür sie so hart gekämpft hatte.

Der Schock sorgte dafür, dass sie noch nicht einmal die Kraft hatte, um in Tränen auszubrechen.

"Oh … ", war alles, was Deacon sagte, als er den Brief zu Ende gelesen hatte.

Sie nickte und nahm ihm das Stück Papier wieder ab, um danach in die Küche zu gehen. Fein säuberlich faltete sie den Brief wieder zusammen und steckte ihn in das Kuvert. Sie hatte noch einige Tage Zeit, um sich eine Lösung für all das zu überlegen.

"Ich kann dir helfen, das Haus zu verkaufen", sagte Deacon und Hazel erstarrte.

"Ich will das Haus nicht verkaufen", murmelte sie abwesend.

"Babe …"

"Nein!" Sie schnitt ihm rigoros das Wort ab. "Ich will es nicht verkaufen. Es ist mein Zuhause, hier wird meine Familie aufwachsen!"

Deacon starrte sie an, als hätte sie nicht mehr alle Tassen im Schrank.

"Und wie genau stellst du dir das vor? Wir schlafen noch nicht einmal hier!" Auch sein Ton war nun deutlich schärfer geworden, auch wenn er sich sichtlich beherrschte.

Er hatte recht, das war ihr durchaus klar, dennoch konnte sie nicht nachgeben. Sie konnte dieses Haus doch nicht einfach so aufgeben!

"Lässt sich ja ändern!" Auch wenn sie es sich – genauso wenig wie Deacon – nicht vorstellen konnte, mit ihm das gleiche Schlafzimmer zu teilen, wie sie es mit Sam gemacht hatte.

"Ich werde niemals in dieses Haus einziehen!", knurrte er. "Ich werde nicht den Traum dieses …" Sie sah, wie sehr er sich mühsam zusammenriss, nicht irgendetwas Böses über Sam zu sagen. "Mannes … finanzieren!"

Sie legte den Brief in die Schublade mit wichtigen Unterlagen und schob sie mit einem Knall zu.

"Ich brauche dein Geld nicht!", zischte sie, fühlte sich irgendwie von ihm verraten. Sie hatte ihn niemals darum gebeten, ihr finanziell den Arsch zu retten, so wie er es gerade darstellte.

"Ach wirklich?", fragte er mit einer hochgezogenen Augenbraue.

Dass er das Thema Bezahlung ihrer gemeinsamen Therapiestunden jemals gegen sie verwenden würde, hätte sie niemals gedacht.

Wütend schlug sie mit der flachen Hand auf seine Brust.

"Das war unter der Gürtellinie, Deacon!", zischte sie.

Bevor sie sich abwenden konnte, hatte er ihr Handgelenk zu fassen bekommen.

Mit aufeinandergepressten Kiefern und geschlossenen Augen atmete er tief durch.

"Du hast recht, es tut mir leid", brummte er schließlich, öffnete die Augen und sah sie eindringlich an.

"Ich mach das nicht nur für mich, Deac."

Er nickte. "Das war unfair. Kommt nicht mehr vor." Noch einmal atmete er tief durch. "Vielleicht sollten wir das Thema Haus auch lieber in einer Sitzung erörtern?"

Zögerlich nickte sie. Ganz egal, wie weit sie schon gekommen waren, dieser Teil ihrer gemeinsamen Vergangenheit würde immer ein Reizthema bleiben.

Er zog sie an sich und sie gab nach. Streiten wollte sie mit ihm nicht. Vor allem nicht gerade jetzt, wo es so gut zwischen ihnen lief.

"Okay … dann auf ins Central?"

Wieder nickte sie. Sie hatten sich mit Deacons Freunden – die irgendwie mittlerweile auch ihre Freunde waren – in Adams Bar verabredet.

Sie küsste Deacon aufs Kinn und machte sich dann aus seiner Umarmung frei.

So gut es ging schüttelte sie all die negativen Emotionen ab. Sie wollte Spaß haben, hatte sich diesen Abend verdient.

Nachdem sie sich Jacke und Schuhe angezogen hatte, warf sie noch einen letzten Blick in den Spiegel. Die enge Jeans und die hohen, schwarzen Stiefel standen ihr gut, auch wenn Deacon alles dafür tat, die verloren gegangenen Kilos wieder auf ihre Rippen zu bekommen, gefiel sich Hazel so ganz gut.

Deacon trat hinter sie und legte seine starken Arme um ihre Mitte.

"Du bist wunderschön", murmelte er und küsste sie auf die Schläfe.

Was sie im Spiegel sah, gefiel ihr, und damit meinte sie nicht sich selbst oder ihr Outfit, sondern ganz allein Deacon.

Dieser große, atemberaubend attraktive Mann gehörte ihr allein, und ganz egal, wie viel sie noch zu kämpfen hatten, sie würden es schaffen.

DEACON

"Warum ist bei euch schon wieder dicke Luft?", fragte Nick, kaum dass Hazel in Richtung der Toiletten gegangen war.

Deacon zuckte mit den Schultern. "Nicht so richtig … wir hatten uns kurz in den Haaren, haben es aber wieder aus dem Weg geräumt."

"Sehr gut! Ich brauch die Woche nämlich noch deine Hilfe mit Jordan."

Deacon runzelte die Stirn. "Und was hat das mit Hazel und mir zu tun?"

Slade lachte. "Weil du zu nichts zu gebrauchen bist, wenn bei dir und Hazel nicht alles im grünen Bereich ist."

"Lass das! Er liebt sie eben", ging Lilly dazwischen.

"Ich liebe dich auch, Babe, und trotzdem kann ich noch ganz normal weiterleben, wenn es mal nicht so rund läuft."

Die ganze Clique brach in schallendes Gelächter aus, was Slade ziemlich verdrießlich dreinsehen ließ.

"Aiden, wie hieß noch mal die Maklerin, mit der du immer zusammenarbeitest?", fragte Deacon.

"Sharon Wilder", sagte Aiden, wirkte aber abwesend. "Brauchst du ein Ferienhaus?"

Deacon schüttelte den Kopf. "Nö, ich nehm einfach deines, wenn ich mal rausmuss."

Wieder lachten alle, weil Aiden nur ergeben seufzte.

"Suchst du noch jemanden für die Bar?", fragte Hazel, die sich wieder neben Deacon auf einen der Barhocker fallen ließ.

Adam nickte und zapfte ein Bier für einen Kunden, der am Ende der Bar mit seinem leeren Glas wedelte.

"Ja, ich hab Milo schon beauftragt, sich in seinen Kreisen mal umzuhören."

Wenn Deacon sich richtig erinnerte, dann war Milo einer dieser Schauspielsternchen oder Modeltypen, die in New York durchstarten wollten, aber nie so richtig auf die Beine kamen.

"Kann ich mal Probearbeiten?", fragte Hazel und Deacon verschluckte sich fast an seinem Bier.

"Ich … ähm …" Adam sah ein wenig hilflos zwischen Hazel und Deacon hin und her.

"Warum zum Teufel willst du hier arbeiten?", platzte Deacon heraus.

Hazel schüttelte mit dem Kopf. "Wir sprechen nicht über dieses Thema."

"Welches Thema?", fragte Nick mit gerunzelter Stirn.

"Sie muss das Haus verkaufen", klärte Deacon die Runde auf.

Hazel funkelte ihn wütend an. "Ich muss einen Scheißdreck. Ich muss nur ein bisschen mehr Geld verdienen."

"Ich bin mir sicher, in deinem Arbeitsvertrag steht irgendwo, dass du keinen Job nebenbei haben darfst!", knurrte Deacon, der sich schon jeden Abend allein auf dem Sofa sitzen sah, während Hazel nur noch kurz zum Schlafen vorbeischaute.

"Ich darf doch einen Nebenjob haben, nicht wahr, Slade?", fragte Hazel mit ihrem "Keine Widerrede"-Ton.

"Ich … ähm …", stotterte Slade genauso galant wie Adam. "Ich glaube ja?" Es klang mehr wie eine Frage als eine Antwort.

"Hazel, das ist doch absurd!", knurrte Deacon. "Wofür brauchst du dieses Haus? Wir werden nicht darin wohnen!"

Sie sah ihn mit zu Schlitzen verengten Augen an. "Mit dir spreche ich nicht über dieses Thema!"

Im Augenwinkel sah er, wie Nick und Liam sich unauffällig davonschlichen.

Adam sah so aus, als würde er gern das Gleiche tun, aber Hazel hielt ihn auf.

"Also Slade hat nix dagegen. Könnte ich mal Probearbeiten?"

Adam schluckte und warf Deacon einen etwas hilflosen Blick zu. "Klar?"

"Super!" Hazel klang zufrieden.

Deacon atmete tief durch. "Das ist irrational, Hazel. Lass uns übermorgen in unserer Sitzung darüber sprechen."

Ihr aufmüpfiger, herausfordernder Blick sagte ihm nur allzu genau, dass sie sich so sehr in Rage geredet hatte, dass sie für vernünftige Argumente nicht mehr zugänglich war.

Ehe sie eine bissige Antwort geben konnte, zog er sie an sich. Er griff in ihre Haare und hielt ihren Kopf so fest, dass sie sich nicht aus seinem Griff winden konnte, als er in ihr Ohr flüsterte: "Bei Gott, Hazel! Ich werfe dich über meine Schulter, trage dich bis in meine Wohnung und halte dich da fest, bis du wieder zur Vernunft kommst, wenn du nicht sofort mit diesem Scheiß aufhörst!"

Sie seufzte, nickte aber schließlich zögerlich.

Deacon lockerte seinen Griff ein kleines bisschen. "Adam, wir verschieben das Probearbeiten auf nächste Woche."

Dieser nickte erleichtert, als wäre er froh, nicht länger zwischen den Fronten zu stehen und eventuellen Ärger abzubekommen.

"Aber danke schon mal für die Möglichkeit", fügte Hazel zuckersüß hinzu.

Deacon biss sie in ihr Ohrläppchen. "Heute Nacht wirst du erst mal rittlings auf mir arbeiten", flüsterte er und küsste sie knapp unter dem Ohr.

"Hey! Das hier ist nicht das Infinity", sagte Adam und klang belustigt. "Geht nach Hause, wenn ihr Sex haben wollt!"

Deacon schnaubte. "Du bist doch nur neidisch, weil Faith arbeiten muss!"

Adam grinste.

"Aber ich bin der Boss!", sagte Adam, griff nach Faith und hob sie hoch. Er küsste sie so leidenschaftlich, dass die ganze Bar wieder einmal zu jubeln begann.

Hazel schlang ihre Arme um Deacons Nacken und küsste ihn ebenfalls. Ihr Kuss war nicht weniger intensiv und innig wie der, den Adam und Faith teilten.

Aber Deacon war sich sicher, dass er um einiges besser war. Musste er sein, denn es konnte keinen vergleichbaren Kuss auf dieser Welt geben. Wie auch, wo es doch keine Frau gab, die Hazel das Wasser reichen konnte.

Er war sich sicher, dass sie eine Lösung für das Hausproblem finden würden. Eine Lösung, die nicht bedeutete, dass Hazel keine Zeit mehr für ihn hatte. Und wenn er diese beschissene Bude eben mitfinanzieren musste.

HAZEL

Federleicht malte sie mit ihren Fingern kleine Kreise auf Deacons nackte Brust. Sein Herz schlug gleichmäßig unter ihrem Ohr und beruhigte damit den Strudel aus Gedanken und Gefühlen, der sie gefangen hielt.

Nach dem fantastischen Sex in dieser Nacht war sie für ein paar Stunden eingeschlafen, jedoch sofort wieder aufgewacht, als die ersten Sonnenstrahlen durch die Jalousien in Deacons Schlafzimmer drangen.

Bei Tag betrachtet und ohne die Panik eines neuen Bankschreibens im Nacken konnte Hazel deutlich rationaler nachdenken.

Natürlich hatte Deacon recht. Es war absolut blödsinnig, ein Haus zu behalten, in dem sie nicht ihre Zukunft verbringen würden. Es war wie mit dem Minivan. Beides war Teil eines Plans, den andere Personen zu einer anderen Zeit, unter anderen Voraussetzungen geschmiedet hatten.

Aber es war ein Traum, dessen Verlust sie jedes Mal aufs Neue spürte. Sie musste ihn Stück für Stück bearbeiten. Nur weil sie bereit war, einen Teil davon aufzugeben und hinter sich zu lassen, hieß das nicht, dass der Wegbruch eines weiteren Stützpfeilers sie nicht ins Wanken brachte und ihr nicht aufs Neue wehtat.

"Pst!", brummte Deacon.

Sie lächelte. "Ich hab überhaupt nichts gesagt."

Er drehte sich zur Seite und barg ihr Gesicht an seiner Brust, dann legte er ein Bein über ihre und kesselte sie so ein.

"In deinem Kopf herrscht Krieg! Ich kann die Kanonen und Bomben bis zu mir hören."

Sie kicherte und küsste ihn auf die Brust. "Ich muss dich enttäuschen, wir sind schon in den Friedensverhandlungen. Du hast den Großteil verschlafen."

"Dann erzähl mir schnell die Kurzfassung der Geschichte, damit ich in Ruhe weiterschlafen kann."

Er gähnte herzhaft und rieb sein Kinn auf ihrem Scheitel.

"Es war einmal ein edler Prinz", begann sie und konnte sein Lächeln an ihrer Stirn spüren. "Der gekommen war, um die Prinzessin zu erobern."

"Nicht das ganze Land?", fragte er mit vor Müdigkeit träger Stimme nach.

Sie schüttelte den Kopf. "Nur die Prinzessin. Er wollte noch nicht mal ihr Schloss!"

Sie spürte, wie er sich ein klein wenig versteifte, redete aber einfach weiter.

"Erst fand sie das total doof, weil sie die Burg so lange vor all den Feinden in Anzug und mit Schlips verteidigt hatte …"

"Aber dann?", hakte er nach und streichelte über ihren Rücken.

"Aber dann hatte sie festgestellt, dass sie das Schloss gar nicht brauchte. Dass sie eigentlich nur den Prinzen wollte."

Er presste die Lippen auf ihre Stirn. "Eine ziemlich kluge Prinzessin, würde ich sagen."

Sie atmete einmal tief durch. "Ich werde es verkaufen … es ist das Richtige."

"Ich werde dir bei allem helfen … wenn ich ausgeschlafen habe, okay?"

Lächelnd kuschelte sie sich fester an ihn. Sie wusste, dass sie sich schlussendlich immer auf ihn verlassen konnte, auch wenn er manchmal etwas überreagierte.

"Deac?"

"Hm?"

"Ist dir klar, dass ich dann … zumindest vorübergehend hier einziehen müsste?"

Wieder grinste er. "Streich das vorübergehend, Babe", antwortete er sehr zufrieden.

Glücklich schloss sie die Augen. Zumindest für einen Moment, denn dann kam ihr schon der nächste Gedanke. "Ich weiß nicht, wohin mit all den Sachen, die im Hause sind."

"Das Bett kommt weg", sagte er bestimmt.

Sie nickte.

"Aber es sind viele Dinge, die ich behalten möchte. Auch Erinnerungen, aber auch Sachen, die ich wirklich brauche."

Deacon seufzte und löste sich ein Stückchen von ihr, um sie anzusehen. Er sah herrlich verschlafen aus mit wirr abstehendem Haar und Augen, die noch gar nicht ganz aufgingen. Sein Bartschatten ließ sein Gesicht kantiger und maskuliner wirken.

"Das wird nix mit dem Weiterschlafen, oder?", brummte er.

Sie lächelte verlegen.

"So viele Gedanken", sagte sie und deutete auf ihren Kopf.

Er setzte sich auf und schwang die Füße aus dem Bett. Dann zog er sich Boxershorts über.

"Ich hole uns Kaffee, und dann erzähle ich dir von dem großen Lagerraum über dem Boxclub, der meines Wissens fast leer ist."

Sie stand ebenfalls auf und zog sich eines von Deacons Shirts über, die am Boden lagen. Er war ein absoluter Chaot, was den Haushalt betraf, aber darin würde sie ihn unterstützen können, wenn sie erst einmal bei ihm wohnte.

Er folgte ihr in die Küche und tätschelte dabei ihren Hintern.

"Ich liebe es, wenn du nur ein Shirt von mir trägst."

Sie lächelte ihn über ihre Schulter hinweg an. "Ich habe auch nichts anderes anzuziehen hier", gab sie vollkommen zufrieden zurück.

"Das wird sich bald ändern", sagte er und hob sie auf die Arbeitsplatte, ehe er sich daranmachte, den Kaffee vorzubereiten.

Sie nickte und nahm zwei Tassen aus dem Oberschrank neben ihr.

"Und auch das werde ich dann lieben", sagte er. "Ich kann es kaum erwarten, dass du endlich ganz bei mir lebst."

Sie lächelte und spreizte die Beine, als er sich zwischen ihre Knie schob.

"Ich werde einziehen und jede Menge Chaos mitbringen", sagte sie und schlang ihre Arme um seinen Nacken.

Er grinste sexy und streichelte über ihre Schenkel. "Du musst für deine Unterkunft in Naturalien bezahlen, klar, oder?"

Sie küsste ihn auf den Mund und lächelte, als er sofort mehr von ihren Küssen wollte.

"Vielleicht kann ich ja schon mal vorarbeiten?"

"Guter Plan", brummte er und presste seine Lippen auf ihre.

20 Verdammtes Haus

HAZEL

"Und deshalb denke ich, es ist die richtige Entscheidung, das Haus zu verkaufen", endete Hazel ihre Ausführungen vor dem Psychologen.

Dieser nickte beifällig. "Das war eine sehr gute und rationale Entscheidung, Hazel", sagte Dr. Fortman. "Ich freue mich, dass Sie diesen Konflikt allein lösen konnten."

Sie nickte und war innerlich stolz auf sich selbst. Der Anruf bei ihrem Bänker, um diesem mitzuteilen, dass sie das Haus verkaufen würde, war ihr verdammt schwergefallen, und sie hatte es tagelang hinausgezögert. Genau genommen so lange, bis Deacon ihr das Telefon in die Hand gedrückt hatte und mit erhobener Augenbraue gewartet hatte, bis sie dieses unangenehme Gespräch hinter sich gebracht hatte. Deacon war ihr Fels in der Brandung. Auch wenn es ihm manchmal schwerzufallen schien, bewahrte er immer die Ruhe und einen klaren Kopf, wenn sie völlig in ihren Gefühlen versank.

DEACON

Er war mehr als nur froh, als sie die Sitzung endlich hinter sich hatten. Dieses ständige Reden über Gefühle war nicht seine Welt, auch wenn er verstand, wie wichtig es für Hazel und ihre Beziehung war.

Sie hatten sich darauf geeinigt, dass Hazel die nächsten Male allein zu Dr. Fortman ging und er erst wieder mitmusste, wenn es Probleme zwischen ihnen gab.

"Sehen wir uns im Club?", fragte Deacon.

Hazel nickte. "Kommst du nicht gleich mit?"

"Nein, ich habe noch … einen Termin." Er hoffte, dass sie sein Zögern nicht gehört hatte. "Nick hat angeboten, übermorgen mit dir zur Wohlfahrt zu fahren. Bist du bis dahin so weit mit Ausmisten?", fragte er, um sie abzulenken.

Nick hatte einen Pick-up, der deutlich besser dafür geeignet war, die ganzen Kartons zu transportieren, als Deacons Ford.

Hazel nickte abermals und ließ sich flüchtig von ihm auf die Lippen küssen, ehe sie aus dem Wagen stieg.

Kaum hatte sie die Tür zugeworfen, gab er auch schon Gas. Er wollte auf keinen Fall zu spät kommen.

HAZEL

"Danke, dass du mir hilfst, Nick." Sie hatte in den letzten beiden Tagen vieles von ihren Sachen ausgemistet. Allen voran Sams Kleidung, Handtücher und Bettwäsche.

Sie hatte diese Arbeit allein gemacht und währenddessen viele Erinnerungen an Sam verarbeitet. Dass Deacon ihr dabei zusah, wie sie um Sam trauerte, wenn sie eines seiner Lieblingshemden in einen der großen, blauen Säcke stopfte, kam nicht infrage. Diesen Schmerz wollte sie ihm nicht zumuten.

Deacon hatte auch nicht wirklich versucht, sie vom Gegenteil zu überzeugen. Er hatte im Moment viel Arbeit, war wenig im Boxclub und auch sonst irgendwie immer ein wenig auf dem Sprung, als hätte er Termine.

Manchmal überlegte sie, ob er ihr absichtlich aus dem Weg ging. Wenn ja, könnte sie es ihm nicht übel nehmen. Wer wollte schon dauernd seine Freundin als heulendes Häufchen Elend sehen?

"Kein Problem. Ich hab die Tage frei", antwortete Nick und schleppte einen weiteren Karton zu seinem Pick-up.

Ein wenig unangenehm war es Hazel, dass Deacon seinen Freund die ganze Arbeit allein machen ließ. Das bisschen, das sie selbst zustande brachte, wertete sie nicht wirklich als Unterstützung.

"Nur noch drei Kartons", sagte sie in der Hoffnung, motivierend zu klingen.

Nick griff nach ihren Schultern und sah ihr in die Augen. "Hör zu, Kleines. Ich mache Dinge, weil ich sie gern mache, und niemals, weil ich mich verpflichtet dazu fühle. Wenn Deac mich also fragt, ob ich dieses Zeug fahren kann, und ich Ja sage, dann meine ich das zu hundert Prozent so, okay?"

Sie lächelte schwach.

"Sagst du auch mal Nein?"

Er grinste. "Aber natürlich. Hab gestern erst eine Frau aus meinem Bett geworfen, nachdem sie gefragt hatte, ob sie über Nacht bleiben könnte."

Schockiert sah sie ihn an. "Das hast du nicht getan!"

Nick grinste und nahm die nächste Box.

"Nick! Das ist grauenvoll!", rief sie ihm nach und folgte ihm mit einem der leichteren Säcke.

Am Pick-up angekommen stellte er den Karton ab und warf dann den Sack auf die Ladefläche. "Nein, ist es nicht, Kleines. Ich habe ihr von Anfang an die Wahrheit gesagt. Was kann ich dafür, wenn die Frauen immer denken, sie könnten meine Meinung schon noch ändern, nur weil sie blasen können wie eine Pornoqueen."

Sie zuckte zusammen, wollte sich nicht vorstellen, wie Nick einen Blowjob bekam.

"Aber wenn du weißt, dass sie sich Hoffnungen machen, solltest du sie nicht mitnehmen!"

Mit dem letzten Karton in der Hand stieg er die Stufen vom Haus hinab.

"Dann hätte ich gar keinen Sex mehr und das kanns doch auch nicht sein", gab er lachend zurück. "Sieh mich an, es wäre eine Schande, wenn ich diesen Körper nicht teilen würde."

Hazel verdrehte die Augen. "Es reicht doch, wenn du ihn mit einer Frau teilst!"

Nick blinzelte. "Und was ist mit den Männern? Wo bleibt die Gleichberechtigung?!"

Hazels Mund klappte auf und sie wurde rot. "Also … ähm … ich wusste nicht …"

"Dass ich alle Geschöpfe Gottes gleich schön finde?", feixte er

Mit noch immer rotem Kopf stieg sie in den Wagen und murmelte ein unverbindliches: "Mhm …"

Nick grinste. "Das muss dir nicht peinlich sein, Kleines. Es gibt so vieles zwischen Himmel und Hölle. Ich will einfach alles ausprobieren."

Hazel schwieg. Was sollte sie dazu auch sagen? Es war so fern ihrer Vorstellungskraft, dass sie keine passenden Worte fand.

"Keine letzten Worte?", fragte er.

Sie lächelte. "Versuch einfach, nicht zu viele gebrochene Herzen auf deinem Weg zu hinterlassen … wäre schlecht fürs Karma, und ich fände es sehr schade, wenn du nicht mit uns anderen im Himmel feiern könntest."

Er griff nach ihrer Hand und drückte sie. "Du bist eine von den Guten, Hazel." Er lenkte den Wagen in Richtung Manhattan. "Ich muss noch kurz etwas bei einem Kollegen abgeben", sagte er und Hazel nickte. Sie hatte nichts mehr vor an diesem Tag.

Nick parkte den Wagen in einer belebten Straße. Während er mit einem kleinen Päckchen in der Hand ein Haus durch eine schmale Tür neben einem Blumenladen betrat, sah sie sich in der Gegend um.

Die meisten Menschen liefen geschäftig die Straßen entlang, drängelten sich an den langsameren vorbei oder motzten genervt vor sich hin, während sie halb auf der Straße liefen.

Glücklicher wirkten dagegen die, die auf den kleinen Terrassen der Cafés saßen, die sich entlang der belebten Straße reihten. Sie lächelten, unterhielten sich oder lasen eine Zeitschrift. Menschen in jedem Alter, die einfach nur im Moment lebten.

Dann blieb ihr Blick an einer ihr vertrauten Silhouette hängen. Sie blinzelte mehrere Male, aber es bestand kein Zweifel. Einer der zufriedenen Menschen in den Cafés war Deacon.

Deacon, der glücklich lächelnd mit einer Frau mit dunkelroten Haaren an einem Tisch saß, während sie sich leise Dinge zuflüsterten.

Sie schluckte schwer, als sich ein Kloß in ihrer Kehle bildete. Das unangenehme Kribbeln in ihrem Nacken konnte sie genauso wenig ignorieren wie den Knoten in ihrem Magen.

Sie wollte gerade aussteigen und zu den beiden hinübergehen, als Nick zurück in den Wagen stieg.

"Hat einen Moment länger gedauert, sorry", sagte er und startete den Wagen.

Hazel antwortete nicht, starrte nur weiter auf Deacon und die schöne Frau, die just in diesem Moment ihre Hand auf seine legte.

Ein Stich in ihrem Herzen zwang sie dazu, sich abzuwenden. Es musste eine Erklärung für all das geben. Deacon würde sie nicht einfach so betrügen. Nicht nach allem, was gewesen war

Wieso sollte er sich die Mühe geben und mit ihr sogar zu einer Therapie gehen, nur um dann eine Affäre zu haben?

Oder war es ihm schlussendlich doch zu viel geworden und er sehnte sich nach mehr Leichtigkeit? Immerhin hatte er deutlich gemacht, dass er erst mal genug von den Sitzungen bei Dr. Fortman hatte.

Hatte er auch genug von ihr? Oder bildete sie sich das alles nur ein?

DEACON

Mehr als nur glücklich sperrte er die Tür zu seinem Appartement auf. Er konnte es kaum erwarten, Hazel endlich wieder in seine Arme zu nehmen.

"Babe?", rief er und ging ohne Umweg zum Kühlschrank, um sich ein Bier herauszunehmen.

"Hi."

Sie tauchte im Türrahmen zum Schlafzimmer auf, hatte einen großen Männer-Hoodie an, der ganz sicher nicht seiner war.

Er runzelte die Stirn. "Woher hast du den denn?", fragte er aus dummer Eifersucht, denn eigentlich wusste er die Antwort doch bereits. Sam. Woher sonst? Hazel würde ihn niemals betrügen. Warum musste er also ausgerechnet danach fragen und dieses Sam-Thema erneut aufmachen?!

Sie sah an sich hinab und zupfte dann an den zu langen Ärmeln.

"Nick hat ihn mir geliehen. Mir war auf einmal sehr kalt, als wir zur Kleidersammlung gefahren sind."

Sie sah ihn auf eine Art an, die er nicht einordnen konnte, beschloss aber, sie am besten zu ignorieren. Er nahm eine zweite Flasche aus dem Kühlschrank und öffnete sie, ehe er zu Hazel hinüberging.

Beide Flaschen in der einen Hand griff er mit der anderen in ihren Nacken und zog sie an sich. Dann küsste er sie zärtlich auf den Mund.

"In meinen Klamotten gefällst du mir besser", murmelte er.

Ein kleines Lächeln umspielte ihre Mundwinkel. "Solange das so ist, ist ja alles gut zwischen uns, oder?"

Deacon zog die Augenbrauen zusammen. "Zwischen uns ist immer alles gut." Er schob sie vor sich her zu einem der Sessel, ließ sich fallen und wartete, bis sie sich rittlings auf ihn gesetzt hatte. Dann gab er ihr eine Flasche.

"Cheers, Honey."

"Cheers", antwortete sie, und er bemerkte, dass sie ihn ganz genau beobachtete.

"Lief es gut heute?"

Sie nickte. "Wir haben viel geschafft. Am Ende der Woche sollte ich alles so weit vorsortiert haben."

"Klasse. Dann kannst du ja endlich bei mir einziehen", gab er grinsend zurück.

Sie legte den Kopf schräg. "Soll ich das?"

Verwundert sah er sie an. "Natürlich, darauf warte ich doch die ganze Zeit."

Sie zuckte mit den Schultern. "Ich dachte nur, weil du heute ziemlich vertraut mit einer hübschen Rothaarigen gewirkt hast."

Deacon stockte einen Moment, dann lachte er. "Bist du etwa eifersüchtig?"

Erneut bekam er nur ein Schulterzucken, was ihn breit grinsen ließ. "Du *bist* eifersüchtig!"

"Das ist nichts, worauf man stolz sein darf, Deacon!"

Er griff nach ihren Hüften und zog sie noch näher, dann nahm er ihr Bier und stellte beide Flaschen auf den Beistelltisch.

"Ich bin ziemlich stolz sogar, das heißt doch nur, dass du mich liebst, erinnerst du dich?"

Sie lächelte und streichelte dabei unterbewusst seine Brust.

"Vielleicht liebe ich dich in Zukunft gar nicht mehr, wenn du mich eifersüchtig machst."

Er griff in ihren Nacken und zog sie zu einem Kuss zu sich.

"Eine Zukunft, in der wir uns nicht lieben, kann ich mir nicht vorstellen", flüsterte er und streichelte sanft ihren Nacken. Er würde sicher niemals genug von ihr bekommen.

Sie lächelte zufrieden, pikte ihn dann aber mit einem Finger in die Brust. "Wirst du mir jetzt sagen, wer sie war?"

Er zögerte, um sie ein wenig zu ärgern. Dann drückte er seine Lippen auf ihre.

"Eine Maklerin, die Aiden mir empfohlen hat." Er streichelte ihre Hüften. "Du warst so mit dir selbst und den vielen Erinnerungsstücken beschäftigt, da dachte ich, ich nehme dir diesen Teil ab."

Plötzlich sammelten sich Tränen in ihren Augen. Hilflos musste er mit ansehen, wie ihr wunderschönes Lächeln zittrig wurde.

"Mein Gott, Hazel! Das wollte ich nicht! Ich dachte, ich tue dir etwas Gutes! Ich wollte dich nicht unter Druck setzen … oder was auch immer ich sonst falsch gemacht habe!"

Sie schüttelte den Kopf und biss sich auf die zitternde Unterlippe.

"Das ist es nicht … du bist … du bist einfach so perfekt, dass es mich unglaublich glücklich macht", flüsterte sie.

Widerwillig grummelnd wischte er ihr die Tränen von den Wangen.

"Wenn das heißt, dass du gleich zu heulen anfängst, mach ich so was nicht mehr!"

Sie schmiegte sich an seine Brust und genoss es, als er fest seine starken Arme um ihren Körper legte, sie an sich zog und in seiner Umarmung geborgen hielt.

"Es tut mir leid. Gleich wieder vorbei", versicherte sie.

"Babe?", fragte er und stützte sein Kinn auf ihrem Scheitel auf.

"Hm?"

"Aber ich bin sehr froh, dass du keine voreiligen Schlüsse gezogen hast und durchgedreht bist wegen Sharon."

"Sharon?"

"Der Maklerin." Er atmete tief ihren süßlichen Geruch ein. "Es war genau richtig, mich einfach darauf anzusprechen."

Sie richtete sich auf und sah ihm lange in die Augen. "Ich vertraue dir, Deacon. Ich weiß, dass du mir immer die Wahrheit sagen wirst."

Er lächelte. "Ich bin froh, dass ich über dich genau das Gleiche sagen kann."

Dann schob er ihren Oberkörper ein kleines bisschen zurück. "Und jetzt runter mit dem Teil!" Er griff nach dem Saum des Hoodies. "Ich mag es gar nicht, wenn du nach Nick riechst, das ist fast so, als würde mein Freund auf mir sitzen und nicht die heißeste Frau des Universums!"

Hazel lachte und zog sich den Hoodie über den Kopf. "Dann musst du aber dafür sorgen, dass mir warm bleibt, Mister", murmelte sie und beugte sich zu ihm, um ihn leidenschaftlich zu küssen.

Nichts lieber als das!, dachte er grinsend.

HAZEL

Sie schluckte schwer, als sie den Verkaufsvertrag unterzeichnete. Auch wenn es das Richtige für ihre Zukunft war, wenn es absolut die richtige Entscheidung war, das Haus zu verkaufen, so tat es ihr doch weh.

Aus diesem Grund hatte sie sich auch am Vorabend in Adams Bar betrunken.

Sie hatte schwer mit sich gehadert, bis Lilly zu ihr gesagt hatte: "Du kannst für immer deine Vergangenheit verwalten oder anfangen, deine Zukunft zu planen."

Lilly hatte recht. Sie konnte nicht immer das Gleiche tun und dabei erwarten, dass sich irgendetwas in ihrem Leben änderte.

"Alles okay?", fragte Deacon und legte ihr einen Arm um die Schultern, als sie das Gebäude verließen.

Sie lächelte ihn bemüht an. "Ja. Es ist das Richtige, auch wenn es sich für den Moment nicht ganz danach anfühlt."

Er presste seine Lippen auf ihre Schläfe. "Wir gehen jetzt zur Feier des Tages bei Drake essen. Ich habe schon angerufen."

Sie lehnte sich im Gehen an ihn. "Was genau feiern wir denn?"

"Den ersten Tag deines neuen Lebens, Honey. Du bist jetzt ohne Schulden, kannst tun und lassen, was immer du möchtest."

Sie lächelte zu ihm auf. "Heißt das etwa, ich brauche dich gar nicht mehr?", neckte sie ihn.

Er schnaubte. "Ich werde dir schon noch zeigen, wie sehr du mich brauchst", antwortete er mit einem anzüglichen Lächeln.

Ganz egal, wie traurig es sie machte, einen weiteren Teil ihrer Vergangenheit gehen zu lassen, freute sie sich doch auf die Zukunft.

Eine Zukunft zusammen mit Deacon. Eine Zukunft mit tollen Freunden, die ihr loyal zur Seite standen.

Das hatten die vielen Nachrichten am heutigen Tag bewiesen.

Manche waren aufmunternd, manche verpassten ihr einen Arschtritt, und andere erinnerten sie daran, dass sie morgen um die gleiche Zeit all ihre Besitztümer in Deacons Wohnung oder Slades Lager bringen würden.

Alle zusammen. Jeder Einzelne wollte kommen und ihnen helfen.

Slade hatte sogar einige der jungen Nachwuchsboxer zum Kistenschleppen verdonnert. Allen voran Brad, der ihr laut Slade sowieso noch einiges schuldig war.

Mit allen zusammen würden sie den endgültigen Umzug ratzfatz hinter sich bringen, wie Deacon es versprochen hatte.

DEACON

Er lächelte belustigt, als Hazel aufgeregt die letzten Kartons koordinierte, die in Deacons Wohnung gebracht werden mussten.

Es waren nicht allzu viele Dinge, die schlussendlich bei ihm landeten. Hauptsächlich Kleidung und Kosmetik, ein paar wenige Erinnerungsstücke und Hazels Papierkram.

Alles andere, was von ihrem Haushalt übrig geblieben war, hatten Slades Jungs bereits in das Lager über dem Boxclub gebracht.

Deacon hatte mit mehr Transportschäden gerechnet, aber die Jungs hatten nur eine Lampe auf dem Gewissen.

Hazel hatte lächelnd mit den Schultern gezuckt und allen versichert, dass sie nicht sonderlich an ihr gehangen hatte. Alles andere hatte sicher seinen Bestimmungsort erreicht.

Als die letzte Kiste verstaut war, hatte sie alle eingeladen, mit ihr am Freitag in Adams Bar zu feiern. Dieser hatte ihr versprochen, dass sie sämtliche Getränke zum Einkaufspreis bekam, auch wenn es Hazel finanziell deutlich besser ging, seit die Schulden vom Haus endlich beglichen waren.

Hazel gehörte jetzt zu seiner kleinen, selbst gewählten Familie, was auch für seine Freunde galt. Deacon war sich sicher, dass jeder Einzelne von ihnen für Hazel sein letztes Hemd geben würde.

Schwungvoll nahm er sie auf die Arme und trug sie nach draußen auf die Straße.

"Deac, was machst du da?", quietschte sie lachend.

"Dich über die Schwelle tragen, Babe. Ich werde vom ersten Tag an alles richtig machen!", sagte er und betrat mit ihr auf den Armen feierlich das Haus und dann die Wohnung.

"Das ist ein hehres Ziel, Deacon."

Er zuckte mit den Schultern und kickte die Wohnungstür mit dem Fuß zu.

"Du bist es wert", sagte er und trug sie weiter ins Schlafzimmer.

"Darf ich dich in fünf Jahren daran erinnern, wenn ich dich mit meinen kleinen Eigenheiten in den Wahnsinn getrieben habe?"

Er legte sie auf dem Bett ab, stützte sich über ihr ab und küsste sie sanft.

"Du darfst mich jeden Tag daran erinnern, was ich für ein verdammter Glückspilz bin", murmelte er.

Sie schlang ihre Arme um seinen Nacken und zog ihn zu weiteren Küssen zu sich.

"Du hast nicht mal halb so viel Glück gehabt wie ich", murmelte sie an seinen Lippen und zog dann ungeduldig an seinem Shirt.

Deacon griff in seinen Nacken und streifte sich das Shirt ab. Fasziniert beobachtete er sie dabei, wie sie ihn musterte und die Lust in ihren Augen deutlich zu sehen war.

Sie richtete sich auf, presste ihre Lippen erneut auf seine, während sie sich an dem Bund seiner Hose zu schaffen machte.

Ihre Finger auf seiner Haut zu spüren, jagte heiße Blitze durch seinen Körper, steigerte seine Ungeduld ins Unermessliche.

"Ich brauche dich", keuchte er ungeduldig und zerrte ihr die Jeans vom Leib.

Hazel half ihm, indem sie ihren Pullover auszog. Wie so oft trug sie keinen BH, was seinen sowieso schon schmerzhaft steifen Schwanz pulsieren ließ. Er griff nach ihren Brüsten, massierte sie und drückte die kleinen, harten Spitzen zwischen seinen Fingern, bis sie laut aufstöhnte.

Sie schob ihm die Shorts von den Hüften, beugte sich nach vorn und nahm seinen Schwanz ohne

Vorwarnung in den Mund. Genüsslich saugte sie an ihm, nahm ihn immer wieder tief in ihren Mund auf und verwöhnte die Spitze mit ihrer Zunge.

Alles in Deacon zog sich zusammen, er packte ihre Haare und hielt ihren Kopf fest. Dann fing er an, sich in ihrem kundigen Mund zu bewegen.

Ein Blick nach unten zeigte ihm, dass sie ihn genau dabei beobachtete, wie er sich an ihrem Mund befriedigte.

Die Art, wie sich ihre Wangen unter dem Unterdruck immer wieder nach innen zogen, während ihre großen, braunen Augen seinen Blick hielten, ließ ihn erschauern und vor Lust laut aufstöhnten.

"Fuck … Hazel", keuchte er und schob sich tiefer in ihren Mund.

Als seine Eier zu ziehen begannen, riss er sich von ihr los, wollte noch nicht kommen, wollte, dass diese Nacht unvergesslich wurde.

Er drückte sie zurück aufs Bett und ging zwischen ihren Beinen auf die Knie. Schnell legte er sich ihre Beine auf die Schultern und vergrub sein Gesicht an ihrer Mitte.

Sie stöhnte seinen Namen, verkrallte sich in seinen Haaren und presste ihn an sich, während seine Zunge ihre Schamlippen teilte. Er kostete ihre süße Nässe, reizte ihre Klit mit seiner Zunge und fuhr immer wieder tief in ihre Öffnung.

Sie erstarrte, als er seine Zunge weiter nach unten wandern ließ und nach ihrem Damm auch ihren Anus liebkoste. Ihr Keuchen und das Beben ihres Körpers zeigten ihm, wie sehr es sie erregte.

Sie presste ihre Beine zusammen, hielt ihn fest, doch er konnte nicht länger warten. Die Beine noch immer auf seinen Schultern schob er sich über sie, nahm seinen schmerzhaft harten Schwanz in die Hand und drückte seine Spitze in ihre nasse Pussy.

Ihr Innerstes zuckte, als er ein ums andere Mal heftig in sie stieß, sie dehnte und ausfüllte, sie dazu trieb, ihn vollständig aufzunehmen.

Hazel zuckte jedes Mal leicht zusammen, wenn er sich bis zum Anschlag in sie schob, doch ihr raues Stöhnen machte deutlich, wie sehr es ihr gefiel, so tief genommen zu werden.

Angetrieben von ihrer Lust und der Art, wie sie sich an ihn klammerte, stieß er immer schneller und härter in sie, nahm sie genau so, wie sie beide es in diesem Moment nötig hatten, bis Hazel mit einem lauten Schrei kam.

Nur wenige Stöße später folgte er ihr, presste sich so tief es ging in sie und hielt sie so, während er sich in ihr ergoss.

Er küsste sie flüchtig auf die Lippen und ihre verschwitzte Stirn, dann drehte er sie auf den Bauch und drang erneut in sie ein.

Hazel stöhnte, als er sein noch immer erigiertes Glied in ihr bewegte, bis er wieder vollkommen steif war. Er wollte sie noch einmal, bekam einfach nicht genug von ihr. Er ließ seine Hüften kreisen, reizte sie so lange, bis sie ihrem nächsten Orgasmus entgegenfieberte.

HAZEL

Stunden später lagen sie beide vollkommen ausgepowert nebeneinander. Deacon hatte sie auf jede nur erdenkliche Art und Weise genommen, hatte ihr Orgasmen beschert, von denen sie bislang keine Ahnung gehabt hatte, dass sie möglich waren … dass sie *ihr* möglich waren.

"Das war … wow", keuchte sie. Ihr Herz raste noch immer, nur ihr Körper war zu schwach, um auch nur ein Lid zu heben.

"Ziemlich intensiv", stimmte er brummend zu.

Sie lächelte träge. "Das ist wohl die Untertreibung des Jahres."

Sie hörte Deacons raues Lachen, das ihr eine Gänsehaut bescherte.

"Ich will, dass du davon träumst, heute Nacht", murmelte er.

Unter Aufbietung all ihrer Kräfte drehte sie den Kopf und sah ihn fragend an.

"Warum?"

Er grinste träge. "Das, wovon man in der ersten Nacht in der neuen Wohnung träumt, geht für die Zukunft in Erfüllung."

Sie erwiderte sein Grinsen. "Also gibt es für die Zukunft nur unbeschreiblich guten … oder besser gesagt fantastischen Sex?"

Sein Grinsen wurde selbstgefällig.

"Unbeschreiblich guten oder besser gesagt fantastischen Sex *mit mir*!"

Zufrieden lächelte sie.

"Es gibt niemanden, mit dem ich sonst unbeschreiblich guten oder besser gesagt fantastischen Sex haben möchte."

Er erwiderte ihr Lächeln.

"Es gibt niemanden, mit dem ich sonst meine Zukunft verbringen möchte. Ganz egal, wie sie aussieht."

Sie drehte sich auf die Seite und streckte sich, bis sie federleicht seine weichen, vom Küssen geschwollenen Lippen kosten konnte.

"Ich liebe dich unbeschreiblich, Deac." Manchmal war es mehr, als sie ertragen konnte, weil die Vorstellung, ihn zu verlieren, ihr unglaubliche Angst bereitete.

Aber dann stellte sie sich vor, wie es wäre, diese Liebe niemals erfahren zu haben, und beschloss, dass jede Minute an Deacons Seite jeden noch so großen Schmerz wert sein würde. Sie gehörte zu ihm, unwiederbringlich, mit allem, was dazugehörte.

"Mehr als alles in meinem Leben, Honey. Mehr als mein Leben."

Er zog sie an sich, bis sie sein Herz gleichmäßig unter ihrem Ohr schlagen hören konnte. Sie war genau da angekommen, wo sie hingehörte.

An Deacons Seite. Für immer.

21 Epilog

HAZEL

"Wo zum Teufel bringst du mich hin?", fragte sie, konnte aber nicht ernst bleiben, sondern kicherte wie ein kleines Mädchen, als Deacon sie an den Hüften vor sich herschob.

Die Augen hatte er ihr verbunden und sie liefen seit einer gefühlten Ewigkeit durch die Gegend.

"Geduld ist nicht deine Stärke, oder, Babe?", fragte Deacon und sie hörte das Lächeln in seiner Stimme.

"Nein, absolut nicht. Überraschungen sind nicht so mein Fall."

Deacon küsste sie auf den Nacken. "Schade aber auch. Ich liebe es, Überraschungen zu machen."

"Du quälst mich absichtlich, oder?", fragte sie und ließ ihren Kopf zurück an seine Schulter fallen.

"Ja, ich hab dich viermal um den Block geführt, nur um dich zu ärgern."

Er blieb stehen und streichelte sanft über ihre Oberarme.

"Bereit?"

Sie schnaubte. "Ich bin schon seit zwanzig Minuten so weit, du wolltest im Kreis laufen."

Sie spürte sein Lächeln an ihrem Nacken, als er sie dort sanft küsste, ehe er ihr die Augenbinde abnahm.

Da es plötzlich um einiges heller war, blinzelte sie heftig, ehe sie das kleine, rote Backsteingebäude ausmachen konnte.

Es war eines dieser liebevoll restaurierten Häuschen mit roter Backsteinfassade und strahlend weißen Fensterrahmen. Sogar die Stufen zur weißen Haustür sahen aus, als wären sie auf Hochglanz poliert worden. Es war sehr schmal, dafür aber bestimmt vier Stockwerke hoch, wie viele der typischen Nischenbauten in dieser Gegend.

Fragend drehte sie den Kopf, bis sie in Deacons strahlendes Gesicht sehen konnte.

"Was …?"

"Gefällt es dir?"

Ihre Hände begannen ganz aufgeregt zu zittern. "Ist das … Hast du …?"

Er lächelte. "Wenn es dir gefällt … also nur wenn es dir wirklich gefällt, dann könnte es unseres sein."

Sie drehte sich zu ihm, schlang ihre Arme um seinen Nacken, presste ihn an sich. "Ist das dein Ernst?"

"Ja." Sie spürte seinen Atem an ihrem Ohr. "Willst du es ansehen?"

Sie nickte aufgeregt und löste sich von ihm. "Das ist … wow! Wie bist du da drangekommen? Das hier ist doch sogar ganz in der Nähe zum Boxclub!"

Deacon nickte. "Wenn man hinten über den Garten das Grundstück verlässt, dann kommt man über eine kleine Gasse in das Gewerbegebiet, in dem der Club liebt. Ungefähr fünf Minuten zu Fuß", sagte er und überreichte ihr den Schlüssel, damit sie aufschließen konnte.

Ihre Finger zitterten, als sie ihn ins Schloss schob und so lang drehte, bis sie das leise Klicken hörte. Aufgeregt sah sie zu Deacon auf, der ihr aufmunternd zunickte, aber auch seine Augen strahlten.

"Sharon verkauft es für ein älteres Ehepaar, dem wichtig ist, dass eine kleine Familie … oder Bald-Familie hier einzieht. Sie wollten auf jeden Fall vermeiden, dass es an einen Immobilienhai geht."

Hazel verschränkte ihre Finger mit seinen.

"Eine Bald-Familie also?"

Er lächelte und schob sie die Stufen nach oben, obwohl sie noch nicht einmal das Erdgeschoss ansehen konnte.

"Na ja … du hast mir in den letzten Wochen so viel von deinen Träumen und Wünschen für die Zukunft erzählt, da dachte ich, wir können ja schon mal daran arbeiten."

Er dirigierte sie in ein kleines Zimmer, das zur Straße hinaus zeigte.

"Das könnte mein Büro werden. Ich kann hier arbeiten und gleichzeitig auf die Kinder aufpassen, wenn du im Club bist."

Ihr Herz setzte einen Schlag aus, nur um dann stotternd doppelt so schnell weiterzuschlagen. Er nahm ihre Wünsche wirklich ernst, verstand, dass sie nicht für immer daheim sein wollte, um ihre Kinder zu hüten, dass sie eine gleichberechtigte Partnerschaft suchte, in der jeder seinen Teil zum Ganzen beitrug.

Doch ehe sie antworten konnte, schob er sie schon weiter, ein weiteres großes Zimmer mit Blick zur Straße.

"Und das könnte unser Schlafzimmer sein, in dem wir all die kleinen Babys produzieren", sagte er grinsend.

"Und die Kinderzimmer einen Stock höher?"

Er nickte.

"Damit ich jeden höre, der zu ihnen will. Da müssen sie schon an mir vorbei!"

Lächelnd und mit vor Rührung feuchten Augen schmiegte sie sich an ihn.

"Hat dir mal jemand gesagt, wie perfekt du bist?"

Deacon grinste. "Ich weiß, wie du es mir danken kannst."

Fragend sah sie ihn an. Er räusperte sich und machte einen Schritt zurück. Dann ging er vor ihr auf die Knie.

"Hazel … du bist mehr, als ich jemals zu träumen gewagt hätte. Du bist einfach so in mein Leben gestolpert und hast es auf den Kopf gestellt. Ich habe nie daran geglaubt, dass ich so eine Frau wie dich finden könnte. Hier, mitten in New York, in meinem verkorksten Leben …"

Er räusperte sich noch mal, als fiele es ihm schwer, die Worte auszusprechen.

"Plötzlich warst du da, warst so viel mehr, als ich für möglich gehalten hätte, und hast dich zu allem entwickelt, was ich zum Leben brauche."

Er zog ein kleines Samtschächtelchen aus seiner Jackentasche und öffnete es. Zum Vorschein kam ein wunderschöner, feiner Ring aus Weißgold, mit einem zierlichen Diamanten, schöner als alles, was sie bislang gesehen hatte.

Ihr Atem kam keuchend vor Aufregung und ihr

ganzer Körper bebte. Es fiel ihr schwer, weiter auf ihren wackeligen Knien zu stehen.

"Hazel, alles, was mir zu meinem Glück noch fehlt, ist ein einziges Wort von dir. Sag Ja, Hazel, sag, dass du meine Frau sein willst, dass du mich heiraten wirst und mit mir eine Familie gründen wirst."

Sie nickte hektisch, konnte kaum noch erkennen, wie seine Gesichtszüge sich erleichtert verzogen.

"Sag es, Hazel!", flüsterte er, während er den Ring aus der Schachtel nahm.

"Ja! Ja, ich will! Ich will das alles mit dir, Deacon. Ich will dich heiraten, will eine Familie mit dir. Ich will dich!", schniefte sie und warf sich, ohne auf den Ring zu achten, in seine Arme.

Deacon schloss seine Arme um sie, presste sie an sich und brachte seinen Mund ganz nah an ihr Ohr.

"Ich wusste es, ich wusste, dass du die Eine bist in dem Moment, in dem ich dich zum ersten Mal habe lächeln sehen. Ich habe dagegen angekämpft, weil es mir Angst gemacht hat", gestand er. "Aber dann wurde mir klar, dass du alles bist, was ich zum Leben brauche, Hazel."

Sie setzte sich zurück auf ihre Fersen und streckte ihm ihre Hand entgegen. Ganz langsam schob er ihr den Ring auf den Finger. Er passte perfekt, wie alles, was mit Deacon zu tun hatte.

"Das wird unser Leben … es wird perfekt, nicht

wahr?", flüsterte sie völlig überwältigt von all den Emotionen.

"Es wird perfekt, weil ich keinen Tag mehr ohne dich verbringen muss, weil ich mir sicher sein kann, dass du jeden Abend neben mir einschlafen und jeden Morgen neben mir aufwachen wirst."

Sie warf sich erneut in seine Arme und genoss den Augenblick, der so völlig unglaublich war, dass sie ihr Glück nicht fassen konnte.

DEACON

"Okay, bereit, die beiden Kinderzimmer zu sehen?", fragte er einige Zeit später. Er hätte zwar noch ewig so dasitzen können, aber es gab schließlich noch mehr, das auf sie wartete.

Hazel nickte und Deacon half ihr beim Aufstehen. Hand in Hand erklommen sie die Stufen ins nächste Stockwerk.

"Ich fand sie als Kinderzimmer auch passender, weil sie auf den Garten hinausgehen, sie sind ruhiger, dachte ich."

Hazel nickte, und Deacon konnte genau erkennen, dass sie genauso verliebt in das Haus war wie er, als er es das erste Mal gesehen hatte.

Er deutete auf die Terrassentür, die von jedem Zimmer aus auf einen kleinen gemeinsamen Balkon hinausging. Wieder nahm er ihre Hand und zog sie vorwärts.

Tief durchatmend öffnete er die Tür und trat hinaus.

"Hast du etwa Höhenangst?", fragte sie und musterte ihn belustigt.

"Glaub mir, Babe, nach diesem Zittern und Bangen vor dem Heiratsantrag kann mich nichts mehr schocken", antwortete er grinsend.

"Ja und was hat sie nun geantwortet?", rief Adam ihm zu.

Deacon trat ans Geländer und riss ihre Hand nach oben.

"JA! SIE HAT VERDAMMT NOCH MAL JA GESAGT!", schrie er, und all ihre Freunde, die sich in dem kleinen Garten versammelt hatten, jubelten.

Hazel sah mit großen Augen nach unten. Deacon folgte ihrem Blick, sah, was auch sie sah.

Adam und Faith, Slade und Lilly, Liam, Nick, Aiden und sogar Devon. Dazu noch die ganze Truppe vom Boxclub, inklusive des Coachs. Sogar Milo und Drake waren da, um mit ihnen diesen besonderen Tag zu feiern.

Unter den Jubelrufen seiner Freunde zog er Hazel an sich und küsste sie leidenschaftlich, legte alles in diesen Kuss, was er nicht mit Worten beschreiben konnte.

"Aber … was tun sie denn alle hier?", fragte Hazel atemlos.

"Na ja, ich dachte, wo wir schon mal hier sind, können wir gleich unsere Verlobungsparty schmeißen", gab er grinsend zurück.

Sie hob eine Augenbraue. "Du warst dir deiner aber ziemlich sicher!"

Schulterzuckend führte er sie zurück ins Haus, damit sie sich zu den anderen in den Garten gesellen konnten.

"Ach, weißt du, es wäre doch wesentlich einfacher gewesen, diese Party wieder loszuwerden als dieses Haus, wenn es dir nicht gefallen hätte."

Sie sah ihn ungläubig an. "Du hast es schon gekauft?"

Er nickte. "Ich war mir ziemlich sicher, nachdem du mir dein Traumhaus in dieser Serie gezeigt hast. Lilly und Faith waren meiner Meinung, also habe ich die Gelegenheit beim Schopfe ergriffen. So ein Haus begegnet einem nicht alle Tage."

Sie nickte und schmiegte sich glücklich lächelnd an ihn.

"Du bist der wunderbarste Mensch, den ich jemals kennengelernt habe", sagte sie leise und strahlte dabei übers ganze Gesicht.

"Du bist alles, was zählt, Hazel. Ich würde … ich werde alles tun, um dich glücklich zu machen.

Zweifle nicht einen Moment daran, dass dir allein mein Herz gehört."

Sie stoppte ihn, bevor sie in den Garten hinausgingen, stellte sich auf die Zehenspitzen und presste ihre Lippen auf seine.

"Ich liebe dich."

Er lächelte und streichelte sanft über ihre weiche Wange.

"Ich liebe dich auch."

Er küsste sie noch einmal, dann gingen auch schon die Terrassentüren auf und ihre Freunde nahmen sie in Beschlag.

Doch es war mehr als nur Freundschaft. Diese Menschen waren seine echte Familie und damit auch Hazels. Sie würden immer zueinanderstehen.

--ENDE--

Back to Life - Gebunden

VON KIMMY REEVE

ALEXA

Was zum Teufel taten wir hier? Das war alles so falsch, obwohl es sich richtig anfühlte. Ihn in mir zu spüren, war einfach perfekt. Das Gefühl des Nach-Hause-Kommens machte sich in mir breit, und ich trat mir in Gedanken sofort gegen das Schienbein.

Was für ein Quatsch, schimpfte ich mit mir. Du bist so blöd. Er will dich nicht, das hat er dir klar zu verstehen gegeben. Wir sind nicht zusammen, nur eine Mordverdächtige und ein Seal. Allerdings ein Seal, der an deine Unschuld glaubt.

Normalerweise hätte ich ihm noch mehr die Stirn bieten müssen, mich weiter gegen seine verletzenden Worte wehren sollen, hatte jedoch schnell eingesehen, dass er mit manchen Dingen gar nicht so unrecht hatte. Ich führte ein Doppelleben, wobei ich es nicht nötig gehabt hätte. Aber ich tat es aus einem bestimmten Grund!

Brian stieß immer heftiger in mich hinein, meine Fingernägel krallten sich förmlich in sein Fleisch und unser Kuss wurde noch leidenschaftlicher. Ich konnte auf eine gewisse Weise nicht genug von ihm bekommen, wollte mehr von ihm und war mir sicher, niemals etwas zu erhalten, was über das hier hinausging. Er mochte es vielleicht, in mir zu sein, allerdings sah er mich mit den Augen eines … überaus harten Mannes an. Für ihn war ich nur eine Hure, eine dreckige Nutte, die ihre Beine für jeden Mann breitmachte, wenn er den Preis dafür zahlte. Nun, Brian hatte ebenfalls für mich gezahlt, sogar eine ganze Menge, und dafür auch etwas bekommen, was noch kein Mann vor ihm erhalten hatte. Nicht nur meinen Körper, sondern auch meine Seele und – um ganz ehrlich zu sein – mein Herz ebenfalls. Allerdings durfte er niemals etwas davon erfahren, das müsste mein Geheimnis bleiben.

»Du fühlst dich so gut an«, hauchte er mir ins Ohr.

Dabei schloss ich meine Lider, genoss seine heftigen Stöße sowie die Spannung, die sich in mir aufbaute. Doch kurz vor meinem Orgasmus hielt er in seinen Bewegungen inne und sah mich auf eine Weise an, wie er mich noch nie zuvor betrachtet hatte. Mit einer Hand strich er mir ein paar vereinzelte Strähnen aus dem Gesicht und fuhr mit seinem Zeige- und Mittelfinger über meine Wange. Er war zärtlich, wenn nicht sogar liebevoll, was mich vollends verwirrte. Das passte überhaupt nicht zu uns … also zu ihm und mir, wobei ich sagen musste, dass es mir mehr als gefiel; allerdings wusste ich, dass diese Sekunden, vielleicht sogar Minuten, der aufkommenden Emotionen alsbald vorbei sein würden. Ich hatte keine Ahnung, was er dachte, und er hatte ebenfalls keinen Schimmer, was mir in diesem Moment durch den Kopf schoss. Mir wurde plötzlich eines klar: Ich war nicht in Brian Monroe alias Cameron Morris verliebt, sondern ich liebte ihn so sehr, dass es wehtat. Eine einsame und verräterische Träne löste sich aus meinem Augenwinkel, die er mit seinem Daumen wegwischte. Dann visierte er meinen Mund an und gab mir den besten Kuss meines Lebens. Dabei setzte er sich in Bewegung, er stieg die Treppen hinauf, machte eine Tür auf und wir legten uns auf ein Bett. Erst als er auf mir lag, fing er an, sich sachte und langsam zu bewegen. Nicht zu schnell, seine Stöße waren nicht brutal oder heftig, und es fühlte sich nicht an, als würde er mich vögeln. Sondern es war so, als würden wir miteinander schlafen. Mein Herz raste, mein Puls war kaum noch unter Kontrolle zu bringen und mein Gehirn war plötzlich komplett leer.

Immer wieder küsste er mich, streichelte meinen Körper und sein Blick ruhte unentwegt auf meinem Gesicht, das er mit seinen Händen umschloss. Wir starrten uns an, niemand sagte ein Wort. Ich mochte diese Atmosphäre, liebte sie sogar. In diesem Moment wollte ich die Zeit anhalten, wollte, dass das hier zwischen uns niemals aufhörte. Innerlich spürte ich erneut die Spannung aufkommen. Unser Stöhnen wurde lauter, bis ich seinen Namen lauthals hinausschrie. Seinen richtigen Namen. Auch Brian kam nicht sonderlich leise, was mich freute, denn bislang war er immer reserviert gewesen, gab mir gelegentlich das Gefühl, als würde sich der Sex mit mir nicht von seinem morgendlichen Joggingprogramm unterscheiden.

Zu meiner Überraschung zog er sich nicht sofort aus mir heraus, sondern betrachtete mich eingehend, als würde er sich jeden Millimeter meines Gesichts einprägen wollen. Ich sagte nichts, wollte das hier nicht enden lassen, obwohl ich wusste, dass es über kurz oder lang passieren würde. Und genau so war es.

UNKNOWN

»Wo ist sie?«, schrie ich in den Hörer und vernahm nur seine schweren Atemzüge, die mich mehr und mehr anwiderten.

Alexa war weg, und ich hatte keinen Schimmer, wo sie war. Zu sehr war ich damit beschäftigt gewesen, die Nachrichten über mein letztes

Meisterstück zu verfolgen. Dieser Jonathan war bislang mein bestes Werk, ich war stolz darauf, als es vollbracht war und ich ihn in dieser unterwürfigen Position betrachtet hatte. Es war zwar viel Arbeit, aber schlussendlich hatte sie sich gelohnt. Und dies alles in der Zeitung und in den Nachrichten zu betrachten, war schon etwas Feines. Dummerweise hatte ich dabei jedoch die Hure aus den Augen verloren. Keine Spur von ihr, als wäre sie ausgeflogen. Das machte mich so wütend, dass ich Druck ablassen musste. Nur hatte ich noch keine Ahnung, wie oder an wem ich diese Wut auslassen sollte.

»Ich weiß es nicht«, hörte ich seine ekelerregende Stimme und hatte nicht minder Lust, ihm die Kehle durchzuschneiden. Aber leider konnte ich das nicht machen, immerhin benötigte ich ihn noch für die ein oder andere Sache. »Sie hat sich bei niemandem gemeldet, der mir bekannt ist. Aber wir haben ein ganz anderes Problem.«

»Ach. Und das wäre welches?«, fragte ich gelangweilt nach, denn mittlerweile war mir sein Hang zur Übertreibung bestens bekannt. Er machte ständig aus einer Mücke einen Elefanten.

»Trent Hudson hatte gestern Besuch«, informierte er mich. »Ein Privatschnüffler war bei ihm und hat besorgniserregende Fragen gestellt. Du hast mit deinen Psychospielchen übertrieben. Und wenn wir ganz viel Pech haben, wird er unseren Plan durchkreuzen.«

»Wie heißt der Schnüffler?«, war alles, was mich interessierte. Ich sah kein Problem darin, ihn auszuschalten, bevor er an Details kommen würde.

»Was hast du vor?«, rief er mir ins Ohr.

»Gib mir den Namen«, forderte ich schroffer, ohne auf seine dämliche Frage einzugehen.

»Ich schicke dir seine Kontaktdaten aufs Telefon und verdammt …«, brummte er, »… sieh zu, dass du endlich ein Ende findest. Ich will den Teil unseres Deals. Du lebst deinen ja gerade aus. Bau keine Scheiße.«

Ohne darauf einzugehen, legte ich auf. Er sollte bloß aufpassen, wie er mit mir sprach, denn so langsam ging er mir auf die Nerven. Und zwar gehörig. Für ihn wäre es besser, wenn er mich nicht herausfordern würde.

Einige Minuten später summte mein Handy, und als ich die Nachricht öffnete, wurden mir Name und Anschrift des Schnüfflers angezeigt.

Ich packte meine Tasche, stopfte alle Dinge hinein, die ich für die bevorstehende Aktion benötigte. Dann zog ich meine Lederjacke über und verließ meine Wohnung. Für diesen Schwanzlutscher brauchte ich kein Schauspiel abzuziehen. Wenn er mit seinen Ermittlungen bereits so weit fortgeschritten war, dass er bei Trent Hudson auftauchte, hatte er sicherlich schon eine Vorstellung von den Dingen, die sich hier abspielten. Was mich gerade am meisten an der Situation freute: Endlich hatte ich ein Ventil gefunden, wie ich meinen Druck ablassen konnte.

Es war noch sehr früh am Morgen, um genau zu sein, halb sechs, aber für mich eine Zeit wie jede andere auch. Schlafen gehörte nicht zu meinen Hobbys, weshalb ich mit wenigen Stunden auskam. Die Fahrt bis zu der besagten Adresse dauerte nicht lange, denn die Straßen waren leer.

Wieder parkte ich nicht direkt vor dem Gebäude, sondern einige Straßen entfernt und lief den Rest des Weges zu Fuß.

Vor dem Gebäude angekommen, sah ich, dass die Eingangstür offen stand. Das war in dieser Stadt eine Seltenheit, denn im Normalfall schlossen die Menschen fünffach ab, sodass man erhebliche Schwierigkeiten hatte, irgendwo einzudringen. Doch heute schien das Glück auf meiner Seite zu sein und ich betrat das Haus. Vor dem Büro hielt ich inne, zog eine Spritze aus meiner Tasche und klopfte an. Ich hörte ein »Herein« und kam der Aufforderung liebend gerne nach.

Völlig gedankenverloren stand ein Kerl mittleren Alters vor einem Aktenschrank und durchstöberte einige Unterlagen.

»Marcus St. Jones?«, erkundigte ich mich, als ich direkt hinter ihm stand.

»Ja, was kann ich für Sie t…?« Er drehte sich zu mir um, beendete seinen Satz nicht, und ich erkannte in seinen Augen jenes Wissen darüber, wer ich war.

Bevor er jedoch handeln konnte, rammte ich ihm die Spritze mit dem Tetrodotoxin in den Oberarm, und zwei Sekunden später knallte er zurück an den Schrank und rutschte wie eine Fliege daran hinab, bis er mit dem Arsch auf den Boden krachte.

Das tat sicherlich weh!

»Ich denke, du weißt, wer ich bin«, sagte ich, stellte meine Tasche auf einen der Stühle und schloss die Tür ab.

Dann begab ich mich wieder zu dem bewegungsunfähigen Typen und hockte mich direkt vor ihn.

»Du hast zu viele Fragen gestellt, Baby. Dummerweise die falschen. Dir muss klar sein, dass ich das nicht zulassen kann. Immerhin bin ich mit meiner Arbeit noch nicht fertig. Was ich mich allerdings frage: Wie bist du an die Informationen gekommen?«

Ich hatte mehr zu mir selbst gesprochen als mit ihm, weil mir bewusst war, dass er nicht antworten konnte.

BRIAN

Gegen halb neun am Morgen wurde ich durch das Klingeln meines Handys aufgeweckt. Mit geschlossenen Augen griff ich danach und nahm das Gespräch an.

»Ja?«, murmelte ich.

»Wir treffen uns in einer Stunde bei mir«, klärte Jay mich auf und ich setzte mich im Bett auf.

»Wollt ihr nicht besser hierherkommen?«, erkundigte ich mich, weil ich nicht sicher war, ob es eine so gute Idee war, Alexa mit zu meiner Familie zu nehmen.

»Nein«, war alles, was mein Freund sagte, und legte daraufhin schon wieder auf.

Verwirrt betrachtete ich mein Telefon und konnte sein Verhalten nicht ganz zuordnen. Langsam schob ich mich von der Matratze, in dem Alexa nicht mehr lag. Im Bad wusch ich mir das Gesicht, putzte mir die Zähne und ging nur mit Boxershorts bekleidet die Treppen hinunter.

Kurz blickte ich ins Wohnzimmer, wo ich den geöffneten Koffer von Alexa sah. In der Küche stand eine vereinsamte Tasse mit Kaffee. Als ich die Kanne berührte, war diese nur noch lauwarm.

Wo zum Teufel war sie?

Jeden verdammten Raum suchte ich ab, wurde

aber leider nicht fündig. Von ihr fehlte jede Spur. Mit meinen Fingern fuhr ich mir durch die Haare, konnte nicht glauben, wie sehr ich meinen Job vernachlässigte, und musste an mein Versprechen Gary gegenüber denken, das ich ihm stillschweigend gegeben hatte. Nicht zu vergessen, was ich von Jim verlangt hatte. Scheiße, ich hatte sie aus den Augen verloren.

Schnell rannte ich nach oben ins Schlafzimmer, wo ich in eine blaue, enge Jeans stieg, mir einen schwarzen Pullover überzog und in dunkle Sneakers schlüpfte. Als ich erneut die Treppen nach unten stieg, hörte ich die Eingangstür aufgehen und wieder zufallen und erkannte eine gut gelaunte Alexa Hudson, die mit mehreren Tüten bepackt direkt in die Küche schlenderte.

War ich hier im falschen Film?

Langsam folgte ich ihr, bis ich im Türrahmen stehen blieb und die blonde Versuchung betrachtete.

»Wo warst du?«, durchbrach ich die Stille und hatte sie damit augenscheinlich erschreckt, denn sie zuckte zusammen, drehte sich zu mir um und legte eine Hand auf die Seite ihres Herzens.

»Jesus, musst du dich so anschleichen?« Sie lächelte mich an, als würde sie kein Wässerchen trüben. Dann wandte sie sich wieder den Einkaufstaschen zu und fuhr damit fort, diese auszupacken. »Ich war in der Stadt, um fürs Frühstück einzukaufen, und bin dann durch die Stadt geschlendert, Schaufenster anschauen. Dabei habe ich die Zeit aus den Augen verloren. Aber jetzt bin ich ja wieder da.«

»Wir sind nicht hier, um Ferien zu machen«, knurrte ich und machte zwei Schritte auf sie zu. Alexa wich zurück, ihre Augen wurden tellergroß. Sie hatte Angst, was ich verstehen konnte, immerhin war ich stinksauer. »Ich habe dich hierhergebracht, um nach Lösungen für deine Probleme zu suchen. Und du hast nichts Besseres zu tun, als in die Stadt zu gehen, um zu shoppen? Was stimmt nicht mit dir?«

»Ich wollte wirklich nur für uns einkaufen«, flüsterte sie. »Ich habe nicht nachgedacht. Es tut mir leid.«

»Tu das nie wieder«, befahl ich ihr. »Noch ein Fehler, Alexa, und ich schwöre dir, du lernst mich kennen. Ich habe diese ganze Scheiße nämlich satt.«

Sie nickte, schluckte hörbar und ihr Atem kam hektisch. Doch darauf konzentrierte ich mich nicht, denn jetzt standen andere Dinge im Vordergrund und nicht die Gedanken, die in einer Tour um sie kreisten. Das musste warten, und zwar so lange, bis ich Beweise für ihre Unschuld gefunden hatte. »Wir fahren jetzt zu meinem Team. Mach dich fertig.«

Ohne auf ihre Antwort zu warten, wandte ich mich

ab und griff nach meiner Lederjacke, die über der Kommode hing. Mit dem Autoschlüssel in der Hand wartete ich an der Tür auf sie. Sie brauchte nicht lange, hatte sich auch nicht umgezogen, sondern es schien mir, als müsste sie sich in der Küche noch ein wenig beruhigen. Diesen Moment gab ich ihr, aber wirklich nur diesen kleinen.

Mit entschlossener Miene kam sie auf mich zu. Ich nickte, öffnete die Tür, und gemeinsam steuerten wir den Wagen an, in dem wir Platz nahmen, und ich fuhr los.

Die Fahrt über schwiegen wir, es gab nicht viel zu besprechen.

Circa zehn Minuten später standen wir vor Jays Tor. Ich klingelte und die Gitter schoben sich auseinander. Ich fuhr durch, beobachtete im Rückspiegel, wie das Tor sich schloss, und parkte den Bentley.

Alexa und ich stiegen aus, marschierten zügig auf die Eingangstür zu, die aufgemacht wurde, bevor ich schellen konnte. Vor mir stand Jay, der mich mit einem Nicken begrüßte und dann Alexa betrachtete. Nicht sonderlich freundlich, aber auch nicht angewidert.

Mir war nicht klar, warum er gerade Alexa erlaubte, sein privates Reich zu betreten. Das ergab für mich keinen Sinn. Aber ich hinterfragte seine

Entscheidung nicht, sondern wartete ab, was sich im Laufe der nächsten Stunden ergeben würde.

In der Küche befanden sich bereits Tom, Sam, Ben und Rapha. Vier meiner Brüder aus der Navy-Zeit, denen ich mein Leben anvertrauen würde. Und zwar blind.

»Setzt euch«, vernahm ich hinter mir die Stimme des Hausherren.

Für Alexa zog ich einen Stuhl zurück, auf dem sie sich niederließ. Direkt neben ihr hockte ich mich hin.

»Hallo, ich bin Alexa Hudson«, sagte sie an Jay gewandt.

»Ich weiß, wer du bist«, brummte mein Boss. »Das sind Tom, Sam und Ben. Auch sie wissen, wer du bist. Jetzt geht es um die Frage, ob du wirklich das getan hast, was dir zur Last gelegt wird.«

Rechtliches, oder was keiner lesen will und trotzdem drin stehen muss ...

 Impressum: Herausgeberin Allie Kinsley, allie.kinsley@web.de. Ladungsfähige Adresse für Deutschland: Allie Kinsley, c/o Marant Business, Studio Delta, Haus B, Angerstr. 40-42, 04177 Leipzig.

Printed in Poland
by Amazon Fulfillment
Poland Sp. z o.o., Wrocław

88454779R00216